COLLECTION
FOLIO CLASSIQUE

Montesquieu

Histoire véritable

et autres fictions

CHOIX ET ÉDITION

DE CATHERINE VOLPILHAC-AUGER

Professeur à l'École normale supérieure de Lyon

ET PHILIP STEWART

Professeur émérite à Duke University

Gallimard

PRÉFACE

Qu'est-ce qu'une « fiction », pour Montesquieu ? La forme que prend nécessairement son imagination quand il éprouve le besoin de s'écarter de ses occupations sérieuses, qui furent longtemps celles d'un juge[1], *ou plus encore au cours des quelque dix années pendant lesquelles il travaille à* L'Esprit des lois[2], *tandis qu'après son échec dans la carrière diplomatique*[3] *il reste attentif à la politique européenne ? Le contrepoint à une vie placée sous le signe de l'étude et des plus hautes ambitions intellectuelles ? Ce serait en faire un pur et simple divertissement, voire un délassement, alors que les* Lettres persanes *(1721), son premier ouvrage publié*[4], *montrent pleinement que les*

1. En tant que président à mortier au parlement de Guyenne, fonction qu'il exerce de 1716 à 1726.

2. De 1739 à 1748 ; voir Montesquieu, *Œuvres complètes*, Oxford, Voltaire Foundation, puis Lyon, ÉNS Éditions, 12 volumes parus (ci-après *OC*), t. III.

3. Cette ambition est une des raisons principales de son départ pour un long voyage en Europe, de 1728 à 1731, au cours duquel il avait envisagé de ne pas revenir en France. Voir notre introduction aux *Considérations sur les causes de la grandeur des Romains et de leur décadence* (1734), « Folio classique », 2008.

4. Nous renvoyons à l'édition que nous en avons procurée dans le cadre des *Œuvres complètes* de Montesquieu (t. I, 2004) et qui, à la dif-

*sujets les plus sérieux gagnaient à être abordés par l'entremise de personnages fictifs : la vie parisienne, les institutions françaises, les usages des différentes nations, filtrés par le regard des Persans, révélaient leur caractère factice, conventionnel, pour ne pas dire leur absurdité. D'emblée, la fiction apparaît chez lui comme un véritable mode de pensée, ou même d'expérimentation : libéré de toute entrave, parfois même sans que la publication soit envisagée de manière précise (elle pouvait connaître, comme les romans d'*Arsace et Isménie *ou l'*Histoire véritable, *des obstacles redoutables), il peut grâce à elle aborder tous les sujets, envisager frontalement les questions les plus ardues, tout en laissant intact le plaisir d'écrire et de lire.*

Quand on regarde ses cahiers — qu'il nommait Mes pensées *et* Spicilège[1] *— où Montesquieu a patiemment recueilli des spéculations, des proverbes, des histoires et des anecdotes, des ébauches de chapitres, on croit pénétrer dans un laboratoire où il mène de front des expériences fort diverses, du conte galant et même un peu libre aux réflexions historiques ou métaphysiques les plus profondes. Quel que soit le genre de l'ouvrage qu'il prépare, il compose et pense par hypothèses et par exemples. Il se provoque lui-même pour mieux provoquer autrui, quitte à critiquer ou abandonner la formule qu'il a mise au point. Servi par une tournure d'esprit tantôt fantaisiste, tantôt satirique, il*

férence de toutes les éditions existantes, fournit comme texte de base celui de la première édition (en variantes, le texte de l'édition posthume amplifiée de 1758). Nous citons les *Lettres persanes* en renvoyant à la numérotation des lettres dans cette édition et, entre parenthèses, à celle des autres éditions.

1. Éd. Louis Desgraves, Paris, Robert Laffont, coll. « Bouquins », 1991. Pour le *Spicilège*, voir aussi *OC*, t. XIII, éd. R. Minuti et S. Rotta.

préfère souvent formuler ses critiques de manière humoristique, dosant l'audace, glissant des traits piquants ou obliques selon le moment et le sujet. La fiction la plus débridée fait donc pleinement partie de son mode d'expression et de pensée, voire d'action. On le voit ainsi hésiter à publier une lettre hautement fantaisiste du « roi du Tibet » dans L'Esprit des lois *plutôt que dans les* Lettres persanes[1], *sans trouver l'occasion de donner sa place définitive à cette charge contre les missionnaires.*

Tout écrit peut donc être investi d'une profondeur philosophique, et inversement la philosophie ne se conçoit pas chez lui autrement que comme un exercice où l'esprit s'aiguise au contact des mots. En témoigne, s'il en est besoin, le manuscrit de travail de L'Esprit des lois[2], *surchargé de ratures et de corrections, et davantage encore la comparaison de certaines pages de ce document avec le seul cahier de ses notes de lecture subsistant intégralement, les* Geographica II[3]. *Au fil de sa lecture, Montesquieu retient des bribes de phrase, qu'il infléchit pour les consigner dans son recueil, et les modifier encore quand il rédige son ouvrage, mais de manière généralement mineure : c'est dans le dialogue avec sa source qu'il se projette dans l'œuvre en train de s'écrire. En suivre le cheminement constitue sans aucun doute le meilleur moyen d'approcher une pensée complexe, ondoyante, qui jamais ne se contente des apparences et encore moins des idées reçues, qui cherche toujours un nouveau moyen d'aborder le réel, de rendre compte de l'inexplicable, de*

1. Voir p. 116.
2. Voir *OC*, t. III et IV, 2008.
3. *OC*, t. XVI, 2007.

saisir ce qui paraît rebelle à toute raison. Et pour cela, rien ne vaut l'imagination et la fantaisie qui se déploient dans le roman, le conte, l'apologue, la lettre, le dialogue, la fiction antique, le poème prétendument imité du grec, toutes ces formes diverses et voisines que l'on trouve rassemblées ici : opuscules qui, sauf exception[1]*, ne furent pas publiés de son vivant, brèves compositions conservées dans les* Pensées *en attendant un sort meilleur, ou extraits de plus vastes ensembles, comme les contes insérés dans les* Lettres persanes *auxquels nous avons voulu donner leur pleine valeur.*

Ce Montesquieu conteur et philosophe ressent avant tout le tropisme de l'Asie : depuis Les Mille et une nuits, *traduits par Galland et publiés à partir de 1704, l'imaginaire européen s'est délecté de sérails, de cruels sultans et de génies, qui ne doivent leur existence de papier qu'à un autre personnage, celui de Schéhérazade, qui de nuit en nuit relance l'intérêt de l'auditeur et sauve sa propre vie. Avec les contes orientaux s'affirme la puissance de la narration, et ils ne tardent guère à apparaître comme une forme générique dont les auteurs les plus divers, de Crébillon à Voltaire, apprennent à manier les modalités. Depuis* Zadig *(1747) jusqu'à* La Princesse de Babylone *(1768), les ressources des sortilèges le disputent à celles de la raison, tandis que Crébillon, avec* Le Sopha *(1742), connaît le succès en se donnant comme principe narratif la métempsycose.*

Mais dès 1721, l'Anaïs des Lettres persanes, *franchissant le miroir, découvre les merveilles d'un paradis tout en sensualité et montre à ses sœurs d'infortune la voie du bonheur ; dès le début des années 1730,*

1. Le *Dialogue de Sylla et d'Eucrate* (1745) et *Lysimaque* (1754).

*l'*Histoire véritable *— qui ne doit rien, sinon son titre, à Lucien — a pour ressort la succession des vies, animales et humaines, dont son héros a reçu l'étonnant pouvoir de se souvenir : malgré l'évidence du modèle picaresque, la leçon n'en est pas l'affirmation d'une progression sociale (même s'il est évident qu'il vaut mieux être éléphant qu'insecte, et petit-maître que petit chien), ni la constitution d'un apprentissage, d'une expérience, ni même l'évolution d'un moi qui en fait n'existe pas tant il change d'être en être, mais la juxtaposition ou le contraste des conditions et des situations.*

*Cette formule, on l'a reconnue : c'est celle du « conte philosophique » — qu'il faut se garder d'identifier avec la production du seul Voltaire — qui semble l'inventer au mitan du siècle. Un véritable genre est en train de s'élaborer : au-delà du schème « oriental » — qui emprunte volontiers aussi à l'Ancien Testament —, se constitue le type d'un récit à épisodes, composé d'une succession d'aventures parataxiques où un personnage sans grande consistance rebondit d'aventure en aventure, sans approfondir ni progresser, et en rencontrant sans cesse les mêmes déboires, un peu comme le feront beaucoup plus tard certains personnages de bandes dessinées. Opposé à tout enseignement sévère ou profond, il prend souvent l'apparence d'un conte frivole, tout en ayant parfois même la simplicité d'un conte de fées. L'art du conte philosophique consiste en grande partie à provoquer la réflexion sans y inviter explicitement, grâce au choc de contraires ou de contrastes : hauts principes et grandes faiblesses (*Candide*), innocence et souffrance (*L'Ingénu*), vertu et malheur (*Aphéridon et Astarté, *tiré des* Lettres persanes*)…*

Rien de plus éloigné cependant d'un sermon ou d'un

traité de morale qu'un conte philosophique, qui est une rencontre, souvent rude, avec le monde, mais un monde stylisé, réduit à ses éléments les plus simples. Rien de plus différent de la pratique des maîtres indiscutés de l'histoire de la philosophie — les Descartes, les Spinoza, les Locke — que celle des «philosophes» du Siècle des lumières, ces gens de lettres à qui sont également familiers le théâtre et le salon, le parlement et l'Académie française. Le conte philosophique circule dans le même monde littéraire que le conte moral, l'allégorie, les vers de circonstance, les tragédies, comédies, romans, bouts-rimés : ils font partie du «bouillon de culture» qui confère son caractère unique à une époque en pleine effervescence dans tous les domaines. Fontenelle, Voltaire, Diderot, Marmontel sont tous des conteurs — et Montesquieu au premier chef, qui joue déjà avec les conventions : ainsi dans Arsace et Isménie *où, non content d'offrir les jeux de miroir ou les vertigineux emboîtements d'identité de la féerie orientale, il suggère une intervention magique pour mieux en révéler l'origine humaine quelques pages plus loin. Le merveilleux n'était pas là où on le croyait…*

Mais comme chez tout homme instruit du XVIIIe *siècle, se manifeste aussi chez Montesquieu une culture profondément marquée par l'Antiquité, qui alimente et informe la réflexion quotidienne : les* Considérations sur les *[…]* Romains, *loin d'être une œuvre historique au sens propre du terme, lui ouvrent le champ de la pensée politique la plus contemporaine. Le monde ancien est riche de personnages hors du commun qui offrent aux modernes d'insondables sujets de réflexion : Pompée, «homme providentiel», comme on le dirait aujourd'hui, bientôt remplacé par un personnage autrement dangereux, César; Marius, issu du peuple et perçu comme une menace par les forces les plus traditionnelles de Rome; les Gracques et leurs tentatives de réformes agraires qui trouvent sur leur chemin des obstacles insurmontables...*

*D'ordinaire, la narration historique trouve là sa carrière de prédilection, déchaînant les grandes orgues de l'héroïsme et de l'édification. Montesquieu se garde bien de reprendre pareil modèle. Dans les trois opuscules «antiques» (*Dialogue de Sylla et d'Eucrate, Xanthippe et Xénocrate, Lysimaque*), le schéma est le même: un homme illustre, à la fin de sa vie, revient sur son destin en livrant des leçons de sagesse tirées de son expérience des hommes. L'historien (supposé omniscient) s'efface pour laisser ses personnages révéler leur for intérieur, non pas afin de livrer une clé psychologique, comme le voulait la tradition la plus consacrée, mais pour trouver une vérité commune à l'individu et à ses contemporains, sur le double plan de la politique et de la morale: il s'agit moins de livrer la cause, secrète ou non, des événements que de comprendre l'enchaînement des conduites.*

Ainsi s'affirme l'originalité de Montesquieu: contre toutes les habitudes et les ambitions des historiens, il ne cherche nullement à reconstituer les choses telles qu'elles se sont passées pour les faire se dérouler sous les yeux du lecteur. Il choisit comme mode d'expression privilégié la «fiction historique», qui met en scène des personnages dans des situations inédites et ne prétend nullement reproduire un épisode réel[1]*: ainsi la rencontre du général spartiate Xanthippe et de son admirateur Xénocrate, sur le navire qui ramène le*

1. C'est un procédé dont use souvent Voltaire.

sauveur de Carthage dans sa patrie, ou un improbable affrontement entre l'ancien dictateur romain Sylla et un Romain attaché à la liberté. D'autre part, il adopte la forme du dialogue[1] *et place ses « héros » en face d'interlocuteurs qui, sous des noms anciens, leur posent les questions d'un moderne. Dès lors, l'édification (ou la dénonciation) n'est plus le but premier, mais la mise en question et l'approfondissement des motifs et des conséquences pour Sylla, des raisons et des implicites pour Xanthippe.*

Simple procédé, objectera-t-on : le lecteur est invité à s'identifier à un interlocuteur, lequel sert seulement de faire-valoir à un héros qui se met en valeur par d'orgueilleuses confidences énoncées sur un ton modeste... Le rôle de Xénocrate est en effet assez convenu ; mais Eucrate est loin de se contenter de donner la réplique : il met en cause le comportement du dictateur, en qui il dénonce le fossoyeur de la liberté romaine, arrivant même à décontenancer Sylla qui se vante si paradoxalement d'avoir agi par respect pour ses concitoyens, au point qu'on hésite sur l'interprétation à donner à ce dialogue, qui a longtemps joui d'une réputation sulfureuse[2]*. L'ambiguïté règne, comme dans* Lysimaque *où Montesquieu a gardé par-devers lui une fin moins sereine que celle qu'il a publiée : « mes sujets sont heureux, et je le suis », disaient la version envoyée à l'académie de Nancy fondée par le bon roi Stanislas comme celle que publie le* Mercure de France. *« Mes sujets sont heureux, et je ne le suis pas », lit-on dans*

1. Ce n'est pas tout à fait vrai pour *Lysimaque*, dont la forme est essentiellement narrative ; mais la place du dialogue y est assez importante pour qu'on puisse y appliquer plusieurs des présentes remarques.

2. Voir notre introduction à ce texte, p. 173.

une autre version, celle des Pensées, *où Lysimaque, affligé de passions, conclut son récit de manière beaucoup plus pessimiste.*

L'image d'un monarque détaché des réalités du monde, figé dans l'éternité que refléteraient ses propres médailles, pouvait-elle satisfaire Montesquieu? Le bonheur est pour lui toujours chose instable et menacée. Le conte merveilleux dont la fin coïncide avec l'annonce d'une félicité sans mélange et d'un avenir uni, ne doit-il pas offrir son propre correctif? C'est ce que fait Arsace et Isménie, *où rien n'est jamais sûr, où les situations les plus stables se renversent, par la faute d'un roi d'Hyrcanie ou de quelque amante: les ressorts du grand roman héroïque — enlèvement, fausse mort, substitution — ne jouent pas gratuitement; à l'harmonie des cœurs, qui ne suffit jamais, il faut adjoindre les maximes de politique qu'Arsace place à la base de son gouvernement et qui donnent au roman une nouvelle dimension. Mais c'est de nouveau avec l'épilogue du roman, restée inédite jusqu'en 1955 alors que le fils de Montesquieu avait publié le reste dès 1783, que se manifeste le plus la complexité du projet: car c'est dans les toutes dernières pages qu'Arsace devient proprement* héroïque, *comme seul pouvait l'être un héros romain, maître de lui comme de l'univers.*

*Ainsi s'impose le modèle d'une écriture «totale», qui permet d'incorporer dans la même trame, comme le fait le chef-d'œuvre du genre, l'*Histoire véritable, *la satire sociale et les considérations morales comme la réflexion politique et philosophique, le tout sur un ton allègre qui permet de détourner en les pastichant toutes les règles du genre. Comme les personnages éponymes* *des fictions antiques, le héros ou anti-héros*[1] *est revenu de tout. Son expérience est celle de tout une humanité, conçue dans sa plus grande diversité, depuis les « noirs Africains » jusqu'aux petits-maîtres et coquettes qui hantent les salons parisiens. Comme Tirésias, le seul mortel à avoir été homme et femme, il sait que le sort du maître du harem n'est pas plus enviable que celui de l'eunuque : Montesquieu reprend pour cela la thématique et le point de vue des* Lettres persanes, *où il donnait la parole à l'être mutilé, objet de moqueries ou de mépris, qui faisait confidence de son histoire et de ses souffrances et retrouvait ainsi accès à l'humanité qu'il avait perdue*[2].

Il faut donc bien se garder de dissocier l'inspiration orientale de la veine antique, le roman frappé au sceau du merveilleux et l'analyse politique : « tout est extrêmement lié[3] *». Ainsi le détour des* Lettres de Xénocrate à Phérès *permet d'affiner le portrait d'un homme et d'un prince, et au-delà de dresser le bilan d'une époque, en prêtant au Régent, Philippe d'Orléans, le nom tout conventionnel d'Alcamène. Derrière la discontinuité patente d'un caractère et les oppositions faciles, réside l'unité d'une personnalité complexe à laquelle Montesquieu voulait rendre justice, sans complaisance : pour cela un discret habit antique lui paraît nécessaire.*

L'œuvre qui illustre sans doute le mieux la forme paradoxale que prend l'écriture chez Montesquieu est

1. Montesquieu a hésité entre plusieurs modèles narratifs, pour retenir finalement, semble-t-il, celui d'une multiplication des voix. Nous avons tenu à garder à cet ouvrage son caractère transitoire, inachevé, dont nous nous expliquons dans l'introduction de ce texte.

2. On verra dans les variantes de ce texte que la première version insistait bien davantage sur l'ambivalence de la soumission et de la toute-puissance qui caractérise la situation de l'eunuque dans le sérail.

3. *L'Esprit des lois*, XIX, 15.

celle qui peut passer pour la forme la plus conventionnelle qui soit, la « fantaisie » par excellence où l'Antiquité ne semble servir que de prétexte ou de refuge : *Le Temple de Gnide*. L'allégorie, l'ekphrasis, l'allusion mythologique et même la satire de la société contemporaine s'y croisent, renforçant l'impression d'artifice et incitant à regarder comme une curiosité un opuscule qui connut en son temps un succès remarquable, étonnant aujourd'hui[1]. Le défilé des belles venues à Gnide se disputer la faveur de Vénus peut passer pour un pastiche des catalogues épiques (des armées, de vaisseaux), figurant une Antiquité de pacotille, tandis que l'aguichant spectacle qu'il suggère signerait la teneur érotique de l'ouvrage, à laquelle on l'a parfois réduit.

Mais Montesquieu, en comparant ainsi les formes multiples de la beauté humaine et des conventions morales qui régissent les rapports entre hommes et femmes, ne fait-il pas avant tout ce que les *Pensées* signalaient comme une « histoire de la jalousie » ? Celle-ci réapparaît au livre XVI de *L'Esprit des lois* sous la forme de la « jalousie de nation », qu'il prend soin de différencier de la « jalousie de passion » qui envahit le chant VI du *Temple*. Gnide, ou plutôt le temple où Vénus assure son empire sur le monde entier, représente sous forme de « lieu » unique et central l'unité et la permanence de la nature humaine, où sont convoquées les formes infiniment diverses et toujours identiques de l'amour, de Lesbos jusqu'à

1. Voir *Œuvres majeures, œuvres mineures*, éd. C. Volpilhac-Auger, Lyon, ÉNS Éditions, 2004, introduction, p. 7-18, et C. Martin, « Le devenir d'une œuvre "frivole". Remarques sur l'histoire éditoriale et la réception du *Temple de Gnide* de Montesquieu », *ibid.*, p. 73-94.

Lemnos où les hommes haïssent les femmes, en passant par l'Égypte où ils leur sont soumis. Rendre compte de la diversité humaine, ne pas prendre comme semblables des cas différents, comprendre la raison des choses, ce sont les principes mêmes de L'Esprit des lois.

Reste que l'idée s'incarne au péril de la fiction, et qu'elle risque d'être frappée du doute qui entache tout écrit « impur ». Mais si Montesquieu hésite à livrer au public, qu'il ne juge pas assez mûr pour cela, le roman d'Arsace et Isménie, *il n'en reste pas moins l'auteur des* Lettres persanes, *sensible à la force de ses personnages, à la manière dont ils énoncent eux-mêmes, « naïvement » c'est-à-dire naturellement, leur idéal, leurs passions ou leurs craintes. La fiction lui semble le meilleur moyen de s'accorder à une sensibilité qui devient la notion-clé du siècle et de restituer à l'œuvre littéraire la fonction sociale qui lui revient. Dans une France où, en 1737, sous l'influence des autorités religieuses, le pouvoir n'a pas trouvé d'autre moyen pour restaurer la morale publique que d'interdire les romans*[1]*, Montesquieu défend l'idée qu'on y trouve au contraire le meilleur moyen de rendre meilleurs l'individu et la société. Toujours soucieux de rendre compte du réel, Montesquieu sait que la fiction devient alors le meilleur moyen d'agir sur le monde :*

> La lecture des romans est dangereuse sans doute. Qu'est-ce qui ne l'est pas ? Plût à Dieu que l'on n'eût à réformer que les mauvais effets de la lecture des romans ! Mais ordonner de n'avoir pas de sentiments à un être toujours sensible, vouloir bannir les passions

1. Voir G. May, *Le Dilemme du roman au XVIIIe siècle*, New Haven, Yale University Press, 1963, chap. 3, « La proscription des romans ».

sans souffrir même qu'on les rectifie, proposer la perfection à un siècle qui est tous les jours pire, parmi tant de méchancetés se révolter contre les faiblesses : j'ai bien peur qu'une morale si haute ne devienne spéculative, et qu'on nous montrant de si loin ce que nous devrions être, on ne nous laisse ce que nous sommes[1].

Catherine VOLPILHAC-AUGER
et Philip STEWART

1. *Pensées*, n° 1438.

NOTE SUR L'ÉDITION

Le lecteur trouvera en tête de chaque texte de Montesquieu une notice de présentation (en italique) qui indique notamment le manuscrit retenu pour l'établissement du texte. Les variantes les plus significatives, appelées par le signe «*v1*» et numérotées, sont placées en fin de volume.

Nous avons modernisé l'orthographe et la typographie pour les adapter à l'usage moderne (notamment pour ce qui est, en typographie, des guillemets et de l'italique). Nous avons en particulier ajouté des tirets de dialogue, bien qu'ils ne soient pas employés à l'époque de Montesquieu, pour clarifier notamment les emboîtements de discours

C. V.-A. et Ph. S.

HISTOIRE VÉRITABLE

ET AUTRES FICTIONS

HISTOIRE VÉRITABLE

*L'œuvre qui illustre au mieux le foisonnement de l'imaginaire, renforcé par l'inspiration orientale, et les effets salutaires de provocation intellectuelle que Montesquieu reconnaît à la fiction est sans doute l'*Histoire véritable, *si justement nommée par antiphrase, et qui se laisse malaisément définir. L'argument, fondé sur la doctrine de la métempsycose, est étonnamment plastique : un personnage raconte certaines de ses vies successives, ce qui lui permet d'évoquer d'innombrables situations sans la moindre contrainte, puisque le roman n'est astreint à aucune progression, ni même aucune continuité. L'idée même de métempsycose, dont Crébillon saura bientôt exploiter les ressources dans* Le Sopha *(1742), est ici relativement floue : les âmes passent d'un corps à un autre pour atteindre une forme de perfection, jamais précisée néanmoins, à laquelle elles ne sauraient parvenir que lorsqu'elles en seront jugées dignes ; mais cette progression, qui inclut l'incarnation en animaux et même en insectes dont certains sont à peine évoqués tandis que d'autres au contraire retiennent l'attention (qu'on pense à l'éléphant ou au bœuf Apis), est constamment rompue ou contrariée, et l'on s'éloigne bientôt d'un principe qui* *pouvait imprimer à l'ouvrage la marque du roman picaresque ou de formation — au point que le personnage régresse parfois. Mais surtout cela risque de dissimuler l'essentiel : ce motif est résolument étranger au christianisme, d'autant plus que le contexte social affiché est uniformément asiatique (une Inde quelque peu générique), quand il n'est pas ouvertement rattaché à une antiquité très vague, ce qui autorise à faire totalement abstraction de la donnée proprement religieuse, quelles que soient les applications (évidentes) qu'on puisse faire à la société française du* XVIIIe *siècle.*

En termes de structures narratives, la métempsycose offre à l'écrivain le rare plaisir d'enfreindre une règle technique fondamentale, l'impossibilité logique dans tout récit à la première personne de formuler l'expression : « Et je mourus ». La conséquence — paradoxale — en est que le récit ne peut avoir de fin, sauf celle que lui imprime, arbitrairement, la narration, quand la diégèse rejoint l'instance narrative, ce qui arrive à la fin du récit de Damir. Ce qui assure la validité de l'argument est que le narrateur, ou plutôt les narrateurs (car le personnage principal se voit doté d'un interlocuteur dont les vies sont aussi fabuleuses, au sens propre, que les siennes), gardent en mémoire toutes leurs existences passées, en venant animer un corps dont le passé leur est en revanche parfois inconnu, comme celui de la femme volage qui change alors du tout au tout. Dans cette configuration, l'œuvre, structurellement ouverte, est toujours susceptible d'augmentations, mais a surtout pour finalité principale de juxtaposer et confronter les points de vue : l'eunuque passé dans le corps de son maître s'aperçoit qu'il est devenu plus malheureux encore, car la satiété est pire que la frustration. Dans les Lettres persanes, *cette leçon se dégageait du rappro-*

chement des lettres d'Usbek et de celles du Premier eunuque ; l'attribution à un seul personnage de ces croyances ou affirmations contradictoires, ou plutôt de ces caractéristiques successives, transforme une expérience infinie en une philosophie sceptique, évidemment relativiste mais jamais réductrice : le bonheur ne réside pas ici plutôt que là, mais chaque condition comporte sa part d'ombre, que chacun ignore tant qu'il reste extérieur. On voit ainsi que de perfectionnement moral, il ne saurait être véritablement question : ce serait considérer les choses et les êtres d'un seul côté, ce que récuse l'ensemble de l'ouvrage. Peut-on même parler de l'unité intérieure d'un personnage ? En fonction de sa mémoire mais surtout d'une tension entre continuité et discontinuité de l'âme, la notion reste problématique : « ayant continuellement changé, je ne me regarde pas comme un individu » (p. 42). C'est dire que l'intérêt de l'ouvrage est ailleurs.

Les réincarnations successives y sont souvent l'occasion d'une satire sociale qui n'a rien à envier à celle qui avait tant contribué au succès des Lettres persanes, *où un regard « étranger » dénonçait la vanité d'usages justifiés par des conventions souvent incompréhensibles, ou consacrés par le temps et la société. Ici le personnage assume contradictions et absurdités, et les dénonce tout en feignant de les justifier : un cynisme généralisé ramène souvent l'homme à ses mobiles les moins louables, comme on le voit dans* Gil Blas, *sans qu'on puisse conclure pour autant à la malignité générale de la société. Ce sont en effet les conditions et les circonstances plus que leurs idéaux qui font agir les hommes, tandis que les femmes, sans guère d'exception, se préoccupent avant tout du principal moyen d'action que leur laisse la société : séduire.*

Cette sagesse sans joie est scandée de maximes politiques et morales de facture classique, contrepoint parfois parodique d'un roman allègre et bigarré qui pourfend les idées simples.

*Bien que pour toutes ces raisons l'*Histoire véritable *soit une des œuvres de fiction les plus riches et les plus savoureuses de Montesquieu, c'est une des plus méconnues. Cette contradiction s'explique peut-être par l'histoire même de sa rédaction, qui nous est connue mieux que pour d'autres œuvres, car on dispose d'un véritable dossier génétique qui permet d'en suivre le cheminement : une première version manuscrite est rédigée sans doute vers 1735, au plus tard en 1738*[1] *— ce qui permet de montrer l'antériorité sur Crébillon, notamment. Montesquieu, qui renoue ainsi avec la veine romanesque qu'il avait abandonnée après les* Lettres persanes *(1721) et* Le Temple de Gnide *(1725), n'ose la livrer d'emblée au public : il la soumet à son ami bordelais Jean-Jacques Bel, homme de lettres et journaliste averti, qui lui en adresse en retour une critique. Bel meurt en 1738 ; pendant plus de dix ans, Montesquieu, qui se consacre exclusivement à* L'Esprit des lois, *ne touche plus à l'*Histoire véritable. *Mais après le tonnerre d'applaudissements qui salue son grand œuvre et les violentes attaques auxquelles il répond par la* Défense de L'Esprit des lois *(février 1750), il éprouve le besoin de se replonger dans la fiction, comme il l'avait fait dès 1747 avec* Arsace et Isménie[2] *: en témoigne la version « finale »,*

1. Conservée à la bibliothèque de Bordeaux (Ms 2191) et éditée au tome VIII des *Œuvres complètes* (2005, texte présenté par Pierre Rétat), où sont données les justifications de cette datation.

2. Voir ci-après, p. 205.

du moins tardive (elle date de 1750-1751[1]), qui nous est parvenue, accompagnée de la critique de Bel. Cette version corrigée tient parfois compte de l'avis de l'ami disparu — parfois seulement, car bien des remarques de Bel relèvent du goût le plus étroit, et on peut se demander ce que serait devenu l'ouvrage si Montesquieu avait suivi par exemple sa suggestion de transformer le valet fripon en vertueux disciple de Pythagore, et décrit les «préliminaires» qui permettaient de se faire pythagoricien. Nous reproduisons néanmoins intégralement cette critique (voir en Annexes, p. 92-104), car elle nous permet de mesurer l'originalité de l'œuvre, à laquelle Bel reste manifestement étranger, et de comprendre l'évolution d'un texte que Montesquieu laisse formellement inachevé, mais dont nous avons vu qu'il était indéfiniment extensible.

Fallait-il préférer la version initiale, la seule à laquelle Montesquieu ait mis — provisoirement — un point final ? La récente édition des Œuvres complètes *en fournit le texte, scrupuleusement reproduit et scientifiquement établi. Il a paru intéressant de montrer ici ce que Montesquieu laissait à sa mort, après une maturation d'une quinzaine d'années et une reprise tardive, un* work in progress *dont nous avons rétabli quelques sutures, mais de manière assez visible pour que le lecteur n'y soit pas trompé, et donc conforme à la dernière volonté de l'auteur, qui y avait beaucoup*

1. Elle est de la main du secrétaire désigné par la lettre *Q*. Voir C. Volpilhac-Auger, « Les secrétaires de Montesquieu après 1748 », dans *Montesquieu en 2005*, Oxford, Voltaire Foundation, 2005, p. 200-212. Ce manuscrit a été acheté par la bibliothèque de Bordeaux en 2006 (Ms 3169). Il avait été publié en 1892 par les Bibliophiles de Guyenne et avait disparu depuis 1939 ; Roger Caillois (Montesquieu, *Œuvres complètes*, « Bibliothèque de la Pléiade », t. II, 1951) avait reproduit l'édition de 1892 en analysant fort justement un manuscrit qu'il n'avait jamais vu.

travaillé. C'est la version finale, avec ses hésitations et ses repentirs, que nous présentons, plus fidèlement que ne l'avaient fait les éditions de 1892 et 1949, et en signalant les principaux écarts avec la version initiale.

SIGLES

A manuscrit de la première version (bibliothèque municipale de Bordeaux, Ms 2191).

B manuscrit de la seconde version (bibliothèque municipale de Bordeaux, Ms 3169).

1892 *Histoire véritable*, dans Montesquieu, *Mélanges inédits*, par le baron de Montesquieu, Bordeaux, Gounouilhou, 1892 (édition des Bibliophiles de Guyenne, due à Henri Barckhausen, Raymond Céleste et Reinhold Dezeimeris).

Caillois *Histoire véritable*, dans Montesquieu, *Œuvres complètes*, éd. Roger Caillois, Paris, Gallimard, « Bibliothèque de la Pléiade », t. I, 1949.

Le texte présenté ici est celui de *B* ; les différences les plus remarquables avec le manuscrit *A* et avec les deux éditions (toutes deux d'après le manuscrit *B*) sont signalées en variantes[1].

1. L'édition de l'*Histoire véritable* a été préparée lors d'un séminaire qui s'est tenu à l'École normale supérieure de Lettres et sciences humaines (Lyon) en 2007-2008, et que les efforts et l'enthousiasme des étudiants qui y ont participé (Louise Amazan, Élodie Argaud, Valérie Beaugiraud, Florence Beillacou, Guillaume Cadot, Marie Cazaban, Logan Connors, Cyrielle Dodet, Béatrice Durand, Zsuzsa Kis, Audrey Perri, Agnès Regard, Michaël Roy, Marine Valdenaire, Laelia Véron, Fabienne Vial) ont rendu digne de mémoire. Qu'ils soient ici tous chaleureusement remerciés, ainsi que la mairie de La Brède et la Fondation Jacqueline de Chabannes (château de La Brède) dont le généreux accueil a permis de mettre un point d'orgue à ce travail, dans les murs mêmes où certaines de ces pages furent écrites.

HISTOIRE VÉRITABLE

I[1]

C'était[v1] la coutume dans la ville de Thèbes que le jour de la fête de Bacchus chacun donnait un festin où les étrangers étaient appelés et où ils devaient raconter les choses les plus extraordinaires qui leur étaient arrivées. Il y avait pour cet usage un motif général et un motif particulier. On voulait instruire les citoyens, et on voulait engager les convives à conserver quelque modération dans les plaisirs mêmes, chacun sachant qu'après le festin il devait être en état de parler et d'écouter.

Dioclès, un des principaux citoyens, avait invité cette année Ayesda, voyageur indien, et Damir, philosophe d'Éphèse ; vers la fin du festin, Ayesda fut prié de parler. Il commença ainsi et son début ne laissa pas que d'étonner la compagnie.

« J'étais, sans contredit, le plus grand fripon de toutes les Indes, et de plus valet d'un vieux gymnosophiste[2] qui depuis cinquante ans travaillait à se procurer une transmigration heureuse, et par ses rudes pénitences se changeait en squelette dans ce monde pour n'être point transformé en quelque vil animal dans l'autre ; mais moi, m'endurcissant sur tout ce qui pourrait m'arriver, je faisais une exécution terrible sur tous les animaux qui me tombaient entre les mains. Il est vrai que je ne touchais point à quelques vieilles poules qui étaient dans la cour de mon maître, que j'épargnais quelques oies presque sexagénaires et que j'avais grand soin d'une vieille vache ridée qui me faisait enrager. Car elle n'avait plus de dents pour paître, et il fallait presque que je la portasse lorsque mon maître m'ordonnait de la mener promener.

» Je recevais les aumônes, et j'achetais sous main tout ce qu'il fallait pour me bien nourrir, et mon maître ne pouvait comprendre comment un homme dévot comme moi devenait si gras avec une once de riz et deux verres d'eau qu'il me donnait par jour, et il attribuait cela à une protection particulière de son dieu qui me favorisait d'un embonpoint qu'avaient à peine les mangeurs d'animaux les plus cruels.

» Mon maître, accablé de vieillesse, se brûla, et comme il me regardait comme un saint, il me laissa par son testament un ordre auquel je ne m'attendais pas : ce fut de le suivre par la route qu'il avait prise. Il me faisait trop d'honneur et je parus d'abord bien embarrassé, mais pendant qu'on me faisait de grands compliments, je me remis de mon désordre. "Qu'on me dresse, dis-je, un bûcher tout à l'heure[1], et surtout qu'on ne me fasse pas attendre." Je savais bien qu'il n'y avait pas de bois à la maison car il est très rare aux Indes, et qu'il fallait que la cérémonie fût remise au lendemain.

» La nuit venue je m'enfuis à cinquante lieues de

là ; j'eus bientôt dissipé tout ce que j'avais et il ne me resta pour toute ressource que l'habit de mon maître, avec lequel je me mis à jouer le saint ; mais mon visage me ruinait.

» Je[v2] voulus étonner le peuple par quelque action extraordinaire. Je publiai que j'allais jeûner huit jours. Dès le second je quittai la partie.

» J'entrepris de me faire fouetter par les rues mais je me comportai si mal que j'avais plus la mine d'un criminel que d'un pénitent et je ne gagnais pas un sou.

» Cependant j'enrageais bien le soir d'avoir été tout le jour étrillé pour rien, et jurant tantôt contre le métier, tantôt contre moi-même, je me désespérais d'avoir été si lâche et je m'encourageais pour le lendemain.

» Un jour j'allai me poster près d'un vieux bonze qui tenait depuis quinze ans les bras en l'air ; à peine eus-je été deux heures dans cette posture que j'y renonçai.

» Je voulus entreprendre de regarder le soleil, mais je fermais les yeux, ou je tournais la tête, ou je portais les mains au visage, et l'on ne me donnait rien[v3].

» M'apercevant que dans ce métier la condition du valet est meilleure que celle du maître, je me mis encore une fois au service d'un philosophe célèbre qui me fit le ministre en chef de ses mortifications. Nous n'eûmes aucun démêlé ; quand il ne fut question que de lui[v4], j'étais impitoyable.

» Il s'enferma un jour dans un petit caveau où il était obligé de se tenir couché, il ne respirait que par un petit trou et une lampe achevait de l'étouffer. Il résolut d'y demeurer six jours sans boire et sans manger ; comme cette action nous attirait des aumônes, je l'encourageais cruellement, et quand il était sur le point de finir ses six jours, je lui dis faussement qu'un autre en devait rester sept et je l'obligeai par mes mensonges, mes exhortations et mes railleries à se tenir dans son poste encore un jour.

» Vous croyez peut-être, Dioclès, que ce que je viens de vous dire s'est passé de nos jours. Je vous avertis qu'il y a quatre mille ans de cela. Vous me paraissez étonné. Laissez-moi continuer mon histoire : je vous assure que je suis sincère. Vous pouvez vous être aperçu que ce n'est pas la vanité qui me fait parler.

» Je voulus débaucher une jeune femme. Son mari le sut, et il me tua. Comme mon âme était toute neuve et n'avait point encore animé d'autres corps, elle fut soudain transportée dans un lieu où les philosophes devaient la juger. Toute ma vie fut pesée et la balance tomba rudement du côté du mal. Je fus condamné à passer dans les animaux les plus vils, et l'on me mit sous la puissance de mon mauvais génie, qui était un petit esprit noir, brûlé et malin qui devait me conduire dans toutes ces transmigrations ; mais moi, sans m'étonner, sans m'affliger, sans me plaindre, je conservai ma gaieté ordinaire et j'éclatai de rire en voyant les autres ombres épouvantées. Un des principaux philosophes admira mon courage et me prit en amitié. "Pour te faire voir, me dit-il, que j'estime ta fermeté, je vais t'accorder le seul don qui soit en ma puissance, c'est la faculté de te ressouvenir de tout ce qui t'arrivera dans toutes les révolutions de ton être."

» Il me fallut d'abord essuyer quatre ou cinq cents transmigrations d'insecte en insecte ; pendant tout ce temps-là, mes vies n'eurent guère rien de remarquable[v5]. Je ne vous ferais pas grand plaisir si je vous disais qu'étant sauterelle je broutai ma part d'un pays de vingt lieues ; qu'étant dans une autre transmigration, descendu dans une fourmilière, je charroyai tout l'été la provision comme un chameau. Enfin je tins mon rang dans un parti de frelons contre une armée de guêpes et j'y fus tué des premiers[v6].

» Vous[v7] trouverez dans tout ceci, mon cher Dioclès, la clef de toutes les sympathies et de toutes les antipathies mal démêlées. Elles ont des causes que les gens qui n'ont pas reçu le même don que moi ignoreront toujours. Par exemple, le goût que j'ai pour la musique : je vous dirai bien que je le tiens un peu de ce que j'ai été autrefois un petit rossignol ; et si vous me voyez une si grande facilité de m'énoncer, ne vous étonnez pas quand vous saurez que j'étais, il n'y a pas bien du temps, une pie qui jasait sans cesse et à qui on avait crevé un œil.

» Je fus bientôt transformé en un petit chien. J'étais si joli que ma maîtresse m'estropiait tout le jour et m'étouffait toute la nuit ; elle me faisait tenir sur les pattes de derrière et ne me permettait plus l'usage de celles de devant ; elle me secouait les oreilles ; j'avais tous mes muscles en contraction, et quand ses transports d'amour redoublaient, j'étais toujours en danger de ma vie. Pour comble de malheur elle s'imagina que je serais plus aimable si elle me faisait mourir de faim. J'étais au désespoir et j'enviais bien la condition d'un vilain mâtin, qui vivait négligé dans une cuisine où il passait sa vie en philosophe épicurien. Après deux ans de persécutions, je mourus, laissant un grand vide dans la vie de ma maîtresse, dont je faisais toute l'occupation.

» Je touchais à l'heure où je devais être un gros animal. Je devins loup, et le premier tour de mon métier fut de manger un philosophe ancien qui paissait sous la figure d'un mouton dans une prairie. Après plusieurs changements, je fus fait ours ; mais j'étais si las d'être bête que je songeai à bien vivre et à voir si par ce moyen je n'obtiendrais pas de redevenir homme. Je résolus donc de ne plus manger d'animaux et de paître tristement mon herbe. J'avais si bien fait que les moutons venaient bondir autour de moi et me passaient entre les jambes. J'enrageais de bon cœur, il me prenait des envies… Non, je n'ai jamais tant souffert[v8].

» Une pareille épreuve détermina mon génie à me faire naître un bon animal[v9] et j'y trouvais un grand avantage. Plus j'étais un animal bon et facile, plus l'espérance de devenir homme augmentait en moi, et lorsque j'étais une bête cruelle, comme je n'avais pas une subsistance assurée, j'étais presque toujours ou dans les tourments de la faim, ou dans ceux que donne une trop abondante nourriture

» Il m'arriva un jour une aventure bien extraordinaire ; j'étais bœuf en Égypte, et je ne songeais qu'à paître quelques mauvais roseaux, lorsque des prêtres qui passèrent auprès de mon pâturage s'écrièrent que j'étais Apis, m'adorèrent et me menèrent comme en triomphe dans un magnifique temple. J'ai souvent, depuis que je suis devenu homme, fait de grandes fortunes sans l'avoir plus mérité que cette fois-ci.

» Je n'avais pas beaucoup de vanité et je ne me souciais guère de l'encens qu'on faisait fumer devant moi ; mais je n'étais pas fâché qu'une partie de mon culte fût de me bien nourrir. Dans un mois, je fus gras à pleine peau, ce qui était regardé comme un signe de la prospérité de l'État. Lorsque j'étais malade, toute l'Égypte était en pleurs ; je riais dans ma peau quand je voyais la désolation publique ; j'étais malin comme un singe, et souvent je faisais le malade pour voir pleurer tout le monde. Mais ayant entendu un vieux prêtre qui disait : "La santé du Dieu est si chancelante qu'il ne veut plus être manifesté sous cette figure ; à la première rechute, nous l'irons noyer dans la fontaine sacrée", ce discours fit impression sur moi et je me portai très bien.

» Vous savez, mon cher [Dioclès[1]], que tous les animaux ont un attachement naturel pour leur être ; c'est pour cela que les philosophes défendent si fort de les tuer. Comme chaque âme habite volontiers le corps qui lui est tombé en partage, on ne peut l'en déloger sans lui faire violence.

» Un jour mon esprit s'étendit et je me trouvai un gros philosophe. J'avais de la raison, du sens, de la prudence, en un mot j'étais éléphant. Un roi du Tibet m'acheta et me destina à porter une des reines. Une nuit qu'il voyageait avec ses femmes et toute sa suite, je sentis ma charge augmenter de la moitié : mon conducteur était monté dans la cage où était la reine. Occupé de ses plaisirs, il ne songeait guère à me guider, mais j'allai toujours mon train. À la fin il descendit, et pour faire voir qu'il était à terre, il se mit à jurer contre moi et à me battre. "Mon Dieu ! dis-je en moi-même, les hommes sont bien injustes. Ils ne sont jamais plus portés à rendre les autres malheureux que lorsqu'ils jouissent de quelque bonheur."

» Un jeune éléphant ayant été pris dans les bois, on le donna à dresser à un de mes camarades et à moi. Nous mîmes cet écolier entre nous deux et nous le gourmâmes[2] si bien qu'il fut d'abord instruit, il devint privé[1] et obéissant comme nous-mêmes. Je vis que mon camarade prenait du plaisir à cet acte de supériorité. Je fis cette réflexion : la liberté naturelle est de tous côtés attaquée ; ceux qui vivent dans l'esclavage sont aussi ennemis de la liberté des autres que ceux qui commandent avec plus d'empire.

» Une des femmes du roi, ayant été surprise avec un homme, fut condamnée à être mise sous mes pieds pour y être foulée. Je dis en moi-même : "Voici un homme qui n'a que quatre coudées[2] comme les autres et qui est aussi à charge à la providence que si elle lui avait donné mille corps ; combien d'hommes se rassasieraient des mets que j'ai vu présenter à sa table. Nous qui sommes destinés à porter sa personne pourrions porter à l'aise une armée, et enfin il faut un nombre innombrable de femmes à ses plaisirs ou à ses dégoûts. Son corps a peu de besoins, mais son esprit les multiplie et, ne pouvant avoir que des plaisirs très bornés, il s'imagine qu'il jouit de tous ceux dont il prive les autres. Je vais punir une femme pour avoir violé des lois qu'on est mille fois plus coupable d'avoir faites." J'obéis, mais c'est à regret. Dès que j'eus fait mon office, le roi vint me flatter ; mais j'étais si indigné contre lui que je lui donnai un coup de trompe et je le jetai à dix pas de là.

» Tout d'abord les courtisans m'entourèrent, je vis mille dards tournés contre moi. J'allais périr lorsque quelqu'un s'écria : "Le roi est mort." Soudain chacun baissa les armes, plusieurs même vinrent me caresser, et un instant après tout le monde disparut.

» Tout retentit bientôt des cris et des acclamations publiques. On alla tirer l'héritier présomptif d'une prison où il était enfermé ; le corps du roi défunt fut jeté dans un égout. On m'entoura de fleurs, on me mena par la ville et on me mit dans un magnifique temple. Que veut dire ceci? dis-je en moi-même. C'est la seule mauvaise action que j'aie faite, et d'abord on m'élève des autels[v10].

» [Mon génie, mécontent de moi, me fit redevenir bête[v11].] Il voulut que je broutasse l'herbe et je naquis cheval.

» À l'âge de sept ans, je quittai la prairie et j'aidai à traîner un char dans les rues d'Ecbatane[1]. Chose admirable, mon maître n'avait rien à faire depuis le matin jusqu'au soir, et je mourais de fatigue à son service. Il me menait avec une vitesse incroyable comme si toute la ville l'avait attendu, et me ramenait du même train dans un autre lieu où il était tout aussi inutile. Tout fuyait devant moi; ceux même qui m'avaient évité avaient peine à le croire et mon étourdi riait de bon cœur. Son triomphe c'étaient les embarras; il se rendait d'abord maître du terrain et sa voix était si forte qu'on n'entendait que lui. Sa colère et ses jurements augmentaient avec les obstacles, et quand il s'était fait faire place, il ne savait plus où aller.

» Je n'espérais de sortir de ses mains que lorsque je lui aurais fait rompre le cou; mais un beau jour je fus saisi par ses créanciers et un vieux usurier me prit en paiement. Hélas! Que je regrettai la folie de mon premier maître quand j'eus affaire à la prudence de celui-ci. Il avait calculé ce qu'il fallait à un pauvre animal comme moi pour ne pas mourir de faim, et il me faisait si bien jeûner que je croyais tous les jours que je jeûnais pour la dernière fois.

» J'entendis un jour un vacarme horrible dans la

maison ; c'était le vieux avare qui s'emportait contre ses domestiques et haussait si fort sa voix qu'à la fin il la perdit et qu'il tenta vainement d'exprimer sa rage. Je dis en moi-même : "Je suis encore plus heureux que cet homme-ci. Ma condition peut changer, mais son mal est incurable ; il est son propre ennemi : il se tient et ne se lâchera jamais."

» Il mourut et j'eus le bonheur que son héritier fût un homme de bon sens. C'était un grave magistrat qui me faisait aller avec le même sang-froid au lieu où il rendait la justice et chez une ancienne maîtresse qu'il avait. Je restais tous les jours trois heures, ni plus ni moins, à la porte de cette vieille, après quoi je voyais descendre mon maître, sans que ses cheveux, sa longue veste et son attirail ordinaire fussent le moins du monde dérangés. Mon conducteur donnait un petit coup de fouet, je partais gravement et j'arrivais de même ; et j'étais si sûr de mon chemin qu'étant devenu aveugle, personne ne s'en aperçut. Mon maître, sa maîtresse[v12], un vieux cocher et moi mourûmes à peu près tous quatre ensemble. L'heure de notre mort semblait avoir été prédite par un événement sinistre. Le carrosse que j'avais tant traîné avait rencontré une grosse pierre et s'était mis en pièces. »

II

Après qu'Ayesda eut parlé, l'Éphésien[1] commença ainsi : « Je ne suis point du tout étonné, Ayesda, de ce que vous venez de dire. Vous n'êtes point le seul à qui les dieux aient accordé de se souvenir des choses qu'ils ont vues dans leurs diverses transmigrations. Les hommes bornés sont ceux qui ne connaissent que leur vie présente. Les esprits plus étendus sont ceux qui jouissent des connaissances qu'ils ont acquises dans plusieurs vies.

» Je puis dire que je suis de ce nombre ; aussi, si j'ai quelque supériorité sur les autres, n'en ai-je point de vanité. Est-il surprenant que je tire quelque avantage de l'expérience de tant de siècles ?

» Cependant, Ayesda, vous avez dit tant de choses qui ont du rapport à celles que je pourrais dire que j'accourcirai beaucoup mon discours. Je ne vous parlerai que des choses qui sont merveilleuses parmi les merveilles.

» Il aurait été à souhaiter lorsque je devins homme que j'eusse eu autant de vertu que lorsque j'étais une si grosse bête[1] ; mais je ne me trouvai plus la même tranquillité d'esprit, ni cette liberté de raisonnement, cette sagesse et cette prudence que j'avais eues ; au contraire j'étais plein de passions, de caprices et de contretemps.

» Mon entrée dans le monde ne fut pas heureuse ; car à l'âge de dix-huit ans, je fus pendu. J'en dirais bien la cause, mais je passe légèrement sur cela ; suffit que je me comportai très bien, et que dans tout le chemin on louait beaucoup ma contenance. En vérité, dit un artisan, il a de l'honneur dans son fait. Je suis, disait un autre, un homme d'habitude, il y a trente ans que j'assiste régulièrement à ces sortes d'assemblées, mais je n'ai jamais vu d'homme qui s'en soit mieux tiré que celui-là.

» Je vous dis, mon cher Ayesda, des choses que je pourrais bien vous cacher ; mais ayant continuellement changé, je ne me regarde pas comme un individu. J'ai été très souvent fripon, assez rarement honnête homme. C'est la faute de l'humanité plus que la mienne, et d'ailleurs je crois ne devoir répondre que de ce qui se passe dans ma transmigration présente, et je pense que vous ne doutez pas que je ne sois actuellement un homme de bien.

» Étant né à Messène, je pris une femme jeune, jolie, coquette, et qui donnait mon amitié à tous les jeunes gens qui entraient chez moi. J'en devins jaloux. Pour me guérir, elle me fit voir à n'en pouvoir plus douter que j'avais raison de l'être. Dès ce moment je ne le fus plus, et nous vécûmes de la meilleure intelligence du monde.

» Devenu veuf, je me mariai à une femme qui avait été belle et qui prétendait que je fusse amoureux d'elle parce qu'elle avait eu autrefois beaucoup d'amants. Je pris une maîtresse, et je disais que je l'entretenais parce que je la payais bien ; mais je trouvai qu'elle de son côté entretenait un homme de guerre, cet homme de guerre une prêtresse d'Apollon, cette prêtresse un joueur de flûte, ce joueur de flûte une courtisane, et cette courtisane un laquais[1]. Je fis d'un seul coup tomber tous ces ménages. Par le crédit de ma première femme, j'avais été maltôtier[2] du roi de Corinthe. Les grands venaient manger chez moi, et j'étais précisément de l'impertinence qu'il leur fallait. Je fis mal mes affaires ; on me destitua et, dès que je ne pus plus être voleur, tout le monde se mit à crier que j'étais un fripon.

» Une nouvelle métamorphose donna à Sicyone un très mauvais poète. Je n'ai dans aucune de mes transmigrations porté un habit si usé que dans celle-là. Je passai ma misérable vie à mordre les grands qui n'en savaient rien et les petits qui ne s'en mettaient point en peine. J'étais comme les vipères que l'on met dans des vases où on les fait jeûner des années entières ; je jetais mon venin tout autour de moi, et il ne tombait sur personne.

» Dans une autre transmigration, je me fis courtisan. Je commençai d'abord à faire paraître beaucoup de mépris pour ma profession, et je disais toujours : "Bon Dieu ! qu'est ceci ? Ne serai-je jamais délivré de cette servitude de la cour ?" Cependant je fus assez heureux pour pouvoir faire deux ou trois mauvaises actions ; quand il y en avait quelqu'une qui aurait pu me déshonorer, je la faisais faire par ma femme, et quand je voyais que quelque sot, en se livrant trop grossièrement, avait perdu l'estime publique, je déclamais contre lui de la belle manière, et l'on disait : "Il ne peut pas souffrir les bassesses." Quand je voyais un homme de bien dans le malheur, je le trouvais un fripon, et quand je voyais un fripon dans la prospérité, je le trouvais homme de bien. Je traitais comme mes amis tous ceux qui me mortifiaient, tous ceux qui me méprisaient, tous ceux qui me désespéraient, et les gens qui étaient au-dessous de moi, pourvu qu'ils ne pussent pas me faire de mal, je les traitais comme mes ennemis, et je tirais en secret l'horoscope de tous les gens de la cour ; si je pouvais prévoir la faveur de quelqu'un, je commençais à m'humilier devant lui ; si je me trompais sur sa fortune[1], je corrigeais si bien mon erreur que je ne le regardais plus.

» Je vous communiquerai, Ayesda, une réflexion que j'ai faite. Ayant vécu dans tous les états, dans tous les lieux et dans tous les temps, j'ai trouvé que l'honneur n'a jamais dû m'empêcher de faire une mauvaise action. Je me suis aperçu que dans les crimes qui déshonorent, il y a toujours une manière de les commettre qui ne déshonore pas, et avec ce petit principe que mon expérience me fit connaître dès ma seconde transmigration[1], j'ai violé et suivi les lois, été honnête homme et malhonnête homme, ayant toujours le plus qu'il m'a été possible tué, volé, trompé de la seule façon que l'honneur me l'a permis.

» Dans cette vie-ci je fus l'homme de mon temps le plus à la mode. J'étais un misérable officier d'un roi d'Égypte lorsque l'envie me prit de laisser mes camarades sous leurs tentes et d'aller à Thèbes où je me mis à jouer. J'avais, grâce à Dieu, les mains bonnes, et quand la fortune ne me suivait pas, je la traînais après moi[2]. Vous ne sauriez croire combien j'étais aimé des grands seigneurs que je ruinais ; ils m'embrassaient sans cesse et me faisaient mille excuses de ce qu'ils ne me payaient pas à l'échéance l'argent que je leur avais volé ; car comme je vous ai dit, je ne m'avisais pas d'aller jouer pour faire des actions de morale. Cependant mes belles manières leur donnaient tant de goût pour moi qu'ils étaient au désespoir quand ils se trouvaient obligés de s'ennuyer à jouer avec quelque honnête homme. On me mettait de toutes les parties de plaisir et je dépouillais une société de si bonne grâce que toutes les femmes me lorgnaient[3] ; ce qui m'était très souvent à charge, car les distractions que cela me causait m'empêchaient de bien jouer mon argent. Quand on m'annonçait dans une compagnie, il se faisait une acclamation générale ; j'étais un homme d'importance, quoique je n'eusse ni emploi, ni valeur, ni naissance, ni esprit, ni probité, ni savoir.

» Je commençai une autre vie dans la ville de Corinthe : j'entrai dans le monde avec une assez belle figure, un air assuré et une très grande liberté d'esprit. Mon talent principal fut une facilité singulière à emprunter de l'argent. Je trouvai des gens très complaisants, mais un homme qui avait été de mes amis me devint insupportable, car il ne me voyait jamais qu'il ne me parlât de le payer. Il était si sot que je ne pouvais le faire entrer dans mes raisons, et il ne se prêtait à aucun de mes arrangements. Il me décriait dans toute la ville, et parlait de moi avec si peu de ménagement qu'à la fin, pour lui fermer la bouche, je fus obligé de lui donner des coups de bâton. Il les reçut patiemment, ce qui me piqua en quelque manière ; car si je l'avais su, je les lui aurais donnés d'abord. Mes billets circulèrent de plus en plus[1] et se multiplièrent au point que je jugeai à propos d'en faire des plaisanteries et de donner à la chose un air ridicule, qui empêchât qu'on ne m'en parlât sérieusement. Il m'en coûta la valeur de trois ou quatre bons mots, et par là je sortis d'affaire. Je vous assure que si je n'avais pas eu le bonheur d'être né avec quelque effronterie, j'aurais été déshonoré mille fois ; vous savez que les vices d'un homme modeste sont toujours jugés à la rigueur, et l'impudence, qui est obligée de donner une amnistie à l'impudence, a la ressource de s'élever contre la timidité, qui est toujours désarmée. Sur ces entrefaites, un de mes parents mourut, et je recueillis une très riche succession. Je pris la résolution d'aller être honnête homme dans quelque autre société, et je fis ce métier-là quelque temps. C'est le sublime de la friponnerie de savoir faire entrer la probité dans son art.

» Je vous avoue, Ayesda, que dans cette transmigration dont je vous parle, je chargeai un peu trop mon caractère. J'ai remarqué que pour bien réussir dans le monde, il faut être seulement sot à demi et à demi fripon. L'on est par là assorti avec tous les hommes, car on aboutit par quatre côtés aux sots, aux gens d'esprit, aux fripons et aux honnêtes gens.

» Dans ma vie suivante j'avais une taille médiocre, des cheveux blonds, une figure mâle et de larges épaules. Je fus l'amant de cinq ou six vieilles femmes et d'autant de monstres plus jeunes. Dans les commencements de ma carrière je la trouvai rude ; mais par un prodige de l'habitude et une certaine force[v13] de mécanisme, je m'accoutumai à la vieillesse et à la laideur, et je parvins au point que la beauté même aurait fait sur moi moins d'impressions ; car l'idée d'une femme charmante ne réveillait plus dans mon esprit que celle de l'indigence. Je ne me piquais point autrement de sentiments : on les admire, on les rend même ; mais on ne les paye pas ; au lieu que je voulais qu'une femme vît toujours dans mes équipages, dans mes habits et dans ma façon de jouer, des marques de ses bons procédés. Vous seriez étonné si je vous disais mes prodiges. Lorsque j'entreprenais de hâter une libéralité tardive, j'avais toujours eu pour maxime de commencer par faire connaître ce que je valais. Je n'ignorais pas que les femmes sont trop avares pour se ruiner avec de certaines gens[v14], qu'elles ne quittent guère que les amants qui ont tort et qu'il y a souvent beaucoup de raison dans ce qu'on appelle leurs caprices.

» Je cherchai donc à consoler le beau sexe de la perte de ses agréments. Je soutins sa décadence et j'honorai ses rides. Je lui présentais mes hommages quand les autres terminèrent les leurs, et je n'ai point à me plaindre de sa reconnaissance, mais seulement d'une certaine équité qui fit que la récompense dépendait tellement des services qu'elle finit avec eux[1].

» Quand les dieux, mon cher Ayesda, veulent purifier une âme, ils la font successivement passer d'un bon animal dans un meilleur, et lorsqu'elle est enfermée dans les corps humains et qu'elle doit finir sa course, ils la mènent d'une vie où elle reçoit quelques impressions de la vertu à une autre où elle en prend davantage ; je vous avoue ingénument que si c'était vers la vertu que je tendais, après tant de voyages je n'étais guère avancé.

» Je naquis, et dans mon enfance ma nourrice m'ayant laissé endormi sous un arbre, elle trouva à son retour que des abeilles avaient couvert mes lèvres de miel[2]. On dit que j'avais de petites mains douces comme du velours, des sourcils argentés et des yeux qui se tournaient tout doucement du côté que je voulais ; dans les écoles, je ne fus jamais affligé des coups de pied que me donnèrent mes camarades, et leurs mépris ne troublèrent point l'union qui était entre nous. Quand je pus former un plan de vie, je cherchai quelque grand seigneur qui eût besoin d'un admirateur, qui fût à lui et qui voulût troquer des services contre des louanges. Je crus en avoir trouvé un et je m'y attachai. J'appuyais tous ses discours et ma tête les suivait si bien qu'elle ne manquait pas de branler ou de se baisser, suivant qu'il plaisait à ce personnage d'approuver ou de rejeter les propos courants. Je l'aurais bien défié de citer une occasion où je l'eusse contredit, et cela quoique je n'eusse guère sujet d'être content de lui : car il était trop avare, et quoiqu'il sût répandre, il ne savait jamais donner. Mon bail étant fini, je fis paraître une bienveillance plus générale, et mon admiration s'étendit beaucoup. Ce qui me désespérait, c'était une espèce d'hommes qu'on appelait gens de mérite, qui recevaient tous mes petits hommages comme des tributs ou comme des affronts ; c'étaient des pièces de bois qui ne se laissaient point tailler, de façon qu'après avoir commencé à les orner, j'étais toujours obligé de les laisser ; mais quand je me trouvais avec ces gens que l'on regarde dans le monde comme des insectes, c'est là que j'étais bien. "Vous rampez, leur disais-je, avec tant de grâce que je vous aime plus que tout ce qui vole dans les airs ; savez-vous que vous avez une infinité de petits pieds les plus jolis du monde : vous n'iriez pas loin avec cela, mais votre démarche est sûre ; la plupart des gens ne voient sur votre corps que de petites écailles ; mais moi qui vous regarde de plus près et qui vous connais mieux, j'y aperçois des montagnes couvertes de diamants, de perles et de rubis."

» Je suis fou, mon cher Ayesda, de prendre un style figuré dans une narration qui doit être[v15] aisée ; c'est que je sens dans ce moment des impressions de la situation de mon esprit dans cette transmigration-là, où je n'employais guère le style simple[1].

» Dans cette vie-ci, je formai moi-même mon caractère. J'avais l'esprit un peu lourd, mais je remarquai comme par instinct que les sots qui avaient de la pesanteur étaient toujours dans l'admiration des sots qui avaient de la vivacité, et que ceux-ci au contraire méprisaient beaucoup les autres. Cela me détermina à travailler à ma réforme[v16]. Je fis des efforts continuels pour tirer de mon cerveau quelque chose, et n'y réussissant pas bien, je me contentai de parler, laissant mes pensées bien loin à la suite de mes paroles. Il y a même des hasards heureux, et il n'était pas possible que, jetant sans cesse mes propos comme trois dés, je n'amenasse[1] quelquefois. Je donnai à ma machine[2] plus de mouvement et je la transportai partout où elle pouvait être regardée ; je saluais de toutes parts, j'embrassais à droite et à gauche, je tournais et me précipitais sur moi-même, et enfin j'obtins l'étourderie qui me manquait ; outre que je me donnai de la gaieté en faisant des éclats de rire à chaque propos, ce qui en augmentait l'agrément à peu près comme un instrument de musique ajoute à la voix qui l'accompagne. Cela faisait un de ces caractères que l'on souffre parce que s'ils ne divertissent pas, ils aident à se divertir, quoiqu'en général, dans la nation où je vivais, on ne fît guère que deux classes d'hommes, ceux qui amusent et ceux qui n'amusent point. Et puisque nous sommes sur cette nation, je vous dirai que l'on avait écrit cette sentence au frontispice de chaque maison : "N'ennuyez pas et vous avez tout ; ennuyez et vous n'avez rien" ; l'on y répétait sans cesse cette maxime : "Ne manquez pas de plaire aux femmes si vous voulez être estimé des hommes", aussi bien que celle-ci : "À quatorze ans achevez de vous polir, à soixante commencez à vous former", et cette autre enfin, car cela ne finirait point : "Ne vous avisez pas d'aller dire des choses si vous êtes assez heureux pour savoir dire des riens."

» Ne me trouvant pas assez de considération à la ville, j'en obtins par le moyen de la cour. Vous seriez étonné si je vous disais pourquoi j'y allais : c'était pour en revenir. Quand j'étais parmi les bourgeois, je leur portais tous les mépris que je venais de recevoir. L'on admirait mes sottises quand je parlais, et l'on admirait mon silence quand je ne parlais pas. Je disais que le prince s'était levé ce matin même et que le lendemain il irait à la chasse ; il s'en fallait bien que le philosophe qui connaît le mouvement des cieux et le cours des étoiles fût aussi content de lui que je l'étais lorsque je pouvais prédire les éclipses et les apparitions du ministre ou du prince.

» Mais quand on venait me parler des affaires publiques, il faut avouer que j'étais dans mon fort. Je me séparais de la compagnie par un air réservé, je prenais un visage dont les plis servaient de barrière contre la curiosité. Au lieu de cette abondance qui m'était ordinaire, je n'employais plus que quelques monosyllabes, et il n'y avait personne qui ne comprît qu'on ne pouvait sans indiscrétion interroger un homme comme moi.

» Étant né en Sicile, j'y acquis une grande considération. J'entrai dans le monde avec un aussi bon estomac qu'homme qu'il y eût à la cour et à la ville. Cette bonne qualité me donna la réputation d'homme aimable et me procura d'illustres amis ; je fis mon chemin à la guerre ; quand je dînais ou soupais, je mangeais toujours de la même force ; on se doutait même que j'avais quelque esprit et que j'aurais décrié les femmes et frondé les ministres tout comme les autres si je n'avais pas été occupé à couper ou à avaler. Mon estomac s'affaiblit, et l'on s'aperçut bientôt que je n'étais plus de si bonne compagnie ; mais ce que je perdis du côté de la force, je le regagnai d'ailleurs, et je me rendis célèbre par la délicatesse de mon goût. Dans chaque maison je faisais des dissertations avec le maître d'hôtel. Si un ragoût était mauvais, je lui en donnais la cause physique, et j'ajoutais la raison pourquoi il n'était pas si mauvais ;

s'il était bon, je lui disais comment il aurait pu être meilleur ; je le battais dans tous ses subterfuges et je l'obligeais à la fin à m'approuver. Quand je revenais avec les convives, je redisais ce que je venais de dire, ou je reprenais quelques vieilles histoires, ou certains propos familiers. Je donnais des raisons du petit nombre de gens aimables dans l'âge présent, je comparais les débauchés anciens avec les débauchés modernes, je trouvais les premiers plus forts et les seconds plus affadis par la galanterie. Je me plaignais de l'éducation prise dans les ruelles et de la proscription des cabarets[v17].

III

» Ce[v18] que vous avez dit est vrai, je dois le croire parce que vous êtes d'honnêtes gens ; mais si par hasard vous étiez tous deux fous cela ne serait pas vrai ; mais moi je vais raconter à Dioclès des choses que j'ai vues et que tout le monde peut avoir vues comme moi, des choses que j'ai entendues et que tout le monde peut avoir entendues comme moi.

» Vous savez que dans la ville d'Abdère les femmes tombèrent dans un genre de folie qui les portait à se montrer toutes nues, et l'on ne pouvait plus les obliger à cacher des choses que la pudeur dérobe à tous les regards. Une maladie à peu près semblable parut il y a dix ans à Athènes, mais elle n'eut pas précisément les mêmes effets ; c'était l'âme qui voulait se montrer toute nue : tout le monde parlait de soi avec une naïveté si singulière qu'on disait les choses mêmes qu'on avait le plus d'intérêt à ne pas révéler. Ce n'était pas le sentiment de pudeur qu'on avait perdu, mais l'artifice qui fait que l'on se montre autrement que l'on est, soit qu'on exagère ses vices ou ses faiblesses pour faire voir qu'on ne les a pas, soit qu'on diminue ses vertus pour faire voir qu'on a celles qui ornent toutes les autres[1]. On ne peut mieux comparer l'état des Athéniens pour lors qu'à celui où nous sommes quand, dans nos songes, nous révélons toutes les choses que nous avons dites et que nous avons faites ; ainsi l'on ne dissimulait rien, chacun croyait parler à soi-même[v19].

» Le bruit de cette maladie s'étant répandu chez les villes grecques, un grand nombre d'étrangers vinrent à Athènes ; mais les magistrats, ne leur voulant pas donner le spectacle des faiblesses de leurs concitoyens, leur firent fermer les portes.

» Je vous avoue que je fus bien étonné quand je fus femme pour la première fois ; et ce qui me rendit la chose plus touchante, c'est que je commençai par être une femme de vingt-cinq ans ; une autre de cet âge ayant perdu l'esprit, mon génie obligea mon âme d'aller remplacer la sienne et il me fallut prendre ce corps-là. J'étais dans un état de langueur, mais peu à peu mes forces revinrent, et je me ranimai à la vue de quelques rubans et d'un miroir que je vis sur une toilette[2]. Un jeune homme qui vint me dire que depuis longtemps il m'aimait, et qui voulait même me le prouver par de certaines libertés qu'il avait, disait-il, coutume de prendre avec moi, me fit tant de plaisir que je n'ai jamais été si charmée.

» Je vous avoue que je ne laissai pas d'être embarrassée dans le rôle nouveau que j'avais à jouer. À peine eus-je animé ma machine deux jours que j'entendis dire que j'étais depuis longtemps brouillée avec tout mon voisinage, que j'avais tenu de certains discours de quelques femmes, que j'avais eu de mauvais procédés avec d'autres, et deux hommes juraient qu'ils se vengeraient de moi et m'insulteraient partout où ils me trouveraient.

» Mon mari vint de la campagne et je vis d'abord à son air chagrin et grondeur que j'avais des fautes à expier. Pour comble de malheur, il trouva dans la poche d'un habit que je ne savais pas avoir des lettres qui n'étaient pas de mon bail[1]. Elles lui apprenaient des choses que j'ignorais et qu'il eût été bon qu'il eût ignorées aussi. Il entra avec moi dans d'étranges éclaircissements. Il perdait l'esprit lorsqu'il entendait mes réponses qui, à la vérité, sur un pareil sujet étaient très peu satisfaisantes. "Cela se peut, Monsieur, mais je ne m'en souviens pas." "Mon cher ami, si cela est ainsi, je ne sais pas comment cela s'est pu faire." "Je n'ai rien à répondre, mais je n'aurais jamais dit cela de moi." Quand il fut fatigué lui-même de sa mauvaise humeur, nous nous raccommodâmes. Il reprit ses anciennes manières, mais il trouvait les miennes nouvelles. Il ne concevait pas ce que je pouvais avoir fait de cette négative éternelle que je mettais à la tête de tous mes discours et encore moins comment il était possible que je voulusse la même chose tout un jour. Je le déconcertai bien davantage lorsque je l'aimai. Il était si peu fait à entendre parler chez lui de sentiments qu'il crut toujours que je le jouais, et il fut si malheureux qu'il aima sa femme quand elle ne mérita point d'être aimée, et qu'il cessa de l'aimer quand elle fut digne de son amour.

» Ceci vous dévoile bien des choses, mon cher

Ayesda. Quand vous verrez des gens dont le caractère est incompatible avec leur caractère même, composez-les de deux âmes, et vous ne serez plus surpris.

» Je naquis chez les Noirs africains ; à l'âge de sept ans on me fit[v20] l'opération du monde la plus triste et je fus vendu pour servir en Orient dans le palais d'un grand seigneur[v21].

» Je montai de degrés en degrés au rang de premier eunuque[v22] ; rien ne me fut caché. Tous les trésors étaient prodigués à ma vue[v23] et j'étais dédaigné par la pudeur même.

» Une de ces femmes, mais mon secret ne m'échappa jamais, sut me charmer. Il fallait pour lui plaire vanter sa beauté à son maître et le mien. Je sentais mon cœur se déchirer. Il fallait par devoir l'amener dans ses bras, et lorsque je la voyais empressée ignorer que je la conduisais et voler devant moi, quand sur ce lit terrible je l'entendais murmurer ses amours, je sentais un tourment plus cruel que mille morts.

» Je la tirais du lit pour la mener dans l'appartement des bains. Ô dieux ! Elle ne me parlait que de ses plaisirs[v24].

» Je disais en moi-même : "Tous ces esclaves, ces femmes et moi ne sommes que les ministres des délices d'un seul. C'est pour les assurer qu'une main barbare m'a mis dans l'état où je me vois. Je suis tourmenté pour qu'il soit plus tranquille. Il nage dans les plaisirs, il jouit pour jouir encore, et moi, bien loin de posséder, je n'ai pas seulement d'idées que je ne trouve vaines ni de désirs dont je ne sente aussitôt l'illusion."

» Mon génie, qui voulut me faire une grande leçon, fit changer de demeure à mon âme. J'animai le corps de mon maître et son âme anima le mien ; mais j'avoue que je ne me trouvai guère plus heureux lorsque j'eus tout, que je ne l'avais été lorsque je n'avais rien.

» Je me sentis accablé de maladies, de lassitudes et de dégoûts ; la présence d'une femme ne me promettait plus qu'une faiblesse plus grande. Que vous dirai-je de ces amours commencés et finis par l'impuissance, produit infortuné de ce que les sens, qui se secourent, ont de plus recherché ? Effort imbécile[1] de toutes leurs tentatives ensemble, situation étrange où l'on est auprès du comble de la félicité sans en avoir l'espérance !

» Je revis celle que j'avais autrefois adorée. Si l'on m'avait dit pour lors qu'il viendrait un jour où sa beauté ne toucherait plus mon âme, je ne l'aurais jamais cru. Si cette âme avait pu prévoir que les dieux feraient cesser pour elle l'affreux obstacle qu'une main barbare avait mis à sa félicité, elle aurait eu une joie qu'elle n'a jamais sentie ; mais la présence, les regards, les caresses de la plus belle personne du monde, rien de tout cela n'alla à mon cœur. Je me laissai aller dans ses bras, je n'y trouvai que l'irritation de la langueur même, et j'eus tout sujet de me convaincre que l'excès du plaisir ne se trouve que dans la modération des plaisirs[v25].

» Cependant l'âme de mon maître, accoutumée à ne se rien refuser, portait le corps qu'elle avait à des entreprises bien extraordinaires pour le sérail, et le nouvel eunuque osait à tous les instants montrer des désirs[2]. J'ordonnai des châtiments sévères ; mais j'étais arrêté par une certaine pitié pour mon ancien corps. Tout noir, tout affreux, tout mutilé qu'il était j'avais pour lui de la sympathie.

» Les mystères de la métempsycose une fois bien connus, mon cher Ayesda, expliquent presque tous les effets naturels[1]. Vous voyez des femmes charmantes avoir des amants très laids. Vous voyez des hommes qui soupirent pour des femmes affreuses. Savez-vous si leurs âmes n'ont point changé de corps ?

» Dans une autre transmigration, je me trouvai être du beau sexe. J'étais de l'île de Chypre et un grand seigneur m'épousa. Il commença d'abord par manger tout son bien, je ne saurais pas dire comment : car il était ruiné que personne ne s'en était aperçu. Dans cet état, je me servis des ressources que peuvent donner à une femme des accès à la cour. Je me mêlai des affaires de ceux que la fortune avait éloignés des grâces du prince. Je connaissais les favoris et les ministres et je les voyais souvent, et pour vous dire le caractère de ces gens-là, leur vanité était flattée quand ils pouvaient faire quelque mauvais compliment aux hommes, et elle était flattée quand ils faisaient des politesses aux femmes. Avec les hommes, ils voulaient faire voir qu'ils étaient grands, et avec nous ils voulaient montrer qu'ils étaient aimables. Pour revenir à moi, j'aimais à demander ; mais j'aimais aussi à obtenir ; quelque chose que l'on me dît, j'allais toujours mon train, et pour les raisons qu'on pouvait me donner, je n'étais pas bête au point de me piquer de les entendre ; au contraire, après qu'on avait bien travaillé à m'expliquer l'impossibilité de la chose, on était tout étonné que je recommençais à la demander. Me parlait-on de maximes et de règles, je parlais de bienséance et d'égards, et si l'on venait me dire que la chose était sans exemple, je ne pouvais revenir de mon étonnement de ce qu'on ne voulait pas faire un exemple pour moi.

» Voilà comment je travaillais à corriger la pédanterie des hommes publics, et sans cela de quoi serions-nous devenus ? Vous pouvez compter qu'une femme qui n'est que femme ruine un mari par son état si elle ne le ruine pas par ses mœurs, au lieu qu'une autre qui sait se retourner rétablit par ses mœurs une maison qu'elle ruinerait par son état.

» Voici une réflexion, mon cher Ayesda, que vous prendrez peut-être pour une digression ; c'est qu'il ne faut pas s'étonner que tant de gens courent après la fortune : il y a très peu d'hommes qui aient de bonnes raisons pour se juger exclus de ses faveurs. Êtes-vous né avec de l'impertinence, tant mieux, il ne vous faut qu'un saut pour aller à l'importance, d'où vous volez à l'impudence, et vous parvenez. Êtes-vous né avec de la sottise, vous voilà bien. On vous mettra dans une grande place, pour que vous n'en occupiez que le devant et que le fond en soit toujours vide. Parlez-vous à tort et à travers, vous êtes trop heureux, vous plaisez par là à la moitié du monde, et sûrement à plus des trois quarts de l'autre. Votre stupidité vous rend-elle taciturne, cela est bon, vous serez propre à recevoir le masque d'un homme de bon sens. Allons notre chemin, marchons. On ne saurait nous montrer une route que les fils de la Fortune n'aient battue avant nous.

» Dans la suite je me trouvai une très jolie créature. Je ne savais pas encore ce que c'était que l'amour, et je cherchais à l'inspirer. À l'âge de douze ans, j'imaginais ; à treize, je me faisais séduire. Déjà j'accordais ce que je refusais, je hâtais ce que je différais et je promettais ce que j'exigeais. D'innocente, je devenais timide, je me laissais rassurer et tout finissait par des traits d'une très grande hardiesse. Après quinze ans d'aventures à Athènes trop longues à vous raconter, je m'en allai à Éphèse, et pendant trois mois je fus si modeste qu'un jeune homme me conjura de l'épouser. J'obtins sur son impatience quinze jours pour me préparer à la virginité. J'y réussis très mal; mais je fus assez heureuse pour donner de la surprise à mon mari sans lui donner de la méfiance. Quand il eut passé ses premiers feux, il sentit qu'il était pauvre, et il agréa que je me misse à la tête de ses affaires. Je repris donc mon premier train de vie; mais j'étais peu considérée car je n'avais encore eu pour amants que des bourgeois; mais ayant eu le bonheur de plaire à un grand seigneur et ensuite à un homme riche, je fus tout à coup à la mode, tout le monde voulait m'avoir, et moi je faisais l'importante, j'avais de grands airs qui augmentaient tous les jours, et je devenais plus chère à mesure que je valais moins.

» Ma fortune étant faite, je crus ne devoir plus aimer que pour mes plaisirs; mais je m'y pris si tard, que je ne pus guère dire que ce fut aussi pour les plaisirs des autres. Je ne laissai pas de retenir le titre de belle. À l'âge de soixante ans, je me présentais encore comme une nymphe. L'air de satisfaction qu'on me trouvait et l'ignorance profonde de la perte de mes charmes firent que l'on continua à me dire les mêmes choses, et comme je ne connus point le moment où l'on finissait de me dire vrai et où l'on commençait à me parler faux, je continuai à me croire toujours aimable. Enfin mes amants prirent avec moi de si grands airs et ils m'escroquèrent tant d'argent qu'ils m'ouvrirent les yeux et m'apprirent un secret que je n'aurais jamais trouvé de moi-même. Je fus si heureuse que je ne sentis presque la nécessité de vieillir que lorsque j'éprouvai celle de cesser de vivre.

» J'ai été si souvent femme et si souvent homme, Ayesda, que je suis plus en état que Tirésie[1] de dire lequel des deux sexes a l'avantage. Je connais au juste le fort et le faible de l'un et de l'autre. Je vous dirai seulement que lorsque j'étais femme, je m'imaginais que j'étais née pour faire le bonheur de tous les hommes que je voyais. Il me semblait que j'animais toute la nature et qu'on recevait à la ronde des impressions de moi. Enfin je croyais que les dieux avaient mis tous leurs trésors et toutes leurs perfections entre mes rideaux[2]. J'avais le souverain plaisir que donne la vanité avec celui que je partageais.

» Je fus femme encore et ayant plu à beaucoup de monde, j'eus tant d'aventures et tant de façons que la famille de mon mari, qui était des plus obscures, commença à être connue. Je ne puis pas dire que j'eusse donné à mon mari l'estime publique, mais seulement une espèce de considération que je ne saurais bien vous définir car elle semble être opposée à la considération même. Ma mère, qui m'aimait beaucoup, me disait toujours : "Ma chère enfant, laissez-les parler. Mettez-vous bien dans l'esprit que l'obscurité est tout ce qu'il y a de pis dans ce monde-ci, fuyez-la. Quand on n'en peut pas sortir par des vertus, il faut en sortir par de certains vices, ou au moins par de certains ridicules. Sachez que le dernier degré de bassesse est d'être d'une famille où personne n'a seulement été en état de recevoir des mépris distingués de la part du public."

» Dans une autre vie, je fus à un financier, c'est-à-dire que je fus à lui après avoir été à beaucoup d'autres. Cet homme qui n'avait aucun usage du monde me demanda d'abord de la façon la plus grossière et la plus plate si j'avais... Il voulait parler de cette fleur que le peuple cherche et que les honnêtes gens supposent toujours. "Monsieur, lui dis-je, je ne saurais répondre à cette question ; mais je vous supplie de voir combien je rougis. Un homme aussi aimable que vous mérite bien d'avoir d'une femme sa première faveur et sa dernière ; mais vos doutes m'offensent au point que je crois que si je ne vous aimais pas, je vous renverrais tous les présents que vous m'avez faits, et serais inexorable sur tous ceux que vous voulez me faire. Je les ai reçus comme des marques d'une belle passion, et pour cela il a fallu que je prisse beaucoup sur ma délicatesse. J'ai trahi mes sentiments de générosité pour faire paraître avec éclat tous les vôtres ; si j'avais agi autrement et que j'eusse refusé vos dons, je me serais épargné la douleur de m'entendre faire une question si dure." En finissant ces mots, je laissai couler quelques larmes et mon gros homme les crut ; il se félicita d'avoir été l'écueil contre lequel s'était brisé ma vertu et sa vanité augmenta à un tel point son amour qu'il me combla de biens. J'attendis tranquillement le moment où je devais le renvoyer, c'est-à-dire celui où il me donnerait moins ; ce moment arrivé, je lui parus convaincue qu'il ne m'aimait plus. Je me piquai, je m'offensai, je me brouillai avec lui et j'en pris un autre. C'était un bon gentilhomme qui m'épousa et fit revenir l'honneur sur toute ma vie passée. La modestie n'est pas proprement la vertu ; mais elle la représente et comme vous savez, toute cette affaire est pleine de fictions. Je montrai de la retenue ; je ne me rendis qu'après de belles défenses, et je mis dans ma conduite toutes les obscurités nécessaires. Mon mari, après avoir vécu quinze ans avec moi, mourut et me laissa de grands biens. Dans cette nouvelle situation j'examinai mes charmes et, les ayant trouvés considérablement diminués, j'eus le bon esprit de devenir prude. Ce nouveau tour réussit, car mes amants ne me demandèrent plus de beauté ; et en effet je n'étais point obligée d'en avoir, m'étant si bien exécutée. On ne devait plus être frappé que d'une certaine dignité que je faisais paraître et d'une espèce de respect que j'avais pris pour moi-même en en manquant à tous les autres. Vous savez que tout gît dans les obstacles que les hommes ont le plaisir de vaincre. Triompher auprès d'une jeune personne des difficultés de l'innocence et de l'éducation, ou triompher auprès d'une prude des difficultés de la raison et de la décence, n'est-ce pas toujours la même chose ? Devenue plus vieille, je m'amusai du culte des dieux et je m'attachai à leurs ministres. Ils n'étaient point agréables comme nos jeunes gens ; mais ils n'étaient ni si fainéants ni si faibles. Ils n'étaient ni si contents d'eux-mêmes ni si peu de nous. Je les haïssais bien, ces jeunes gens avec leur impertinente frisure. Je les haïssais bien avec leurs sots discours. Que vous dirai-je, je tombai dans l'imbécillité et ce fut le seul rôle vrai que j'eusse joué de ma vie.

» Mon âme avait été tellement affectée dans toutes ces vies qu'elle n'était plus propre qu'à mouvoir les organes d'une femme ; aussi dans mes transmigrations suivantes me trouvai-je une faiblesse inconcevable dans le caractère.

» Dans la première on disait que j'étais beau, mais

excessivement fade. Je prenais un soin extraordinaire de ma chevelure et de mon teint et j'aimais beaucoup ma figure. J'avais de petits gestes et de certaines façons. On voyait quelque chose de languissant dans ma démarche et mes yeux. Je m'évanouissais à tout propos et il fallait que des flacons me fissent continuellement renaître[1]. J'avais peur de tout et je n'étais rassuré que par les devins. Ma vie, c'était d'être regardé, et je ne paraissais guère que dans les lieux où je pouvais bien l'être. Avec les femmes, il ne me vint jamais à l'esprit d'aimer ni d'être aimé. Il m'aurait suffi d'en être admiré. Quand j'étais avec quelqu'une d'elles, on disait que nous donnions un spectacle singulier. On ne nous aurait jamais pris pour deux amants mais pour deux rivaux. C'était un combat où personne ne cherchait à attaquer, où l'un et l'autre paraissait se défendre et où les deux champions semblaient n'être pas convenus des lois du duel.

» Je viens de vous parler d'une vie où je n'étais proprement rien. Dans celle-ci j'étais peut-être quelque chose de plus. Il y avait des gens qui me croyaient un fat. Outre ma figure, mes équipages et mes habits, j'admirais beaucoup mon esprit, ce dernier article augmentait mes torts et me rendait plus incommode.

» Vous remarquerez que dans ces deux transmigrations, j'étais d'un assez bon naturel, et comment aurais-je été méchant ? Quand on s'admire sans cesse, on ne peut être irrité contre personne.

» Je naquis à Athènes pour être encore un joli homme. Les grâces qui président à la naissance des petits-maîtres se trouvèrent à la mienne : l'impertinence, la folie et le mépris des choses louables. À l'âge de quinze ans, je fis l'homme de qualité et j'y réussis assez bien. Je crus devoir faire aussi l'homme d'esprit et cela me fut encore plus aisé ; toute la difficulté était de faire l'homme riche et je crus que les femmes m'aideraient à cela. Mais cinq ou six rubans qu'elles me donnèrent me coûtèrent le peu de bien que j'avais. Pour lors tous mes amis m'abandonnèrent ; mais m'étant mis à jouer, je regagnai mon bien et mes amis.

» Cependant mes cheveux tombèrent, mes traits vieillirent et ma taille s'épaissit. Je me crus perdu auprès des femmes, mais la réputation d'avoir été aimable et d'avoir été aimé me soutint auprès de quelques-unes et sembla me rendre ma figure passée ; aussi gardai-je mes premiers airs. Je parus toujours sûr de moi-même, je ne doutai de rien. Il courait dans le monde des histoires de mes aventures : elles parlaient pour moi. Il est vrai qu'une femme n'avait pas longtemps la tête tournée et que lorsqu'elle avait bien reconnu le terrain, elle aimait autant établir la réputation de quelque autre que jouir de la mienne.

» Mon génie, voyant qu'il m'avait manqué trois fois, jugea qu'il n'y avait pas moyen de faire un homme de moi. Je fus donc encore enveloppé dans les organes d'une femme.

» Je me mariai en Macédoine. Le roi ayant déclaré la guerre à un de ses voisins, nos maris partirent et nous crûmes qu'il était du bon air de nous affliger. Des gens disaient : en vérité c'est une chose bien nécessaire que des hommes à ces femmes-là ; mais comment ces gens si regrettés pendant la guerre étaient-ils si ennuyeux pendant la paix ? Mais moi je sais bien que celui que je regrettais ne m'ennuyait point. C'était un jeune homme très joli, neveu d'un vieux mari à moi, et je lui avais déjà donné la succession de l'oncle, car le bonhomme jouissait très peu de son bien[1]. Le petit garçon en partant m'avait fait les adieux du monde les plus propres à le faire regretter. Jugez si j'étais affligée, surtout quand on a un bon cœur. Mon mari revint ; mais le jeune homme n'était pas encore arrivé : le pauvre garçon, il avait tant souffert. La joie rentra dans la maison et mon mari, qui avait pris ma tristesse pour des froideurs, prit ma vivacité pour un feu du mariage ; il voulut redoubler ses caresses. Je vous assure que ce qui est établi est bien établi, et que si les hommes n'avaient pas cette vanité ou cette sottise qui fait qu'ils se trompent eux-mêmes ou qu'ils sont trompés, ils seraient bien malheureux.

» À chaque histoire que je vous fais, mon cher Ayesda, je me transporte si bien dans la situation où j'ai été qu'il me semble que j'y suis encore. Il est très difficile que dans nos transmigrations, nous nous dégagions tout à fait de nos premières manières d'être. Je pourrai me comparer dans toutes mes vies à ces insectes qui semblent naître et mourir plusieurs fois, quoiqu'ils ne fassent que se dépouiller successivement de leurs enveloppes.

» Je me trouvai encore du beau sexe. Ma figure était passable et je me serais fait épouser sans un défaut : c'est que j'étais la plus extravagante créature qui fût au monde. J'avais beau présenter des petits paniers d'osier à Diane pour qu'elle me donnât un mari, le mari ne venait point. Enfin je m'adressai à Vénus : car au bout du compte j'aimais mieux qu'on dît que je ne me mariais point parce que je n'étais pas chaste, que parce que je n'étais pas jolie. Je fus une très bonne fortune pour un amant fort laid. Il m'aima, me prit pour sa maîtresse, et je fus obligée de vivre avec lui toujours suspendue entre mon amour général pour les hommes et ma haine particulière pour celui-ci, et je passai ma vie à me satisfaire sans goût et à calmer mes sens sans plaisir.

» Dans une autre transmigration je fus sans mérite une femme assez sage. Je n'étais point jolie, et une chose me mettait au désespoir contre les hommes, c'était la manière équivoque avec laquelle ils me disaient des douceurs : car je ne savais jamais distinguer ce qui avait été dit en faveur de mon sexe, d'avec ce qui était dit en faveur de ma personne ; de manière qu'après mille protestations, je restais incertaine ; mais ce qui achevait de me désoler, c'est qu'on me donnait dans le monde toutes les aventures que j'enrageais de n'avoir pas eues.

» Cela me fit résoudre à m'attacher à mon mari ; ainsi je le désolais depuis le matin jusqu'au soir. J'avais pour lui tant d'attentions que je ne lui laissais pas un quart d'heure de relâche, et je portais si loin de mon côté la cérémonie du mariage qu'il était impossible que du sien il en négligeât l'essentiel.

» Dans cette vie-ci, j'étais si semblable à ce que j'avais été dans la précédente que mon génie en riant disait que j'étais ma propre sœur. Mon caractère était celui d'une assez bonne femme ; mais j'avais un ton de voix si aigre et si sec que je ne donnais jamais le bonjour à quelqu'un qu'il ne fût tenté de croire que je lui disais des injures. Je décourageais de me parler. Ceux que ma voix appelait[v26], elle les repoussait, et quelque chose que je disse, on examinait d'abord si elle pourrait être prise en mauvaise part. Cela m'attirait souvent des réponses un peu dures, et moi, faisant des efforts pour m'excuser, je sentais ma voix s'aigrir insensiblement, ce qui formait une dispute fort extraordinaire dans laquelle mon malheureux fausset avait à combattre toute la mauvaise humeur des autres ; or comme quand je parlais, il semblait que je disputais, aussi lorsque je disputais, il semblait que je décidais et, à dire le vrai, il m'eût été très facile de n'être jamais de l'avis des autres car personne ne voulait être du mien. Les choses étant dans cet état, vous jugez bien que j'attrapai aisément des ridicules ; que quand ils étaient sur moi, ils y tenaient bien, et que personne ne venait les en ôter. Ma mère qui avait beaucoup d'esprit disait toujours : Je connais bien ma fille ; elle a un très bon naturel ; mais vous pouvez compter que personne n'en saura jamais rien.

. . . .

IV[1]

» Dans cette vie-ci je me plaignis tant et si longtemps de mon sort que mon génie, perdant patience, m'apparut et me dit : “Il y a longtemps que tu m'importunes ; veux-tu que selon le pouvoir que j'en ai reçu du destin, je te métamorphose tout à l'heure en quelque autre homme ? — C'est selon l'homme, répondis-je tout étonné. — Eh bien veux-tu être Achéménidas, le roi de ton pays[2] ? — Ah divin génie, il est si décrépit que je n'aurais pas deux mois à vivre. — Veux-tu être le jeune Cléon ? — Non, il est trop sot. — Veux-tu être Eucrate ? — C'est le plus ridicule de tous les hommes. — Damasippe ? — Encore moins. — Tu seras donc le riche Démostrate ?

— C'est un avare, répondis-je, qui se laisse mourir de faim. — Nomme-moi donc quelqu'un mais prends garde à ce que tu diras, car je te transformerai sans miséricorde. — Attendez, dis-je, un moment s'il vous plaît ; le philosophe Antisthène ? Non, c'est un homme chagrin. — Antisthène, soit, répartit le génie en haussant la voix. — Un instant, repris-je, laissez-moi penser encore. Androclide... mais sa femme le fait enrager, il a d'ailleurs la goutte. Lysimaque... il est trop ennuyeux quand il raconte son ambassade à Thèbes." Je ne savais ce que cela voulait dire : je ne me trouvais point heureux et cependant je ne pouvais consentir à changer ma personne contre celle de qui que ce fût. "Il y a quelque chose là-dessous", dis-je en moi-même, et après y avoir bien réfléchi je découvris un grand secret : c'est que les dieux donnent à chaque homme un amour dominant pour sa propre personne et pour la condition des autres, et avec cela ils gouvernent l'univers.

» Comme les idées des choses que je vous raconte, Ayesda, n'ont point été liées aux traces du cerveau[1] que j'ai présentement mais sont par la volonté des dieux présentes à mon âme, sans moyen je m'en souviens à merveille, pendant que j'ai la mémoire du monde la plus malheureuse sur les choses qui, par la voie des organes, affectent mon âme dans cette transmigration-ci.

» Dans ma vie suivante, je négligeai extrêmement mes affaires et ce qui vous surprendra, je les négligeai pour les affaires publiques. Vous vous imaginerez peut-être que j'étais ministre de quelque prince ; non, et si je l'avais été, je ne me serais pas tant donné de soins. Je n'avais ni charge ni emploi mais je savais m'occuper. Je vivais en Égypte dans une connaissance profonde des intérêts des divers États dont elle était composée ; j'étudiais les vues des princes et aucun de leurs desseins ne m'échappait. Ceci comme vous croyez bien ne pouvait se faire sans des raisonnements infinis ; outre que cela devenait en quelque façon une affaire de cœur, car il y avait de certains rois pour la prospérité desquels j'aurais donné ma vie, et il y en avait d'autres pour qui j'étais une de ces comètes qui menacent toujours de quelque malheur. Je voudrais pouvoir vous faire connaître les douceurs que je goûtai dans cette vie où dans une grande tranquillité pour moi-même, j'avais mon âme attachée à la destinée des rois pour lesquels, au lieu de tant de vœux, j'aurais dû faire celui qu'ils eussent pu être aussi heureux que moi.

» Vous trouverez peut-être, Ayesda, que dans mes différentes transmigrations j'ai été souvent bien ridicule ; j'en conviendrai un peu pourvu que vous vouliez faire avec moi cette réflexion que le ridicule n'étant que ce qui choque les manières de chaque pays comme les vices sont ce qui en choque les mœurs, ce qui vous paraît ridicule ici ne l'était peut-être pas tant dans les pays ou je vivais, et je le croirais bien.

» Je fus un pauvre Africain, chef d'un petit peuple sauvage. Un Égyptien étant venu dans notre contrée, je m'entretenais quelquefois avec lui, mais il parlait et moi je pensais. Vous êtes bien cruels, me dit-il un jour, vous mangez les prisonniers que vous avez faits à la guerre. Et que faites-vous des vôtres ? lui répondis-je. Ah, nous les tuons, dit-il, mais quand ils sont morts nous ne les mangeons pas[1].

» Je croyais, Ayesda, qu'il ne valait pas la peine pour si peu de chose de tant se distinguer de nous, et qu'il fallait nous regarder comme sauvages parce que nous étions cruels, au lieu de nous regarder comme des gens cruels parce que nous étions des sauvages.

» Mais on n'est ordinairement frappé que des circonstances des choses, le crime devant les dieux est l'action, le crime devant les hommes est la manière de la commettre.

» Je fus revêtu d'un autre corps et le sort voulut que je fusse le mari de la plus belle femme qu'il y eût à Sybaris. Il semblait que dans la ville tout le monde se fût chargé de la rendre impertinente ; cependant elle l'était déjà bien. Si vous aviez vu avec quel art elle préparait ma disgrâce, comment elle assaisonnait les affronts qu'elle me faisait prévoir, quel compte il lui fallait tenir de chaque moment qu'elle voulait bien les reculer, quelle vanité elle tirait de mes peines ! Je ne sache pas avoir été dans aucune de mes transmigrations si sot[1] ; enfin je me dégoûtai de ses charmes sans pouvoir cesser de prendre part à sa conduite. Quel sort, mon cher Ayesda ; vous pouvez compter qu'après le malheur de perdre ce qu'on aime, il n'y en a pas de plus cruel que d'être obligé de chercher toujours des expédients afin de se conserver ce qu'on méprise.

» Dans une vie suivante je naquis de parents très pauvres, et j'ai ouï dire que d'abord je paraissais un peu stupide, mais à l'âge de quinze ans, ayant eu le bonheur d'avoir une maladie qui me troubla le cerveau, je sortis de la misère et j'eus l'honneur d'être fou d'un roi tributaire de Perse. Ce prince m'aimait beaucoup et, quoiqu'il eût toujours autour de lui des gens très sensés, néanmoins à cause de sa dignité il ne parlait qu'à moi, car j'étais véritablement fou et cependant si sage que je ne lui cassai jamais la tête ni ne l'étranglai.

» J'ai tant de choses à raconter que je suis obligé de passer rapidement sur tout ce qui se présente à mon esprit ; vous y perdez beaucoup mais soyez sûr que c'est malgré moi que j'en agis ainsi.

» Étant né à Ecbatane, je fus vendu pour servir dans le palais d'un grand seigneur. J'étais étourdi et distrait au point d'être incapable de quelque chose que ce fût au monde : un jour que je présentais du sorbet à mon maître, je m'inclinai trop bas et j'en laissai tomber six tasses qui se brisèrent à ses pieds ; je voulus me relever, je me jetai un peu trop en arrière et je tombai à la renverse, entraînant avec moi une table sur laquelle il y avait quelques vases. Cela fit beaucoup rire mon maître et je m'aperçus le soir par les caresses de mes camarades que j'avais beaucoup plus de considération dans la maison. Depuis ce temps mon maître m'aima toujours, il me faisait copier des livres de Zoroastre ; quand je réussissais il ne me disait rien, mais quand j'écrivais quelque extravagance il travaillait à me faire voir ma sottise ; il se tourmentait pour m'en convaincre, il riait et me faisait donner deux tasses de sorbet.

» Je m'acquittais bien mal des commissions qu'il me donnait, je ne rencontrais jamais ce qu'il m'avait ordonné de dire à ses femmes ni ce qu'elles avaient répondu, de façon qu'après bien des allées et des venues, il fallait toujours qu'il s'éclaircît par lui-même, et elles s'en trouvaient fort bien.

» J'étais si propre à distraire du sérieux de l'obéissance et du commandement que tout le monde m'aimait, et ces concubines qui ne cessaient de se chamailler sur toute autre chose étaient toujours d'accord sur mon sujet.

» Un jour que j'étais malade, je vis que toutes ces femmes pleuraient et mon maître en fut si chagrin qu'il fit donner pour rien cinquante coups de bâton à deux de ses plus fidèles esclaves, et il rabroua si bien deux officiers subalternes qui par malheur eurent affaire à lui ce jour-là qu'ils se crurent perdus.

» Dans une autre transmigration mon visage était difforme et mon corps contrefait ; ces malheurs n'étaient pas grands, ils le devinrent : j'épousai une femme très jolie, je l'aimais et un million de défauts ne pouvaient la rendre désagréable à mes yeux. Un jour je la surpris avec un de ses amants dans l'infidélité la plus marquée ; ils restèrent tous deux dans l'étonnement et dans le silence et moi aussi. Le lendemain comme j'ouvrais la bouche pour lui parler : "Voilà comme vous êtes, me dit-elle, si l'on a tort un jour avec vous, c'en est assez pour vous faire oublier les complaisances de toute une vie ; ne voulez-vous pas encore me parler de l'affront que vous me fîtes hier ? Tenez, Monsieur, il ne tiendrait qu'à vous de me trouver une femme adorable, si vous sentiez mes bons procédés ; soyez sûr que ce que j'accorde n'est rien en comparaison de ce que je refuse tous les jours ; vous êtes attaqué à chaque instant mais, à quelques échecs près, l'avantage vous reste. — Nitocris, lui répondis-je, ce que vous dites m'est toujours cent fois plus insupportable que ce que vous faites ; je pourrais pardonner vos crimes mais comment vous passer vos justifications ? — Eh bien, dit-elle, j'avoue que j'ai tort de vous parler ainsi et je vois qu'il convient mieux que je vous dise ingénument la cause de votre malheur : l'amour que j'ai conçu pour...

— Vous n'avez point, lui dis-je, conçu d'amour : vous avez trop d'amants pour qu'ils puissent si fort vous plaire plus que moi ; c'est votre vanité que j'ai à combattre et non pas votre goût : un tel mal est sans remède." Il me vint dans l'esprit mille partis violents, mais ma rage était moindre que mon désespoir, et je passais de la fureur à la faiblesse ; je tombai dans une maladie de langueur, et mes douleurs devenant tous les jours non pas plus vives mais plus profondes, mon âme sembla mourir et s'éteindre elle-même dans cette misérable transmigration.

» Suse acquit en moi un nouveau citoyen. Mon père était d'Athènes et se tenait tout le long du jour sur un petit théâtre au port de Pirée où il mangeait du feu pour le plaisir du public et arrachait des dents pour son utilité. Dégoûté d'Athènes, il voyagea et pénétra jusqu'à la capitale d'un royaume des Indes. Une fluxion qu'eut le roi le fit appeler dans le sérail ; par bonheur pour lui aucune reine n'eut mal aux dents, ce qui fit qu'il en sortit sans avoir reçu aucun sujet de chagrin, il se maria et je vins au monde. La fortune me fit naître nain et elle me fit naître muet : ces deux qualités jointes ensemble me procurèrent une place auprès du roi, il me parlait continuellement par signes et il riait lorsque je l'entendais et lorsque je ne l'attendais pas. Il se servait de moi pour étrangler tous ceux qui lui déplaisaient[1], et j'étais si bien au fait qu'il ne m'arriva presque jamais de prendre quelqu'un pour un autre. J'avais un frère aussi petit que moi, mais on n'en fit jamais de cas, car il avait le malheur d'entendre ce qu'on lui disait et d'exprimer par la parole ce qu'il pouvait concevoir. Cependant le hasard fit que je fus un petit homme encore plus considérable que je n'avais été.

Voilà comment: un eunuque africain en qualité du plus laid homme de l'empire obtint le titre de gardien des vierges et de chef des eunuques noirs. Ce haut rang lui fut longtemps disputé, mais il l'emporta et un autre qui osa se montrer eut si peu de succès contre lui que, bien loin d'obtenir ce poste, il fut sifflé et resta un misérable jardinier du sérail. Pendant que la dispute était la plus échauffée, je fis remarquer au roi que le nouveau champion avait une dent très blanche et que de loin il ne paraissait pas si contrefait que de près. Ce service que je rendis au chef des eunuques ne fut pas sans récompense car il se piquait de n'oublier jamais ses créatures. Il prit soin de ma fortune; j'entrai dans toutes les intrigues du sérail et mes signes devinrent des lois pour tout l'empire.

» Je vais vous parler d'une vie où je fus bien malheureux. J'étais médecin d'un empereur des Indes; l'étiquette de la cour me défendait de lui survivre, et il fallait que le jour de ses funérailles je fusse mis sur son bûcher[1]. Je me portais bien, moi, mais il était très souvent malade et il ne passait jamais huit jours sans avoir quelque faiblesse capable de nous emporter. D'ailleurs il n'était pas possible que nous pussions résister à la vie qu'il menait: je lui disais toujours qu'il perdait sa santé avec ses femmes, et il me répondait froidement qu'il aimerait autant ne pas vivre que de se refuser le moindre plaisir. Il restait à table tout le long du jour et ce qu'il y avait de singulier, c'est qu'il voulait que cela me divertît: ah que j'enrageais bien, surtout lorsqu'avec un visage pâle il venait se vanter à moi de ses excès! Mais quand je lui faisais des représentations: "L'heure de notre mort est écrite là-haut, me disait-il, nous ne saurions la reculer." "J'ai bien peur, lui disais-je, seigneur, que toutes ces écritures-là ne feront pas que vous mourrez mais que vous vous tuerez." Tout cela ne faisait rien : celui-ci croyait que je devais être bien fâché de sa mort et point du tout de la mienne ; aussi dans nos périls communs ne lui parlai-je jamais de moi. Dans la dernière maladie de ce prince, j'avais le cerveau si troublé que je ne savais plus ce que je faisais, et je ne doute point que je ne lui aie fait passer le pas deux mois trop tôt.

» Il n'est rien dont je ne me sois avisé dans toutes ces différentes vies. Dans celle-ci je fis un livre ; mon ouvrage eut un grand succès et non pas moi : j'avais de l'esprit et avant cela on me jugeait propre à tout, mais lorsque j'eus fixé le jugement du public sur un talent particulier, on ne me jugea plus propre à rien.

» J'avais été jusque-là ami de tout le monde, mais bientôt j'eus une infinité de rivaux et d'ennemis qui ne m'avaient jamais vu et que je n'avais jamais vus aussi[1], il me fut impossible de me réconcilier avec tous ces gens-là.

» On voulait m'avoir dans les sociétés et on me donnait l'emploi d'y être agréable, ce qui m'affligeait beaucoup ; on ne voulait jamais que je disse une sottise, quoique tous ceux qui étaient autour de moi prissent d'étranges libertés à cet égard.

» D'un autre côté il y avait des caillettes qui disaient qu'elles me fuyaient parce que j'étais un bel esprit ; elles voulaient par là faire entendre que j'avais de l'affectation et elles du naturel, et qu'elles auraient eu plus d'esprit que moi si elles avaient voulu en avoir.

» Des gens soutenaient que je n'avais pas fait mon livre ; l'envie est si sotte qu'elle ne comprenait pas qu'elle ne gagnait rien par là : si ce n'était pas moi qui l'avais fait, il fallait bien que ce fût un autre.

» Enfin ce malheureux ouvrage me tourmenta toute ma vie et soit qu'on le louât, soit qu'on le blâmât, j'en fus toujours embarrassé[1].

V

» Vous prêtâtes hier tant d'attention à mes discours, mon cher Ayesda, et j'ai de mon côté un tel faible pour ceux qui m'écoutent qu'il faut que je vous dise tout et que je vous révèle des choses merveilleuses parmi les merveilles[v27].

» Il y a environ deux mille ans qu'une peste ravagea l'Asie et l'Afrique. Plus de cent millions d'âmes se trouvèrent déplacées[2] ; mon génie ne sachant que faire de la mienne prit le parti de l'habiller simplement d'un corps aérien et la laissa cinquante ans hors de cette croûte épaisse où les âmes sont ordinairement enfermées. Je fus d'abord au service d'un petit incube très libertin qui la nuit courait toutes les ruelles de la ville. Le pauvre petit dieu prenait plus de peine, il se tracassait tant, et cependant je ne voyais pas qu'il eût de grands plaisirs. Il était tous les matins de la plus mauvaise humeur du monde. Il trouvait à redire à tout ce qu'il avait vu et en faisait une récapitulation très triste. Un jour qu'il se plaignait à moi des dégoûts qui avaient suivi une nuit qu'il avait passée avec une femme que tous les poètes de la ville juraient être belle comme un astre, moi, qui me souvenais de quelques vieilles maximes que j'avais autrefois apprises dans le monde, je lui dis : "Monseigneur, vous n'êtes pas au fait ; sitôt que vous entendez parler d'une femme, vous vous fourrez dans son lit, ce n'est pas le moyen de la trouver belle ; commencez par la trouver belle et mettez-vous dans son lit." Pendant que nous étions occupés du courant[1], il nous vint une affaire extraordinaire ; on envoya à l'incube un ordre précis de l'Olympe de travailler à la formation d'un héros. Il obéit en rechignant : car pourquoi soumettre à un ordre absolu des choses si volontaires ? Nous allâmes chercher partout une princesse propre à produire cette espèce d'homme qu'on nous demandait. Nous nous fixâmes sur une reine de Scythie que nous trouvâmes couchée sur une peau d'ours, ayant son arc et son carquois au chevet de son lit : la fière reine rêvait à des combats et à une ville dont les murailles étaient teintes de sang. Mon maître se glissa dans son lit et commença d'abord par lui donner une oppression de poitrine[2] ; nous la tourmentâmes toute la nuit, mais nous nous y prîmes si mal qu'après bien des peines, nous manquâmes le héros et ne fîmes qu'un tyran. Vous me demanderez peut-être pourquoi les dieux emploient les incubes à la formation des hommes extraordinaires ; c'est que les héros sont destinés à être les instruments de la vengeance divine, et s'ils avaient une origine humaine, ils ne seraient pas assez inexorables. Je fus envoyé dans une ville des Indes pour servir un génie qui rendait des oracles. Les peuples portaient sans cesse de l'or et de l'argent dans notre temple, ce qui mettait mon petit dieu au désespoir : "À moi de l'or, disait-il, à moi ! Ils me croient donc bien avare. Sais-tu bien ce qui arrive, c'est que lorsque quelque prince sacrilège vient pour enlever ces trésors, il m'en coûte toujours la façon[1] d'un prodige." Aussitôt il entra dans son tuyau[2] et dit : "Mortels, apprenez que vous ne pouvez offrir aux dieux vos trésors sans leur faire voir le cas que vous faites d'une chose qu'ils veulent que vous méprisiez."

» Ce qui me charmait dans le génie que je servais, c'est qu'il n'était ni ambigu, ni obscur, et qu'il disait franchement tout ce qu'il savait. "Que faut-il que je fasse pour devenir heureux ? lui dit un suppliant. — Rien, mon ami, répondit-il. — Comment, rien ? — Rien, vous dis-je. — Vous croyez donc que je suis heureux ? — Non, je crois au contraire que vous l'êtes très peu. — Pourquoi ne voulez-vous donc pas que je travaille à le devenir ? — C'est qu'on peut l'être et qu'on ne peut pas le devenir." Je fus envoyé pour servir un génie appelé Plutus, qui est le dieu des richesses chez les Grecs. Comme il permettait que je lui parlasse librement, je lui dis : "Monseigneur, il me semble que vous ne faites guère d'attention au mérite des personnes ; vous accordez et vous refusez sans raison ; il n'y a pas de métier plus facile à faire que le vôtre. Il ne vous en coûte pas dans la journée un quart d'heure de réflexion. — Mon ami, me dit-il, je préside aux richesses et la fortune distribue les dignités. Nous donnons sans choix et sans égards, parce que ce sont des choses qui ne peuvent pas faire le bonheur de ceux qui les reçoivent. — Et pourquoi cela ? répondis-je. — C'est que Jupiter n'a pas voulu mettre la félicité dans des choses que tout le monde ne peut pas avoir. Les richesses d'un homme supposent la pauvreté d'un nombre infini d'autres, et la grandeur d'un mortel, l'abaissement de tous ceux qui lui obéissent. — Qu'est-ce qui peut donc rendre les hommes heureux ? repris-je. — Ce sont les biens réels qui sont dans eux-mêmes, et ne sont fondés ni sur la misère, ni sur l'humiliation d'autrui : la vertu, la santé, la paix, le bon esprit, la tranquillité domestique, la crainte des dieux. — Mais les honneurs et les richesses ne sont pas incompatibles avec ces sortes de biens, repris-je. — Ils le sont presque toujours ; car les dieux, lassés des importunités des mortels qui leur demandaient tous ce que très peu pouvaient obtenir, voulurent avilir ces sortes de biens. Ils y joignirent la tristesse, les soins cuisants, les veilles, les maladies, les désirs, les dégoûts, la pâleur, la crainte, et cependant, ô étrange manie ! les hommes ne nous les demandent pas moins. — Mais les pauvres, lui répliquai-je, sont-ils plus heureux ?" Pour lors il me dit ces grandes paroles : "Mon ami, les dieux ont fait une classe de gens plus malheureux encore que les riches, ce sont les pauvres qui désirent les richesses."

» Je fus dans la suite attaché à un dieu domestique, qui avait l'œil sur une des maisons les plus opulentes de la ville où nous étions. Je ne vous ferai point l'histoire de ceux qui l'habitaient ; mais vous pouvez bien compter que s'ils avaient conçu quelque mauvaise action, ils la venaient toujours faire devant nous. Le maître de la maison était un grave magistrat et, quand il se montrait au public, je l'entendais parler comme aurait pu faire la justice même ; mais quand il avait quitté sa robe, je n'ai jamais vu un si malhonnête homme. Il est vrai que sa femme le traitait comme il traitait le public : elle tenait devant lui les discours du monde les plus chastes, mais dans son absence, c'était un mari bien ajusté[1] ; la petite fille était une merveille de vertu devant sa mère, mais elle devint grosse à quinze ans. Si vous aviez vu le vacarme qu'ils lui firent et combien de fois par jour ils lui reprochaient d'avoir déshonoré sa famille ! "Ah, les grands fripons ! disait mon maître ; ils ne se seraient point souciés de l'action s'il n'y avait eu que nous qui l'eussions sue." Pendant que j'étais parmi les génies, il arriva un grand malheur à un petit incube de mes amis ; il perdit son chapeau et un homme le trouva. Cela mit la prospérité dans ses affaires, car le pauvre dieu était obligé de le servir[1]. C'était bien le plus malheureux petit génie qu'il y eût ; son maître qui jouait depuis le matin jusqu'au soir ne lui laissait pas un moment de relâche : il lui fallait passer dans le cornet, y être ballotté, diriger les dés, les suivre sur la table. Et encore la plupart du temps jurait-on contre lui ; il est vrai qu'il ne s'en mettait point en peine ; il connaissait l'injustice générale des hommes qui ne manquent pas d'attribuer à leur grande prudence tout le bien qui leur arrive, et tout le mal à la jalousie des êtres qui sont au-dessus d'eux. Je servis un génie qui fut envoyé pour animer la statue de Pygmalion ; j'entendis que quelqu'un disait à ce sculpteur : "Il fallait que vous fussiez fou d'aimer une de vos statues. — Mon ami, répondit-il, tu es un poète, et ce n'est point à toi à me reprocher d'être amoureux de mes ouvrages ; tu es enchanté des tiens, mais Apollon ne leur a pas donné la force et la vie." Je me souviens du jour que les dieux signalèrent ainsi leur puissance. Pygmalion voyait sa statue vivante, et il craignait de se tromper. "Ah ! dit-il, vous vivez et je serai le plus heureux des mortels." Elle le regarda languissamment. Pygmalion parut ravi de joie : "Je vous aimais, et bien loin que vous fussiez sensible à mon amour, vous ne pouviez pas seulement le connaître ; mais à présent vous saurez que j'ai fait des vœux téméraires pour vous, et qu'il n'y a que la grandeur de mon amour qui ait pu toucher les dieux." La Terre avait été tellement ravagée par la peste que les dieux furent bien du temps sans pouvoir loger ni parmi les hommes, ni parmi les animaux, toutes les âmes qui avaient été séparées de leurs corps. La mienne resta très longtemps en réserve. Elle eut le bonheur, comme je vous ai dit, de jouir longtemps du commerce des dieux; cela fit qu'elle acquit un degré de perfection qu'elle n'avait jamais eu, et qu'elle eut des sentiments que jusqu'ici elle n'avait point connus. Je vous dis ici, mon cher Ayesda, une grande chose; elle explique un phénomène qu'on a vu arriver dans tous les lieux et dans tous les temps. Lorsque les nations sont dans la prospérité, elles se corrompent toujours. Le luxe, les plaisirs, la mollesse attaquent toutes les âmes. Il y a quelquefois moins de crimes publics, parce que chacun a peur de perdre sa prospérité; mais les crimes cachés sont sans nombre et les vices attaquent la masse de toute la nation; mais quand les peuples éprouvent de grandes calamités, la vertu a coutume de reparaître. Les mœurs se fortifient, les âmes deviennent plus courageuses et acquièrent plus de grandeur. D'où vient cela? Dans le premier cas, les âmes continuellement replacées restent toujours parmi les créatures. Dans le second, elles restent longtemps parmi les dieux. J'étais grec et à l'exemple de plusieurs philosophes, je parcourus divers pays; je m'arrêtai quelque temps en Égypte et j'y acquis de la réputation. Le roi étant sur le point de partir pour une expédition, un prodige heureux arriva à Memphis, et on en rapporta un autre de Saïs qui fut jugé malheureux. Dans cette incertitude on consulta divers oracles et ils se trouvèrent aussi peu d'accord que les prodiges. On interrogea les prêtres et chacun d'eux faisant valoir son opinion, ils jetèrent le roi dans une perplexité plus grande : jugez-en puisqu'il eut recours à moi qui étais étranger. "Seigneur, lui dis-je, les hommes ne sont point faits pour connaître les volontés particulières des dieux, mais pour savoir leurs volontés générales ; ils désirent que vous ne fassiez point de guerre injuste et que vous n'employiez la puissance qu'ils vous ont donnée que comme ils feraient eux-mêmes s'ils l'avaient retenue. — Mais les entreprises les plus justes, dit le roi, peuvent ne pas réussir, et un oracle reçu à propos peut nous en détourner. — Si les dieux, répondis-je, voulaient vous détruire, ils seraient insensés de vous révéler leurs desseins ; ils sont assez prudents pour garder leurs secrets ; c'est vous qui vous asservissez à ce que vous appelez des prodiges, et non pas eux." Comme il ne sortait pas de son incertitude, j'ajoutai : "L'irrésolution a tous les effets de la timidité, et elle en a d'ailleurs de pires. Les dieux vous ont donné des armées, et vous avez sans doute de la prudence et du courage, ce sont les oracles qu'il faut consulter."

» Les anciens rois avaient ruiné leurs sujets pour construire des pyramides ; celui-ci voulut faire comme eux. Je lui dis : "Seigneur, une courtisane de Naucratis[1] fit autrefois bâtir une pyramide ; elle avait raison : elle laissait un monument de sa beauté. Mais je ne vois pas ce que celle que vous voulez élever prouvera à la postérité en votre faveur. Elle prouvera ma puissance, dit le roi. Et qui est-ce qui doutera jamais de la puissance d'un roi d'Égypte ? Il y a apparence que les folies de vos successeurs la prouveront assez sans que vous vous en mêliez ; la véritable grandeur serait de vous distinguer par vos vertus de ceux qui seront aussi puissants que vous. — Vous n'êtes point, me dit le roi, instruit de la religion des Égyptiens. Nous croyons que nous devons vivre dans les tombeaux, et nous autres rois, toujours exposés à la fureur du peuple, qui craignons qu'après notre mort il ne la porte sur nos mânes sacrés, bâtissons des pyramides qui puissent nous en garantir. — N'avez-vous, lui dis-je, que cette ressource pour jouir de l'immortalité ? L'amour de vos sujets ne vous défendrait-il pas mieux que vos pyramides ? Le corps du roi Osiris est depuis si longtemps exposé sans défense devant tout le peuple, voyez si quelque Égyptien a été encore assez sacrilège pour l'insulter. On aime mieux l'adorer comme un dieu que de ne pas assez l'honorer comme un homme. Seigneur, on est porté à aimer son roi comme on est porté à aimer sa patrie. Comptez que pour qu'un prince parvienne à se faire haïr de ses sujets, il faut qu'il prenne la peine de détruire dans leurs cœurs le sentiment du monde le plus naturel."

» Un jour le roi me dit : "Je suis transporté de joie : On vient de m'apprendre le lieu où sont cachés les trésors du roi Athotis." Et se tournant vers ses ministres : "Allez, courez, ayez-moi des ouvriers, qu'on me renverse les montagnes." Je haussai les épaules : "Eh ! Seigneur, lui dis-je, le maître du monde peut-il s'enrichir ? — Oui, car j'aurai tous les trésors des rois de Thèbes ; je les ferai transporter à Memphis et je les garderai pour mes besoins. — Je vous entends à présent : vous pouvez devenir plus avare, si vous ne pouvez pas devenir plus riche."

» Une autre fois je le trouvai dans une furieuse colère : "Je suis indigné contre ceux de Memphis. Ils se révoltent contre moi dans les spectacles[v28]. J'ai du penchant pour un acteur[v29] et ils applaudissent toujours à un autre[1]. — Seigneur, lui dis-je, vous avez ôté au peuple la connaissance des affaires, et vous lui avez donné pour occupation les plaisirs des spectacles : ces choses vaines autrefois sont devenues importantes pour lui ; vous venez aujourd'hui le gêner dans ces choses mêmes ; vous choquez son goût, ce goût qui est sa liberté. Seigneur, un peuple corrompu s'occupe de ce dont un peuple vertueux s'amuse. Voudriez-vous qu'il employât son temps à vous demander compte de tout le sang que vous avez versé ?"

» Des discours si brusques firent qu'on ne me garda pas longtemps à la cour. Je quittai l'Égypte et je retournai à Corinthe, ma patrie, bien résolu de ne la quitter jamais.

» Là je vécus parmi mes citoyens[2]. Je quittai mes manières austères. J'avais senti qu'il ne suffisait pas de faire admirer la vertu et qu'il fallait la faire aimer.

» Mon principal soin fut d'accoutumer mon esprit à prendre toujours les choses en bonne part et à y chercher le bien lorsqu'elles en étaient susceptibles.

» Quand j'entendais crier que ceux qui gouvernaient l'État étaient des gens pervers, je disais en moi-même : "Voilà une opinion qu'il serait à souhaiter qu'on n'eût pas, et cependant elle peut avoir son utilité ; les gens qui ont du pouvoir se tiendront mieux sur leurs gardes ; ils n'ont déjà que trop de flatteurs ; il est bon qu'ils sachent qu'ils ont affaire à des juges non seulement sévères, mais aussi prévenus."

» Quand on me disait que les ministres aimaient le bien public, le tendre sentiment que j'avais pour la nature humaine se trouvait flatté. Je sentais du plaisir à entendre ce discours. Je l'acceptais comme une vérité, ou comme un heureux présage de ce qui devait être quelque jour.

» Quand on soutenait que nous avions un commerce florissant, je bénissais le destin de notre ville, qui avait permis qu'elle devînt grande sans qu'elle eût besoin de travailler à la destruction des autres peuples.

» J'avais l'esprit vraiment patriote. J'aimais mon pays non seulement parce que j'y étais né, mais encore parce qu'il était une portion de cette grande patrie qui est l'univers.

» Ayant été obligé de faire un voyage à Athènes, je vis les nouveaux bâtiments qu'on y élevait. Je sentais que je m'y intéressais et que j'étais bien aise que les hommes eussent une si belle demeure de plus.

» Un homme qui revenait d'Asie me parlait de la magnificence de Persépolis. Les idées riantes, grandes et belles que j'en prenais produisaient une sensation agréable dans mon âme. J'étais bien aise que ce beau lieu subsistât sur la terre. Sans que je l'eusse vu, il m'avait déjà fait passer des moments heureux.

» Comme les dieux habitent les temples et chérissent ces demeures sans perdre leur amour pour le reste de l'univers, je croyais que les hommes attachés à leur patrie devaient étendre leur bienveillance sur toutes les créatures qui peuvent connaître et qui sont capables d'aimer.

» Si j'avais su quelque chose qui m'eût été utile et qui eût été préjudiciable à ma famille, je l'aurais rejetée de mon esprit ; si j'avais su quelque chose utile à ma famille et qui ne l'eût pas été à ma patrie, j'aurais cherché à l'oublier. Si j'avais su quelque chose utile à ma patrie et qui eût été préjudiciable à l'Europe, ou qui eût été utile à l'Europe et préjudiciable au genre humain, je l'aurais regardée comme un crime[1].

» Voyant que tous mes concitoyens cherchaient à augmenter leur patrimoine par leurs soins, je crus devoir faire comme eux. Je devins bientôt riche. Un homme envieux de ce petit bonheur me le reprocha. Mon ami, lui dis-je, je ne suis point comme toi sorti d'une famille considérable dans notre ville, mais j'ai quelque bien. Je l'acquérais par mon travail pendant que tu employais ton temps à te plaindre de la Fortune.

» Quels que soient mes trésors, je puis t'assurer que je n'en fais pas tant de cas que tu penses et si tu peux me faire voir que tu en es digne, je veux bien les partager avec toi.

» Mais j'avoue que tes reproches m'affligent. Se peut-il qu'à la réserve de quelques misérables richesses, tu ne trouves rien en moi que tu puisses envier ?

» Mon génie, qui me vit dans un si haut degré de vertu, voulut m'éprouver, et il me rajeunit. Dans ce changement, mon âme fut étonnée : mille passions naquirent dans mon cœur, je ne fus plus en état de me conduire. "Oh dieux ! m'écriai-je, de quoi vais-je devenir ? Faudra-t-il que pour me rendre ma raison, vous me rendiez ma faiblesse[v30] ?"

» Je ne vous parlerai point, Ayesda, de toutes les autres transmigrations que j'ai essuyées. Vous dérobez aux affaires publiques le temps que vous employez à m'écouter, et moi je ne saurais guère décrire exactement des vies qui ont plus duré que sept ou huit empires. Il s'est passé bien des siècles depuis le temps que je fus valet de bonze aux Indes jusqu'à la révolution présente[2] que je me trouve à Tarente un pauvre barbier. Je vous dirai seulement que cette transmigration-ci ne me plaît point du tout. J'ai une femme qui se donne de grands airs et qui a de l'impertinence pour une reine : elle me fait sans cesse enrager. Elle m'a donné quatre enfants dont il y en a plus de la moitié où je jurerais que je ne suis pour rien. Je suis si malheureux que pour me dédommager de cette vie-ci, les dieux qui sont justes ne peuvent guère s'empêcher de me faire bientôt naître roi de quelque pays. Si cela arrive et que mon âme fasse fortune, je vous promets que j'aurai soin de vous si vous êtes en vie, ou au moins de vos descendants. Aussi bien est-ce là le seul moyen que j'aie de m'acquitter de l'argent que vous m'avez si généreusement prêté : quoique je sois pauvre, Ayesda, je me pique d'être honnête homme et vous pouvez compter sur moi dans l'occasion. »

ANNEXES

LIVRE PREMIER
Le libraire au lecteur
(Texte du manuscrit *A*)

Il y avait longtemps que je cherchais à imprimer quelque livre bon, médiocre ou mauvais qui se vendît bien, afin de rétablir mon commerce qui est un peu délabré depuis qu'un savant du Mississipi m'acheta tout ce qu'il y avait de livres dans ma boutique et me paya en billets de banque qui ont péri entre mes mains[1]. Dieu fasse paix à ceux qui en sont la cause ; un illustre de mes amis est entré dans mes vues et m'a procuré ce petit ouvrage que j'ai l'honneur de présenter au public.

J'aurais fort souhaité que celui qui l'a accommodé à nos mœurs eût voulu à ses risques et fortunes y insérer quelque trait qui eût un peu réfléchi sur les affaires du temps. Le lecteur ingénieux m'entend bien ; je le supplie d'examiner si, dans le récit de toutes ces aventures, il n'y aurait point quelque chose qui pût donner du crédit à mon livre et faire ma petite fortune.

Ce n'est pas que je voulusse en mon particulier me brouiller ouvertement avec les magistrats ; je souhaiterais que l'attention du public fût réveillée et non pas la leur.

Un bel esprit qui vient quelquefois dans ma boutique où nous l'écoutons beaucoup soutenait l'autre jour qu'il n'y avait pas un mot de vrai dans toute mon *Histoire véritable*. Ce qui lui a fait prendre cette opinion, c'est que mademoiselle de Scudéry s'est servie d'une idée à peu près pareille pour en orner un de ses romans[1].

D'ailleurs les aventures du mandarin Fun Hoam[2] ont été regardées comme fabuleuses par tous les critiques.

Je ne suis qu'un pauvre libraire et je ne sais guère bien ce qui en est, mais le public peut acheter mon livre comme roman s'il ne juge pas à propos de l'acheter comme histoire.

[FIN DU SIXIÈME LIVRE]

(Texte du manuscrit *A*)

» Mon âme ne s'étant pas trouvée d'une trempe assez bonne, je fus rejeté dans d'autres transmigrations, mais au lieu d'acquérir de nouveaux degrés de perfection, je déchus insensiblement, je fus toujours inférieur à moi-même, et enfin je parvins aux deux vies qui ont précédé celle où je suis actuellement et ont préparé, je crois, mon caractère.

» Je naquis à Naples et le génie qui présidait à ma naissance, ayant examiné les fibres de ma langue et de mon cerveau, jugea que je serais quelque jour infatigable dans ma conversation. Dans mon enfance ma mère, qui m'entendait jaser[1] sans cesse, s'épanouissait de trouver en moi sa parfaite image, et elle passait sa vie à faire comprendre à tous les gens qui voulaient l'écouter que tout ce que je disais était très plaisant. On dit qu'étant en rhétorique[2], j'attrapai si bien cette science que je parlais toujours. Dès que j'eus quitté les écoles, je me fis avocat ; j'excellais surtout à étendre mes raisons et quand j'en faisais valoir une, j'étais comme ces ouvriers qui font d'un petit lingot d'or un fil de deux cents lieues de long ou une superficie qui peut couvrir tout un pays. Ayant eu une fluxion de poitrine, je quittai le barreau et me fis médecin[3] ; je continuai à jouir de mon talent naturel : je ne souffrais point que mes malades me parlassent de leur mal, car quoique je leur fisse des questions, je répondais toujours pour eux. Je n'étais pas fort savant, et pendant que mes collègues allaient faire leurs sacrifices à Esculape, moi je faisais les miens au dieu du hasard. Et quand l'accident de quelque homme connu dont j'avais un peu précipité la vie faisait murmurer contre moi, j'avais la ressource de multiplier mes paroles, ce qui me rendait l'estime publique. Dans ma vieillesse, je fis un livre qui, par la réputation qu'il me donna, mit la vie de tous mes concitoyens entre mes mains ; j'examinais si, dans la bonne manière d'opérer, il fallait que la nature aidât l'art ou que l'art aidât la nature. Je m'enrichis, ma réputation augmentait mes richesses et mes richesses ma réputation : tout le monde voulait m'avoir et il était du bon air de mourir de mon ordonnance.

» Étant né en Macédoine, je servis trente ans dans

la phalange[1]. Ayant reçu plusieurs blessures, je me retirai avec une petite marque d'honneur et devins un honnête citoyen de Pella. Comme j'étais très au fait de toutes les choses qui s'étaient passées dans le corps où je servais, j'en faisais part à bien du monde, et je ne vous dissimulerai pas qu'il se répandit un faux bruit dans mon quartier que j'étais un peu ennuyeux. Cela me porta un tel préjudice que lorsque je parlais, personne n'écoutait, et celui devant qui je commençais un conte ne l'entendait jamais finir. À peine m'étais-je procuré un cercle qu'il se rompait de lui-même et lorsqu'il ne me restait plus que deux ou trois hommes : "Monsieur, me disait l'un avec un air distrait et la tête en haut, j'ai une affaire" ; "Monsieur, me disait l'autre, excusez, voilà une dame qui passe, je vais lui parler", et moi je ne parlais plus. Tout cela venait du bruit que des gens malintentionnés avaient (comme je vous ai dit) semé contre moi. Pour le détruire, je résolus de prendre les gens l'un après l'autre, et de leur faire voir tour à tour que je n'étais pas si ennuyeux qu'on le disait. Un jour dans le torrent d'une histoire que ma main suivait ma voix, je secouai quoique doucement un homme assez chagrin : "Ah monsieur, me dit-il, je savais bien que l'histoire devait m'ennuyer, mais que l'historien m'estropie, cela est trop." Le feu me monta au visage : "Vous tenez, dis-je, un discours fort sot et vous m'en ferez raison. — Et bien, me dit-il, soit, j'aime mieux me battre avec vous que de vous écouter." Nous nous battîmes ; je lui donnai un coup d'épée au visage et un autre au bras. "Monsieur, me dit-il, vous n'avez fait que me blesser, mais vous m'auriez fait mourir si vous aviez achevé votre histoire. — Vous voulez sans doute recommencer, lui dis-je, puisque vous m'insultez encore." Nous nous rebattîmes, je le désarmai : "Demandez-moi la vie. — Et bien, dit-il, je vous la demande mais à condition que vous ne me ferez plus d'histoire." Je vis que cet homme était fou et je le laissai là.

» Deux jours après j'allai dans une maison où il y avait plusieurs tables de jeu. Je me mis dans un coin avec deux ou trois personnes à qui je commençai à conter le fameux siège d'Amphipolis. Comme je traitai la chose en détail, ce qui faisait que je n'avançais guère plus que le siège, j'entendis derrière moi une voix qui dit : "Monsieur, souvenez-vous de nos conventions." Je tournai la tête, c'était mon impertinent qui avec un grand emplâtre sur le visage jouait derrière moi. Je restai immobile et, voyant qu'il n'était pas possible de vivre avec un tel homme, je résolus de ne jamais ouvrir la bouche devant lui, si bien que je quittai mon siège et m'en allai.

» Depuis ce temps je consentis à abréger mes conversations ; cela fit que je me privai des trois quarts du plaisir que j'y avais. Je coupais toutes les circonstances de mes contes, qui ressemblaient à un arbre qu'on avait émondé : j'avoue que je ne comprenais pas que ce style raccourci ni ces récits secs et décharnés pussent plaire, et si un conte est amusant j'aurais voulu qu'il amusât longtemps, c'est-à-dire que j'étais dans cette transmigration-là tel que je suis dans celle-ci, franc, naïf, ouvert, toujours prêt à faire part aux autres de ce que je sais, mais je vous prie de m'excuser, j'arrive à ma transmigration actuelle et je suis obligé de finir.

» Je puis vous dire sans compliment, Ayesda, que vous êtes un auditeur adorable : vous ne m'avez jamais interrompu. Je voyais sur votre visage tous les effets du plaisir, de l'admiration et de la surprise.

» Peut-être ne pourriez-vous pas retenir tant de choses ; je recommencerai si vous voulez demain ; je suis si exact que je suis sûr que vous n'y perdrez pas la moindre circonstance. »

CRITIQUE DE L'*HISTOIRE VÉRITABLE* PAR JEAN-JACQUES BEL

Observations particulières

1.

Le titre d'*Histoire véritable* est pris de Lucien et, puisque le tour de l'ouvrage a déjà quelque air d'imitation, il ne faut pas du moins emprunter encore un titre. D'ailleurs, suivant le tour de notre esprit, ce titre réveille plus l'idée d'un conte que celle d'un ouvrage sérieux, et il me semble qu'il ne fait qu'avertir que l'histoire qu'on va lire est fausse ; ce qui diminue toujours un peu l'intérêt. C'est au lecteur à conclure que l'histoire est fausse ; l'auteur la doit toujours traiter comme vraie. *Le Métempsycosiste* serait, selon moi, un titre moins trivial et plus propre à exciter la curiosité.

2.

Je retrancherais entièrement l'avis du libraire[1]. Les réflexions précédentes le prouvent et d'ailleurs, il est fort inutile de dire que mademoiselle [de] Scudéry a eu une idée à peu près semblable, mais que cependant elle diffère. Il faut donner son ouvrage, et voilà tout. A quoi bon y parler du Mississipi et des matières du temps ?

3.

La préface, qui est une espèce d'épître dédicatoire, n'a aucun rapport à l'ouvrage, et par conséquent il la faut retrancher[1]. Tout ce qu'on y dit, ainsi que dans l'avis du libraire, a un tour de plaisanterie que je passerais si le fond n'en était pas frivole et inafférent[2]. Je crois donc qu'il faut commencer par le commencement de l'ouvrage, et ne pas impatienter le lecteur, qui, voyant un titre qui lui annonce des choses singulières, est fâché d'être retardé.

4.

Le commencement du premier livre est bas, et cela se répand sur tout l'ouvrage parce qu'on part de là. La bassesse de cet endroit consiste en deux choses : 1° Le lecteur n'aime pas à apprendre que celui qu'il va écouter est un grand fripon et un valet ; je donnerais donc une meilleure compagnie au lecteur, et je ferais d'abord, du métempsycosiste, un disciple de philosophe. 2° Les idées et les images de ce valet sont basses et désagréables : telles sont celles de cette vieille vache ridée qui n'avait plus de dents, de ces coups de fouet reçus dans les rues, de ces aumônes escroquées. L'anneau de fer de huit livres, attaché à la partie rebelle, est un peu trop grossier[3]. Les transmigrations y sont assez bien, mais surtout *celles du bœuf et de l'éléphant y sont admirables* ; et, en leur faveur, j'ennoblirais les précédentes autant qu'il me serait possible.

Je dirai ici, sans tirer à conséquence, la manière dont je crois qu'il faudrait traiter ce premier livre pour y jeter plus de dignité et plus d'invention.

Je supposerais donc que le métempsycosiste est un disciple de philosophe et, comme Pythagore passe pour l'inventeur du système de la transmigration quoiqu'il l'ait pris ailleurs, je le ferais disciple de Pythagore même. Ce disciple naît avec le désir d'être vertueux et, entendant parler de la sagesse de Pythagore et des merveilles de la transmigration, irait chez ce philosophe pour se faire initier. En ce lieu, je ferais la description des préliminaires qu'il fallait remplir pour être reçu dans cette école : ils sont assez singuliers pour jeter une espèce de merveilleux dans le commencement de l'ouvrage. Enfin, il serait reçu malgré quelque vice secret qui aurait échappé à Pythagore ; ce vice serait, par exemple, le penchant pour les femmes. Il ferait tous ses efforts pour s'en corriger et ne pourrait jamais en venir entièrement à bout, ce qui autoriserait les transmigrations dans les animaux, et d'une manière plus noble que les vices de la gourmandise et de la friponnerie. Il y aurait d'ailleurs cet avantage dans cette supposition, c'est qu'il en résulterait que le penchant pour les femmes est un penchant invincible, qu'ainsi il est absurde d'avoir condamné une portion d'hommes à y renoncer dans ce monde et absurde de les en punir dans l'autre[1]. La première absurdité serait représentée par le désir sincère et les efforts du disciple pour s'en corriger et par l'inutilité de ces efforts ; la seconde le serait par les transmigrations dans les corps des animaux.

Lorsque le disciple serait reçu, Pythagore le condamnerait encore pour quelque temps à purifier son âme, et enfin le jour heureux viendrait où il lui expliquerait les mystères de sa philosophie par rapport à la métempsycose. Cette description serait belle et poétique, parce que le système l'est par lui-même. Ce serait ici le lieu de placer la cause des sympathies et des antipathies, et enfin tout le détail philosophique de cette matière. Ce dialogue jetterait dans l'ouvrage une action intéressante. Enfin, comme je me rappelle avoir lu dans Diogène Laërce que Pythagore disait se souvenir très bien de ses transmigrations précédentes et qu'entre autres, il avait été Euphorbe au siège de Troie, je me servirais de cette circonstance pour deux choses : 1° pour faire raconter à Pythagore quelques-unes des ses transmigrations et comme, même dans le faux, il faut toujours approcher du vrai autant qu'on le peut, je prendrais les personnages mêmes que Pythagore disait avoir faits, selon Diogène Laërce ; ils y sont nommés et j'en ferais le remplissage à ma façon. 2° cela me conduirait à faire promettre au disciple que si, dans la suite, il se rendait digne, il lui communiquerait le secret de se ressouvenir de toutes les transmigrations qu'il aurait essuyées. Pythagore lui enseignerait enfin ce secret, et je tâcherais d'imaginer ici quelque description qui plairait par sa singularité et qui serait en même temps la satire de toutes ces espèces d'inventions magiques, etc. Enfin, je ferais mourir mon disciple ; il serait jugé, comme dans votre ouvrage, par les philosophes des Champs-Élysées qui, découvrant dans son âme le péché véniel de l'inclination pour les femmes, la condamneraient à passer dans le corps des animaux ; et puis viendraient à la file toutes les transmigrations que vous jugeriez à propos.

Cette mémoire de Pythagore, qui disait se ressouvenir d'avoir été Euphorbe, Pyrrhus, etc., me donnerait lieu de donner au disciple quelque transmigration connue : telle par exemple que Cléopâtre pour coquette, Laïs pour courtisane, etc. Cela jetterait de la variété et de l'intérêt dans l'ouvrage.

5.

En lisant le second livre, je m'aperçois que les observations que j'ai faites sur le premier exigent des changements considérables dans celui-ci. Il faut donc élever ce livre et les suivants à proportion du tour pris dans le premier. Ce qui déjà n'était pas bon par lui-même deviendrait insupportable dans la supposition des changements que j'ai marqués. Telle est la première transmigration du métempsycosiste pris voleur de grand chemin et pendu. Si cette image, basse et désagréable, tenait à quelque beauté considérable, je la supporterais au cas que l'une et l'autre fussent inséparables ; mais ici je ne vois que la potence : car je crois qu'il faut compter pour rien la réflexion du spectateur qui dit que le pendu a fait les choses de bonne grâce[1].

La seconde transmigration du métempsycosiste (cocu, et qui prend sa femme sur le fait) ne vaut pas la peine.

La troisième (maîtresse entretenue) est bien. Je l'étendrais un peu davantage, car ce morceau doit fournir. La suite des guerluchons[2] y est à merveille, hors qu'à la place du mot *laquais,* qui est bas, je mettrais un mot générique.

La quatrième (homme d'affaires, impertinent et recherché, ruiné et méprisé) exprime une chose si commune que, si elle n'est pas embellie par quelque détail, elle ne vaut pas la peine d'être conservée[1].

La cinquième (poète satirique) est bien. Je n'aimerais pourtant point cet « habit usé » : cela est bien trivial et bas. J'augmenterais encore un peu cette transmigration. Je dirai ici, en passant, et je crois que le même défaut est dans la suite, que les transmigrations y passent trop rapidement. Quand on ne choisit qu'un trait dans la vie d'un homme, il faut qu'il soit bien remarquable et, s'il ne l'est pas, c'est une vie à négliger et dont il ne doit pas être question. J'observerai, en second lieu, que la fiction de la métempsycose engage nécessairement à placer dans les transmigrations quelque chose de singulier et de frappant ; car le lecteur, qui ne sait pas pourquoi on a imaginé un tour extraordinaire pour lui dire des choses communes, s'impatiente d'autant plus qu'il s'est attendu à davantage. Je sais bien qu'on ne peut exiger que tout l'ouvrage soit rempli de choses rares et singulières, mais il faut que le commun n'y soit pas surabondant, et je ne puis m'empêcher de dire que jusqu'ici, cela est de même, et qu'on retrouve trop souvent ce défaut dans la suite.

La sixième (courtisan), très bonne. La réflexion générale qui la termine, admirable.

Je remarquerai pourtant encore sur cette transmigration, que le métempsycosiste passe toute cette vie à réciter[2] ce qu'il y a fait, mais qu'il n'agit point ; et j'ajoute qu'il a ce vice général dans presque toutes les transmigrations. Je voudrais donc répandre de l'action dans ces différentes vies, en racontant en différents endroits des histoires un peu suivies. Ce seraient autant de tableaux de morale, qui rendraient quelquefois les réflexions inutiles et jetteraient par conséquent de la variété dans l'ouvrage.

Septième (joueur fripon), basse et commune, à retrancher.

Huitième (emprunteur escroc), bonne. La réflexion générale qui la termine, admirable[1].

Neuvième (entretenu par les vieilles), bonne, et ce qui suit, aussi. A pourtant besoin d'être un peu retouché[2].

Dixième (diseur de rien, étourdi, petit maître, etc.), bonne.

Onzième (gourmand, et ensuite friand), basse, commune et à retrancher.

Douzième (cheval), assez bien, mais à retoucher[3] en quelques endroits : ainsi, par exemple, que le carrosse démantibulé présage de la mort du cocher, du maître et du cheval[4].

6.
Troisième Livre

Métempsycosiste devenu femme. Idée très bonne, mais mal remplie. Les brouilleries avec le voisinage, les discours et les procédés avec les femmes, deux hommes qui jurent de s'en venger et de l'insulter, les « je ne m'en souviens pas, mon cher ami », « je ne sais comment cela s'est pu faire », etc., tout cela est *in tenui* et doit être changé[5]. Comme c'est une matière qui plaît par elle-même, je n'hésiterais pas à mettre tout de suite, et dans un livre entier, ces sortes de transmigrations. Je prendrais donc la morale qui regarde les femmes et la réduirais à trois ou quatre caractères généraux, dont je ferais autant de transmigrations ; mais j'observerais toujours de n'y point faire entrer des traits trop populaires. On vous passera ces différents caractères de femme tout de suite, mais on n'aimera pas à les voir reparaître, parce qu'au fond tout cela a toujours un air de ressemblance qui sent la répétition. Il y a d'ailleurs pour le reste assez de ressources pour la variété.

Métempsycosiste eunuque et ensuite maître du sérail. Je ne sais plus s'il faut retrancher cet endroit, et, après l'avoir lu, je n'en vois d'autre cause que le rapport avec les *Lettres persanes*. Malgré cela, je serais tenté de le conserver, parce que l'idée de la transmigration inverse me paraît très jolie et qu'elle contribue à la variété. Je rebats souvent cette corde de la variété, parce que je crois que sans cela, il ne peut y avoir d'intérêt dans un ouvrage d'agrément. Il n'y a rien de si ennuyeux que de lire toujours le même livre, et le même tour est toujours le même livre. C'est pour cela que j'ai indiqué jusqu'à présent et que j'indiquerai encore dans la suite quelques moyens d'augmenter la variété de cet ouvrage. Au reste si, tout bien pesé, vous vous déterminiez à retrancher cette transmigration, j'en conserverais au moins l'idée, que j'appliquerais à un autre sujet[1].

J'observerai encore sur cette transmigration qu'elle est la plus longue de toutes les précédentes, et je crois même des subséquentes, si on en excepte l'histoire galante. C'est à vous de voir s'il n'y aurait pas moyen de la réduire un peu, afin qu'on ne vous trouvât pas trop court sur les choses qui doivent fournir beaucoup, et trop long sur un article qui paraît ne devoir fournir que deux images, et non pas deux descriptions allongées.

Métempsycosiste devenu femme, faiseuse d'affaires. Il y a à refaire dans le détail et à votre place, je n'en ferais pas une transmigration particulière, mais le trait d'une suite de transmigrations[1]. La coquette de cour se tirera fort bien de là. En général, j'observerai que vous faites une transmigration pour chaque trait, ce qui les multiplie trop. Je ramasserais tous ceux qui sont compatibles dans une même transmigration, et, outre que cela en diminuerait le nombre (ce que je regarde comme un avantage), le plaisir de suivre sous différents rapports un caractère pendant toute une vie augmenterait la variété. Je ferais cela, par exemple, deux, trois fois, en différents endroits de l'ouvrage.

L'observation que je viens de faire est un peu exécutée dans la transmigration suivante. Mais je n'aime pas à la voir travailler pendant quinze jours à rétablir sa virginité[2]. J'aimerais mieux lui faire seulement craindre la découverte de son mari, et peut-être j'aimerais mieux ne rien dire sur cela.

La réflexion qui vient ensuite est très bien ; mais il faut absolument ôter ce trait : « … Il me semblait qu'on recevait de moi des impressions à la ronde. » Du moins, il faut l'exprimer autrement.

Voici encore le métempsycosiste femme. C'est trop souvent, et je répéterais ici volontiers la réflexion que j'ai faite plus haut sur cet article.

Le métempsycosiste encore femme, putain entretenue par un financier. Caractère qui ne fournit que des images basses et qu'il faut par conséquent supprimer. Le financier qui demande à cette fille si elle a son pucelage, et la réponse précieuse de cette fille, qui lui répond qu'elle ne répond point mais qu'elle rougit, sont selon moi des traits trop vils pour n'être pas supprimés. Ce discours de putanisme qu'elle tient ensuite ne vaut pas mieux. En supposant que vous supprimerez cela, la suite de cette métempsycose est bien, c'est-à-dire depuis l'endroit où elle devient femme d'un gentilhomme. C'est à vous de voir s'il n'y a pas trop de ressemblance dans ces différentes transmigrations de femmes. Pour moi, je le pense de même et plus j'en vois de cette espèce, plus je me confirme dans la manière dont j'ai marqué plus haut que je traiterais cette portion du genre humain.

Métempsycosiste joli homme, bien dépeint. Cette transmigration, la suivante et celle du petit-maître, qui est après, n'en doivent être qu'une : il ne faut pas multiplier les transmigrations pour le même fond.

Dans la transmigration du métempsycosiste femme du militaire qui part pour la guerre, je ne vois rien à conserver que la réflexion qui la termine.

La transmigration suivante, fille extravagante. Ce n'est pas cependant le caractère que vous peignez, mais celui d'une laide qui, faute de trouver des amants, en prend un qu'elle hait, par goût pour les hommes. À cela près, le morceau est bon ; ainsi il n'y a qu'à n'en pas faire une extravagante, mais une fille de tempérament.

Métempsycosiste femme sage, etc. Le remplissage de cette transmigration ne me plaît point, apparemment parce qu'il est trivial et point assez rajeuni par le tour.

7.
Livre quatre

Histoire amoureuse, vive et intéressante[1]. Avec l'histoire de l'eunuque elle fait plus d'un cinquième de l'ouvrage, et, cependant, dans un ouvrage de mœurs, ce sont seulement deux épisodes ; au moins, celle-ci. Je ne conclus pas de là qu'il faille y rien changer, car elle est bonne ; mais il faut nourrir le reste. Autrement l'épisode devient le principal, au lieu qu'il n'est placé que pour délasser du ton moral.

8.

Livre cinq

L'idée du commencement de ce livre, fort bonne.

Page 8[1] : « Je croyais, Ayesda, qu'il ne valait pas la peine pour si peu de chose de tant se distinguer de nous... » Je retrancherais ce qui suit « ... », et mettrais tout de suite : « ... Mais on n'est ordinairement frappé, etc. »

Il y a une réflexion au commencement de ce livre qui m'engage à en faire une.

Le métempsycosiste dit à Ayesda : « Vous trouverez sans doute que j'ai été souvent ridicule... » Sur cela, j'observe qu'il n'est guère convenable dans un ouvrage de morale de ne peindre jamais que des vices, et, si vous ajoutez que vous n'en peignez même presque jamais que le côté ridicule, vous trouverez que cela met dans l'ouvrage une trop grande uniformité. Il faut donc peindre tantôt un vice, tantôt un ridicule, tantôt une vertu, et varier même encore le ton autant qu'il sera possible ; c'est-à-dire traiter quelquefois cette morale philosophiquement, tantôt poétiquement, avec des images, tantôt historiquement, en racontant une histoire dont la seule description fasse naître l'idée morale, et tantôt avec un tour de plaisanterie.

Le métempsycosiste laquais d'un grand seigneur et qui ne fait pas bien les commissions qu'on lui donne, cela[2] vaut-il la peine d'être dit ?

Le dialogue du métempsycosiste avec sa femme

prise sur le fait n'est pas vraisemblable, même quand il serait vrai.

Le métempsycosiste médecin d'un roi[1], cela est peu de chose ; du moins, le commencement de la page 23 n'en vaut rien du tout.

Page 25. — Terme de *caillette*, trop bas... L'ouvrage dont il est ici question est trop allégorique aux[2] *Lettres persanes*.

Le métempsycosiste barbier. Cette transmigration basse devrait être justifiée par quelque chose de remarquable, et elle ne contient rien[3].

9.
Livre six

Ce livre est très bon[4], et il est même d'un ton si différent du reste que je soupçonne qu'il a été fait longtemps après. Je crois qu'il faut absolument le finir par les réflexions sur les richesses. Les transmigrations du bavard, du médecin, etc., ne sont plus supportables en sortant de là, et comme elles sont assez bonnes, je les placerais dans le corps de l'ouvrage ; il faut commencer avec quelque dignité, finir de même, et mêler le reste.

Observations générales

J'en ai déjà fait plusieurs à mesure que cela s'est présenté, ainsi je n'ai pas grand chose à ajouter.

L'ouvrage pèche par un trop grand nombre d'idées communes, et comme c'est vous qui donnez l'être à ce métempsycosiste, on vous demandera souvent pourquoi vous lui avez donné une telle vie, et pourquoi telle autre. Vous l'avez fait valet, barbier, putain, etc. Pourquoi ne l'avoir pas fait aussi philosophe, conquérant, législateur, femme vertueuse, etc. ? Ce métempsycosiste ne raconte jamais que ce qu'il fait, pourquoi ne m'apprend-il pas quelquefois les actions des autres ? Il a eu bien des vies qu'il aurait mieux remplies par ces récits, qui d'ailleurs jetteraient de la variété dans l'ouvrage.

C'est un préjugé ordinaire parmi les hommes que les grandes actions ont toujours de grandes causes, pourquoi ne me raconterait-il pas quelque événement célèbre de l'histoire, en me faisant voir les petits ressorts qui le déterminèrent, le conduisirent et le consommèrent[1] ? Enfin, si les siècles sont si différents, quoiqu'ils se ressemblent par le fond des mœurs, pourquoi ne pas m'en dire quelque chose ? C'est la première idée qui doit se présenter à un métempsycosiste.

Je finis en disant que l'idée de l'ouvrage est charmante, qu'il y a des choses excellentes à tous égards, ainsi que je l'ai observé à mesure que cela s'est présenté ; mais que l'ouvrage est trop court pour un titre qui donne une si grande carrière, et que l'on sera toujours surpris de voir si souvent des choses médiocres par le fond dans un ouvrage qui n'a aucune limite pour le choix. Je recommencerais donc et ne regarderais ceci que comme des matériaux.

Je n'ai pas marqué bien de petites fautes de détail. Cela sera nécessaire quand l'ouvrage sera fait.

MES PENSÉES
(EXTRAITS)

Mes pensées *sont un volumineux recueil, en trois tomes, dans lequel Montesquieu consignait des idées qu'il n'avait «point approfondies» et qu'il gardait «pour y penser dans l'occasion*[1]*». C'est dire l'extrême diversité des sujets qu'elles abordent, sous toutes les formes possibles : maximes, anecdotes, développements argumentés, analyses historiques*[2]*... Elles contiennent aussi nombre de passages rejetés de ses œuvres et conservés là en attente d'une autre utilisation. Plus de deux mille articles, qui vont de quelques mots à plusieurs dizaines de pages, lui permettent d'expérimenter une pensée en mouvement, y compris par le biais de la fiction qui rejoint la fable ou le conte philosophique (n° 209), ou le portrait satirique en forme de saynète (n° 1059). Le désir de ne rien laisser perdre l'incite à recueillir des fragments de dialogues (nos 330-338), dont on ne sait d'où ils peuvent provenir, si ce n'est des galanteries du* Temple de Gnide *et de* Céphise et l'Amour, *et qui permettent de formuler avec grâce*

1. *Pensées*, n° 2.
2. Voir *Dictionnaire électronique Montesquieu* (ÉNS de Lyon, en ligne), article «*Pensées*».

maximes, traits d'esprit ou remarques : l'habit a beau en être mythologique, ils sont humanisés par l'usage de la première personne et une discrète ironie. Mais la sottise de ce que L'Esprit des lois *appellera « l'esprit d'égalité extrême » et l'injustice faite aux femmes par la société y trouvent aussi leur place, par la voix de l'Amazone Myrina comme du brigand Procuste. L'épistolaire n'est pas oublié, avec une lettre du « roi du Tibet » (n° 1609) que Montesquieu avait hésité à faire entrer dans* L'Esprit des lois *ou les* Lettres persanes *: la critique des disputes entre congrégations religieuses aurait pu figurer dans l'un et dans l'autre, mais l'ironie et la satire devaient rester dans le secret des* Pensées.

Le texte est celui du manuscrit, conservé à la bibliothèque municipale de Bordeaux (Ms 1866), transcrit et modernisé par nous. La numérotation est celle qu'ont reprise tous les éditeurs, à partir de la numérotation chronologique de Barckhausen établie pour la première édition (Bordeaux, 1899-1901). Les titres, quand ils sont entre crochets, sont de notre fait. Les notes de bas de page, appelées par des lettres, sont de Montesquieu.

MES PENSÉES
(Extraits)

[GENÈSE]
[*nº 209*]

Quelques années après que les Espagnols eurent découvert le Nouveau Monde, un de leurs vaisseaux battu de la tempête échoua sur la côte d'une île inconnue. Cette île était déserte. Les habitants l'avaient abandonnée parce que l'air y était si mauvais qu'on n'y vivait pas plus de trente ans ; le terrain était marécageux mais très gras[1]. L'île était remplie de chèvres si pleines de lait qu'elles se laissaient traire à l'envi, et ce lait fut toujours la nourriture de notre Espagnol. Ce qui lui faisait le plus de peine, c'est qu'il était nu, ayant jeté ses habits lorsqu'il se sauva à la nage. Il y avait plus de six mois qu'il était dans cette île lorsqu'un jour qu'il était sur le rivage, il vit une jeune fille de l'âge de douze ans qui s'y baignait ; et c'était la seule personne qui fût dans l'île. Elle avait été laissée, je ne sais comment, lorsque les habitants l'abandonnèrent. Ils furent d'abord surpris tous deux mais ils sentirent bientôt qu'ils n'étaient point ennemis. À mesure que l'Espagnol s'approchait la jeune Américaine s'approcha aussi, car elle n'avait point appris à ignorer ce qu'il est impossible de ne pas savoir[a]. Ils s'aimèrent et se donnèrent une foi qu'ils ne pouvaient pas violer. Ils eurent quatre enfants. Le père mourut et la mère ne survécut que de quelques jours, laissant dans l'île quatre habitants dont le plus âgé n'avait pas encore quatre ans. Les chèvres, accoutumées à venir allaiter les petits enfants y vinrent toujours de même et en eurent toujours soin.

Dès qu'ils eurent atteint l'âge de douze ans ils commencèrent à sentir les desseins de la nature. L'île fut bientôt repeuplée de façon qu'en quatre-vingts ans de temps, dans l'espace de sept générations, il s'était fait une nation qui n'avait point d'idée qu'il y eût sur la terre d'autres hommes ni un autre peuple. Ils se firent une langue[b]. Un vaisseau ayant fait naufrage auprès de l'île, deux hommes qui se sauvèrent à la nage y abordèrent. Les habitants les reçurent avec humanité et leur donnèrent du lait, qui était le seul mets qu'ils eussent encore imaginé.

Lorsqu'ils eurent appris la langue du pays ils virent un peuple tout neuf.

Un des insulaires demanda au vieux étranger quel âge il avait.

— J'ai, répondit-il, quatre-vingt-dix ans.

— Qu'entendez-vous par une année? répliqua l'insulaire.

a. C'était une prière naturelle [*comprendre* : un besoin sexuel].

b. C'est ce que j'ai reconnu par ce que j'ai pu apprendre du pays et par l'histoire d'un navire perdu dans ce temps-là contre une île du Mexique dont on garde la mémoire au Mexique, où quelques-uns des gens du vaisseau se réfugièrent dans une chaloupe. On ne put depuis découvrir cette île.

— J'appelle année, dit l'étranger, douze révolutions de lune.

— Et à ce compte, combien auriez-vous de révolutions de lune ?

— Laissez-moi un peu songer : j'en aurais mille quatre-vingts.

— Peut-on mentir comme cela ?, dit l'insulaire. Et vous seriez plus vieux que nos premiers pères ?

— Si vous ne me croyez pas, dit l'étranger, vous croirez peut-être ce jeune homme qui est venu avec moi et qui est de la même ville ou j'ai pris naissance.

— Quoi, dit l'insulaire, y a-t-il donc d'autres villes que les nôtres ?

— Oui, dit le jeune étranger ; la ville dont nous sommes est presque aussi grande que la moitié de votre île. Ne croyez pas que mon compatriote veuille vous en imposer. Il paraissait presqu'aussi vieux que mon père qui était de l'âge de mon père qui, s'il vivait aujourd'hui, n'aurait pas moins de mille quatre-vingts révolutions de lune.

Tout le peuple se mit à rire.

— Vous riez. Ne vous étonnez pas de cela, reprit le jeune homme. Nous vivons longtemps dans notre famille. J'ai ouï dire à mon père que mon aïeul mourut après quatre-vingt-dix fois douze lunes ; mon bisaïeul en avait soixante-dix.

— Dieux, quels mensonges ! s'écria l'insulaire. Je suis fils de Heptalip, son père s'appelait Berzici, qui était fils d'Agapé qui ne vécut que quinze ans ; le père d'Agapé était Narnacun qui naquit d'une chèvre aussi bien que Neptata, sa femme et sa sœur, dont vous êtes descendu comme nous[a].

a. Remarquez qu'il faut que ce soit le plus jeune étranger sorti de l'île

[PORTRAIT D'UN CASUISTE]

[*n° 1059*]

Il y avait dans Paris un casuiste d'une si grande réputation que tout le monde venait le consulter. Il était l'arbitre des consciences et grand conducteur dans la voie du salut.

Il se regardait comme un homme public. Il était d'un accès facile et tout le monde était content de lui.

Il se tenait dans un grand cabinet. Il avait au devant de lui un bureau et aux deux côtés, en ligne parallèle, deux grandes rangées de livres. D'un côté étaient placés en un bel ordre tous les casuistes doux et bénins et de l'autre les casuistes qui affligent le cœur et sont en perpétuelle contradiction avec les pêcheurs.

La porte était vis-à-vis de son bureau et il voyait venir de loin ceux qui venaient le consulter. Il examinait leur air et leur contenance et étudiait la situation de leur cœur, car ayant à leur servir des mets différents, il voulait en trouver qui fussent de leur goût. Quand un homme venait avec un air posé, des regards fixes et un peu tristes, et une grande régularité dans les habits, il se tournait à droite du côté des théologiens sévères et les servait à son plaisir ; mais si un homme du monde, un abbé, une femme

qui raconte l'histoire. Remarquez que dans les Indes les femmes conçoivent à huit ans. Peut-être pourrai-je entremêler cela d'un plus long roman.

coquette venaient à lui, il se tournait du côté des théologiens relâchés et les servait encore à leur fantaisie. Il faisait pleuvoir la manne du désert.

Ce métier n'était pas sans inconvénients ; il tomba un jour dans un embarras épouvantable. Un homme si équivoque vint à lui qu'il lui fut impossible de le démêler en le saluant et lui faisant des compliments. Son embarras parut, et lorsqu'on exposa la question il se tourna vingt fois tantôt à droite tantôt à gauche, prit un auteur et son antagoniste, enfin, il était si troublé qu'il remit un Escobar dans la loge de Sainte-Beuve[1] et une morale de Grenoble tout près de Sanchez[2].

— Votre question est difficile, dit pour lors le casuiste tout hors de lui.

— Comment, difficile ! dit le consultant ; est-ce que l'on peut se dispenser de me payer les intérêts ?

— Ah, vous avez raison, dit-il. Je n'étais pas fâché de voir ce que vous pensiez vous-même, mais vous avez le discernement juste et si vous en doutiez... Pour lors il fit descendre une foule de casuistes l'un après l'autre et accabla le consultant de passages et d'autorités.

[FRAGMENTS DE DIALOGUES]
[*n°s 330-338*]

Quelques morceaux qui n'ont pu entrer dans mes dialogues

Flore dit : « J'ai eu une conduite très déréglée ; la plupart des femmes ne veulent point de société avec moi ; je n'ai qu'une ressource, c'est de me faire déesse. Les hommes accordent plus aisément l'adoration que l'estime. »

[L'Amour]

Tous les autres dieux ont des temples et je n'en ai point. « Amour, dis-je, tous les cœurs sont vos temples. Allez dans celui de Céphise, faites-y sentir votre présence ; vous y serez adoré de tous les mortels. »

[Vénus]

L'autre jour Vénus s'habillait ; les Grâces voulurent lui mettre sa ceinture. « Laissez, laissez, leur dit-elle : je ne verrai aujourd'hui que mon époux, c'est assez pour lui de la beauté ; je garde les charmes pour le dieu de la guerre[1]. »

[Apollon]

« Divin Apollon, d'où vient que toutes les nymphes vous fuient ? Vous êtes jeune, vous avez des cheveux blonds, et votre visage est très beau. Voulez-vous que je vous dise ? Vous vous êtes fort décrié auprès d'elles ; elles croient que vous ne pensez pas un mot de ce que vous dites. Je ne suis qu'un pauvre berger, mais Céphise ne me fuit point quand je suis auprès d'elle. Je me tais, je soupire, je la regarde, je m'égare, je m'enflamme, je l'embrasse, j'expire, je me pâme, j'expire. »

[Cloris]

« Oui, Cloris, vous pouvez m'aimer. »
« Hélas, je ne sais point encore ce qui m'est permis.

Le plaisir que je sens à aimer me fait soupçonner qu'il ne faut pas que j'aime. D'où vient que je ne puis pas vous le dire sans rougir ? »

[Ulysse]

« Ulysse, vous avez refusé l'immortalité[1] pour revoir votre femme et si[2] avait-elle quarante bonnes années, je ne vous aurais pas soupçonné de cela ; car vous avez recherché toute votre vie l'ombre même de l'immortalité, qui est la gloire. »

« Eumée, est-ce que nous raisonnons ? Nous ne faisons que sentir… »

Procuste[3]

Je continue ma réforme. Vous savez que tous les hommes que j'attrape, je les mets tout de leur long sur mon lit. On étend ceux qui sont trop courts et on rogne les jambes de ceux qui sont trop longs. Voyez-vous, je prétends que tous les hommes soient faits comme moi, mais ils sont si opiniâtres qu'ils veulent tous garder leur taille…

[Myrina]

« Cruelle Myrina[4] ! parce que vous êtes suivie de trente mille femmes de pied[5] et de dix mille de cavalerie, vous voulez réduire l'Afrique en servitude. »

Myrina : « Je veux affranchir mon sexe de la tyrannie où il est. Vous ne nous mettez sous les lois de l'honneur qu'afin de pouvoir nous déshonorer quand il vous plaît. Vous êtes piqués si nous vous refusons ; et vous nous méprisez si nous ne vous refusons pas. Quand vous nous dites que vous nous aimez, cela veut dire que vous souhaitez de nous jeter dans les plus grands périls sans les partager. »

LE ROI DU TIBET À LA CONGRÉGATION DE LA PROPAGANDE À ROME

[*n° 1609*]

Vous m'avez envoyé ici un homme, qui m'a dit que sa religion exigeait qu'il fût habillé de noir. Vous m'en avez envoyé un autre qui se vante de ce qu'il est vêtu de gris. Ils se haïssent si fort que, quoiqu'ils soient à tant de milliers de lieues de leur pays, ils ne se voient que pour se dire des injures, et bien que mon empire soit d'une prodigieuse étendue, ils n'y peuvent vivre tous deux. Je leur ai dit qu'ils pouvaient se le partager et s'en aller l'un à l'orient, l'autre à l'occident, mais ils ne veulent pas que l'un soit dans un endroit où l'autre n'ira jamais. J'avoue qu'ils ont quelque connaissance des mathématiques[1], mais ne pourraient-ils pas être aussi savants sans être aussi fous ? Comme ils m'ont dit que c'était leur habit qui leur inspirait une fureur[2] si grande, je les ai fait dépouiller et ai voulu qu'ils fussent vêtus comme deux mandarins. D'ailleurs je me suis imaginé que comme ils n'avaient point de commerce avec les femmes, cela leur donnait un esprit rude. Ainsi j'ai résolu de les marier et de leur en donner à chacun deux[3].

CONTES TIRÉS
DES *LETTRES PERSANES*

Le premier brûlot de Montesquieu, publié sans nom d'auteur en 1721, est composé en majeure partie de lettres écrites de Paris par deux Persans, Usbek, homme grave qui a laissé un harem derrière lui à Ispahan, et Rica, jeune homme à l'affût d'idées nouvelles. Leurs lettres sont remplies de toutes sortes d'observations « naïves » sur la société française mais aussi d'anecdotes tirées de sources très diverses. Loin de se contenter d'un portrait caricatural de la Perse et de l'islam, mais sans prétendre en donner une image véridique et complète, les Lettres persanes *n'en représentent pas moins un sérieux effort de documentation. Les sources principales en sont les meilleures disponibles à l'époque, dont principalement les* Voyages [...] en Perse et autres lieux de l'Orient *de Jean Chardin*[1], *reportage très complet des institutions et mœurs persanes. Culture européenne et culture orientale, religion chré-*

1. Amsterdam, Jean Louis de Lorme, 1711, 10 tomes in-12. Deux sources secondaires sont utilisées par Montesquieu : Jean-Baptiste Tavernier, *Six voyages [...] en Turquie, en Perse, et aux Indes* (Paris, 1679, 3 t.) et Barthélemy d'Herbelot, *Bibliothèque orientale, ou dictionnaire universel contenant généralement tout ce qui regarde la connaissance des peuples de l'Orient* (Paris, Compagnie des Libraires, 1697).

tienne et religion mahométane sont constamment opposées et le plus souvent renvoyées dos à dos. Alors que l'apologue des Troglodytes pose une question de fond, les deux contes ouvertement « orientaux » que nous donnons ici se focalisent sur des questions plus limitées : conflits de valeurs ethniques dans le premier cas, condition féminine dans le second. Il est d'ailleurs caractéristique de l'approche générale des Lettres persanes *de poser des problèmes qui méritent d'être considérés d'un côté ou de l'autre du miroir.*

*Les « auteurs » supposés de ces contes n'ont pas peur d'introduire des sujets fort délicats, pour la moralité chrétienne ou musulmane. C'est à la fois sous couvert d'une histoire d'amour et des droits d'une minorité ethnique et religieuse que l'*Histoire d'Aphéridon et d'Astarté *introduit la question de l'inceste, qui n'est donc pas discuté en tant que tel mais considéré comme une donnée. Selon un traité en latin de Thomas Hyde d'où l'auteur avait tiré l'essentiel du dilemme central*[1]*, l'inceste avait été autorisé par Zoroastre ; Montesquieu, évoquant dans* L'Esprit des lois *(XXVI, 13) l'horreur qu'il doit inspirer, n'en signale pas moins la préférence accordée à de telles unions chez les Assyriens et les Perses en raison de ce fondement religieux.*

Cela permet à Montesquieu de poser, sans y répondre directement, des questions épineuses qui n'ont rien perdu de leur pertinence : quelle latitude faut-il accorder à certaines pratiques minoritaires qui risquent d'offenser les sensibilités de la majorité ? La liberté religieuse doit-elle être absolue ? Existe-t-il des valeurs universelles qui priment sur les libertés individuelles,

1. *Historia religionis veterum Persarum eorumque magorum* (Oxford, 1700), chap. XXIV, p. 313-314.

et sur quoi reposent-elles ? Aucune révélation ne vient trancher ces problèmes, qu'il appartient aux hommes de résoudre. C'est donc d'une histoire purement humaine qu'il s'agit, même si sacrements et livres saints sont évoqués. Et si elle finit bien, ce n'est pas en vertu de quelque principe métaphysique mais grâce à la bonté d'un homme, un simple particulier qui se laisse toucher par le malheur d'autrui.

Des deux autres contes que nous proposons, l'un est bien connu (l'apologue des Troglodytes), l'autre (l'histoire d'Anaïs) l'est moins. Mais il s'agit dans les deux cas de la même forme : la parabole, qui présente de manière concrète la réponse à une question morale ou religieuse. Comment être heureux, par la vertu ou le plaisir des sens ? Comment hommes et femmes doivent-ils vivre ensemble ? Telles sont les questions auxquelles Montesquieu préfère répondre par des contes plutôt que par la théorie ou des maximes ; la leçon s'impose avec la facilité de l'évidence : préférer son plaisir personnel à l'intérêt général et à la vertu compromet aussi bien les fondements de la société que le bonheur individuel ; les hommes refusent aux femmes un plaisir et une autorité qu'ils se réservent abusivement.

Dans l'histoire des Troglodytes racontée par Usbek sont implicitement posées, à partir d'une question de Mirza concernant le plaisir et la vertu comme sources relatives de bonheur, une série de questions sur les conditions de possibilité d'une société harmonieuse : peut-on vivre sans règles ? L'intérêt suffit-il pour motiver les hommes ? L'altruisme ne vaut-il pas mieux ? Pourquoi leur faut-il des gouvernements ? On voit que pour Usbek la société est une collectivité qui a sa dynamique propre et ne saurait s'analyser comme un simple agrégat d'individus. Aussi la vertu requise est-elle autre chose qu'une affaire de pureté et de droiture. Se reflètent ici non seulement les réflexions que Montesquieu nourrit déjà et qui se prolongeront pendant la longue maturation de L'Esprit des lois, *mais plus généralement un mode de pensée qui prend en compte l'histoire «événementielle» (bien qu'elle soit ici imaginaire) et surtout la lente évolution (la «longue durée» de Braudel) qui modifie les formes de gouvernement en adaptant les peuples à des conditions variables. En fait, sur un mode moins abstrait, nous trouvons bien ici le Montesquieu profond qui passera sa vie à essayer de sonder les principes de la justice (dix fois dans ce court passage on trouve les mots* justice *et* injustice*) et les lois fondamentales qui meuvent l'Histoire.*

L'histoire d'Anaïs, située en pays musulman, est au contraire une fable merveilleuse, qui n'en a pas moins pour but de mettre en relief une question en partie religieuse, mais plus généralement humaine. Elle est introduite par Zulema, personnage discret qui rappelle la Diotime de Platon: elle profite d'une question qui lui est posée à propos d'une «ancienne tradition [des] docteurs» (s'il est vrai que le paradis n'est pas fait pour les femmes) pour prendre la question de plus haut — c'est en fait toute la dignité du sexe féminin qui est en cause. Sans se référer à ses connaissances théologiques, elle dénonce l'orgueil masculin; mais elle le fait en évoquant la manière dont Anaïs, victime de son mari, découvre à sa mort le sort qu'elle méritait. Par une inversion systématique de la topique érotique et exotique, le paradis réservé aux femmes leur offre des plaisirs similaires à ceux que les hommes s'octroient sur terre et se promettent au ciel, dans un harem inversé puisqu'il est au service du plaisir fémi-

nin, dont la narratrice évoque longuement toutes les délices…

On serait bien embarrassé de trouver à l'époque, dans quelque espèce de littérature qu'on regarde, un traitement aussi franc, aussi poussé de la sexualité féminine ; cela relève même du défi de pousser si loin la description de la sensualité sans tomber dans l'obscénité et de multiplier les sous-entendus sans tomber dans la grivoiserie. Ce n'est pas le seul passage des Lettres persanes *où Montesquieu frôle les limites, en grande partie grâce au décor asiatique et au couvert d'un sérail qui respire une licence peu chrétienne.*

Le remplacement du mari d'Anaïs, Ibrahim, par un homme plus digne de ses femmes, est une belle pirouette finale : elle met à mal bien des certitudes en renversant les valeurs les plus fondamentales de la pudeur et de la vertu féminines et en dénonçant les prérogatives abusives d'hommes brutaux et égoïstes. À bon entendeur… ? Certes Montesquieu ne propose aucune révolution, et dans L'Esprit des lois *il se gardera bien de donner aux femmes une autorité qu'elles ne seraient pas prêtes à assumer et que de toute manière la société leur refuse ; seule la fiction lui permet de considérer la femme comme l'égale en droit et en fait ; il n'en soulève pas moins ici avec une franchise inattendue pour son temps et même pour le nôtre une interrogation sur l'inégalité des sexes.*

ture, dont la première évoque [illegible] figure les [illegible].

On sait [illegible] à l'époque [illegible] [illegible] [illegible] [illegible] la sécurité [illegible] [illegible] dans le [illegible]. Ces [illegible] Lettres persanes [illegible] le [illegible], en [illegible] d'un sérail [illegible].

Le remplacement du [illegible] est une action [illegible] de la [illegible] les [illegible] [illegible] propose [illegible] révolution [illegible] l'Esprit des lois [illegible] de donner [illegible] [illegible] [illegible] de toute [illegible] [illegible] [illegible] [illegible]

CONTES TIRÉS DES *LETTRES PERSANES*

HISTOIRE DES TROGLODYTES
(*Lettres persanes,* Lettres 10 à 14)

10. Mirza à Usbek

Nous disputons ici beaucoup ; nos disputes roulent ordinairement sur la morale. Hier on mit en question si les hommes étaient heureux par les plaisirs, et les satisfactions des sens, ou par la pratique de la vertu. Je t'ai souvent ouï dire que les hommes étaient nés pour être vertueux, et que la justice est une qualité qui leur est aussi propre que l'existence[1]. Explique-moi, je te prie, ce que tu veux dire.

J'ai parlé à des mollaks, qui me désespèrent avec leurs passages de l'Alcoran[2] car je ne leur parle pas comme vrai croyant[3], mais comme homme, comme citoyen, comme père de famille[4].

11. Usbek à Mirza

Tu renonces à ta raison pour essayer la mienne ; tu descends jusqu'à me consulter, tu me crois capable de t'instruire. Mon cher Mirza, il y a une chose qui me flatte encore plus que la bonne opinion que tu as conçue de moi, c'est ton amitié qui me la procure.

Pour remplir ce que tu me prescris, je n'ai pas cru devoir employer des raisonnements fort abstraits : il y a de certaines vérités qu'il ne suffit pas de persuader, mais qu'il faut encore faire sentir ; telles sont les vérités de morale. Peut-être que ce morceau d'histoire te touchera plus qu'une philosophie subtile.

Il y avait en Arabie un petit peuple appelé Troglodyte[1], qui descendait de ces anciens Troglodytes qui, si nous en croyons les historiens, ressemblaient plus à des bêtes qu'à des hommes. Ceux-ci n'étaient point si contrefaits, ils n'étaient point velus comme des ours ; ils ne sifflaient point ; ils avaient deux yeux. Mais ils étaient si méchants et si féroces qu'il n'y avait parmi eux aucun principe d'équité, ni de justice.

Ils avaient un roi d'une origine étrangère qui, voulant corriger la méchanceté de leur naturel, les traitait sévèrement : mais ils conjurèrent contre lui, le tuèrent, et exterminèrent toute la famille royale.

Le coup étant fait, ils s'assemblèrent pour choisir un gouvernement, et après bien des dissensions, ils créèrent des magistrats ; mais à peine les eurent-ils élus qu'ils leur devinrent insupportables, et ils les massacrèrent encore.

Ce peuple libre de ce nouveau joug ne consulta plus que son naturel sauvage : tous les particuliers convinrent qu'ils n'obéiraient plus à personne, que chacun veillerait uniquement à ses intérêts, sans consulter ceux des autres[2].

Cette résolution unanime flattait extrêmement tous les particuliers. Ils disaient : Qu'ai-je affaire d'aller me tuer à travailler pour des gens dont je ne me soucie point ? Je penserai uniquement à moi, je vivrai heureux ; que m'importe que les autres le soient ? Je me procurerai tous mes besoins, et pourvu que je les aie, je ne me soucie point que tous les autres Troglodytes soient misérables.

On était dans le mois où l'on ensemence les terres. Chacun dit : Je ne labourerai mon champ que pour qu'il me fournisse le blé qu'il me faut pour me nourrir. Une plus grande quantité me serait inutile ; je ne prendrai point de la peine pour rien.

Les terres de ce petit royaume n'étaient pas de même nature : il y en avait d'arides et de montagneuses et d'autres qui, dans un terrain bas, étaient arrosées de plusieurs ruisseaux. Cette année la sécheresse fut très grande, de manière que les terres qui étaient dans les lieux élevés manquèrent absolument, tandis que celles qui purent être arrosées furent très fertiles : ainsi les peuples des montagnes périrent presque tous de faim par la dureté des autres, qui leur refusèrent de partager la récolte.

L'année d'ensuite fut très pluvieuse : les lieux élevés se trouvèrent d'une fertilité extraordinaire, et les terres basses furent submergées. La moitié du peuple cria une seconde fois famine : mais ces misérables[1] trouvèrent des gens aussi durs qu'ils l'avaient été eux-mêmes.

Un des principaux habitants avait une femme fort belle : son voisin en devint amoureux et l'enleva. Il s'émut une grande querelle, et après bien des injures et des coups, ils convinrent de s'en remettre à la décision d'un Troglodyte qui, pendant que la république subsistait, avait eu quelque crédit. Ils allèrent à lui et voulurent lui dire leurs raisons : Que m'importe, dit cet homme, que cette femme soit à vous, ou à vous ? J'ai mon champ à labourer ; je n'irai peut-être pas employer mon temps à terminer vos différends et travailler à vos affaires tandis que je négligerai les miennes. Je vous prie de me laisser en repos et de ne m'importuner plus de vos querelles. Là-dessus il les quitta et s'en alla travailler ses terres. Le ravisseur, qui était le plus fort, jura qu'il mourrait plutôt que de rendre cette femme ; et l'autre, pénétré de l'injustice de son voisin et de la dureté du juge, s'en retournait désespéré lorsqu'il trouva dans son chemin une femme jeune et belle qui revenait de la fontaine. Il n'avait plus de femme ; celle-là lui plut, et elle lui plut bien davantage lorsqu'il apprit que c'était la femme de celui qu'il avait voulu prendre pour juge, et qui avait été si peu sensible à son malheur : il l'enleva et l'emmena dans sa maison.

Il y avait un homme qui possédait un champ assez fertile qu'il cultivait avec grand soin. Deux de ses voisins s'unirent ensemble, le chassèrent de sa maison, occupèrent son champ. Ils firent entre eux une union pour se défendre contre tous ceux qui voudraient l'usurper, et effectivement ils se soutinrent par là pendant plusieurs mois ; mais un des deux, ennuyé de partager ce qu'il pouvait avoir tout seul, tua l'autre et devint seul maître du champ. Son empire ne fut pas long : deux autres Troglodytes vinrent l'attaquer ; il se trouva trop faible pour se défendre et il fut massacré.

Un Troglodyte presque tout nu vit de la laine qui était à vendre. Il en demanda le prix ; le marchand dit en lui-même : Naturellement je ne devrais espérer de ma laine qu'autant d'argent qu'il en faut pour acheter deux mesures de blé ; mais je la vais vendre quatre fois davantage, afin d'avoir huit mesures. Il fallut en passer par là et payer le prix demandé. Je suis bien aise, dit le marchand, j'aurai du blé à présent. Que dites-vous, reprit l'étranger, vous avez besoin de blé ? J'en ai à vendre ; il n'y a que le prix qui vous étonnera peut-être : car vous saurez que le blé est extrêmement cher et que la famine règne presque partout. Mais rendez-moi mon argent et je vous donnerai une mesure de blé ; car je ne veux pas m'en défaire autrement, dussiez-vous crever de faim.

Cependant une maladie cruelle ravageait la contrée. Un médecin habile y arriva du pays voisin et donna ses remèdes si à propos qu'il guérit tous ceux qui se mirent dans ses mains. Quand la maladie eut cessé, il alla chez tous ceux qu'il avait traités demander son salaire, mais il ne trouva que des refus. Il retourna dans son pays, et il y arriva accablé des fatigues d'un si long voyage. Mais bientôt après il apprit que la même maladie se faisait sentir de nouveau et affligeait plus que jamais cette terre ingrate. Ils allèrent à lui cette fois et n'attendirent pas qu'il vînt chez eux : Allez, leur dit-il, hommes injustes ; vous avez dans l'âme un poison plus mortel que celui dont vous voulez guérir ; vous ne méritez pas d'occuper une place sur la terre, parce que vous n'avez point d'humanité et que les règles de l'équité vous sont inconnues. Je croirais offenser les dieux, qui vous punissent, si je m'opposais à la justice de leur colère.

12. Usbek au même

Tu as vu, mon cher Mirza, comment les Troglodytes périrent par leur méchanceté même, et furent les victimes de leurs propres injustices. De tant de familles il n'en resta que deux qui échappèrent aux malheurs de la nation. Il y avait dans ce pays deux hommes bien singuliers : ils avaient de l'humanité, ils connaissaient la justice, ils aimaient la vertu ; autant liés par la droiture de leur cœur que par la corruption de celui des autres, ils voyaient la désolation générale et ne la ressentaient que par la pitié : c'était le motif d'une union nouvelle ; ils travaillaient avec une sollicitude commune pour l'intérêt commun. Ils n'avaient de différends que ceux qu'une douce et tendre amitié faisait naître ; et dans l'endroit du pays le plus écarté, séparés de leurs compatriotes indignes de leur présence, ils menaient une vie heureuse et tranquille ; la terre semblait produire d'elle-même[1], cultivée par ces vertueuses mains.

Ils aimaient leurs femmes et ils en étaient tendrement chéris. Toute leur attention était d'élever leurs enfants à la vertu : ils leur représentaient sans cesse les malheurs de leurs compatriotes et leur mettaient devant les yeux cet exemple si touchant. Ils leur faisaient surtout sentir que l'intérêt des particuliers se trouve toujours dans l'intérêt commun ; que vouloir s'en séparer, c'est vouloir se perdre ; que la vertu n'est point une chose qui doive nous coûter ; qu'il ne faut point la regarder comme un exercice pénible ; et que la justice pour autrui est une charité pour nous.

Ils eurent bientôt la consolation des pères vertueux, qui est d'avoir des enfants qui leur ressemblent. Le jeune peuple qui s'éleva sous leurs yeux s'accrut par d'heureux mariages : le nombre augmenta, l'union fut toujours la même ; et la vertu, bien loin de s'affaiblir dans la multitude, fut fortifiée au contraire par un plus grand nombre d'exemples.

Qui pourrait représenter ici le bonheur de ces Troglodytes ? Un peuple si juste devait être chéri des dieux. Dès qu'il ouvrit les yeux pour les connaître, il apprit à les craindre, et la religion vint adoucir dans les mœurs ce que la nature y avait laissé de trop rude.

Ils instituèrent des fêtes en l'honneur des dieux. Les jeunes filles ornées de fleurs et les jeunes garçons les célébraient par leurs danses et par les accords d'une musique champêtre ; on faisait ensuite des festins où la joie ne régnait pas moins que la frugalité. C'était dans ces assemblées que parlait la nature naïve ; c'est là qu'on apprenait à donner le cœur et à le recevoir ; c'est là que la pudeur virginale faisait en rougissant un aveu surpris, mais bientôt confirmé par le consentement des pères ; et c'est là que les tendres mères se plaisaient à prévoir par avance une union douce et fidèle.

On allait au temple pour demander les faveurs des dieux. Ce n'était pas les richesses et une onéreuse abondance ; de pareils souhaits étaient indignes des heureux Troglodytes, ils ne savaient les désirer que pour leurs compatriotes : ils n'étaient au pied des autels que pour demander la santé de leurs pères, l'union de leurs frères, la tendresse de leurs femmes, l'amour et l'obéissance de leurs enfants. Les filles y venaient apporter le tendre sacrifice de leur cœur, et ne leur demandaient d'autre grâce que celle de pouvoir rendre un Troglodyte heureux.

Le soir, lorsque les troupeaux quittaient les prairies et que les bœufs fatigués avaient ramené la charrue, ils s'assemblaient, et dans un repas frugal ils chantaient les injustices des premiers Troglodytes et leurs malheurs, la vertu renaissante avec un nouveau peuple et sa félicité ; ils chantaient ensuite les grandeurs des dieux, leurs faveurs toujours présentes aux hommes qui les implorent, et leur colère inévitable à ceux qui ne les craignent pas. Ils décrivaient ensuite les délices de la vie champêtre et le bonheur d'une condition toujours parée de l'innocence ; bientôt ils s'abandonnaient à un sommeil que les soins et les chagrins n'interrompaient jamais.

La nature ne fournissait pas moins à leurs désirs qu'à leurs besoins. Dans ce pays heureux la cupidité était étrangère ; ils se faisaient des présents où celui qui donnait croyait toujours avoir l'avantage. Le peuple troglodyte se regardait comme une seule famille ; les troupeaux étaient presque toujours confondus ; la seule peine qu'on s'épargnait ordinairement, c'était de les partager.

13. Usbek au même

Je ne saurais assez te parler de la vertu des Troglodytes. Un d'eux disait un jour : Mon père doit demain labourer son champ ; je me lèverai deux heures avant lui, et quand il ira à son champ, il le trouvera tout labouré.

Un autre disait en lui-même : Il me semble que ma sœur a du goût pour un jeune Troglodyte de nos parents : il faut que je parle à mon père, et que je le détermine à faire ce mariage.

On vint dire à un autre que des voleurs avaient enlevé son troupeau. J'en suis bien fâché, dit-il, car il y avait une génisse toute blanche que je voulais offrir aux dieux.

On entendait dire à un autre : Il faut que j'aille au temple remercier les dieux, car mon frère, que mon père aime tant et que je chéris si fort, a recouvré la santé.

Ou bien : Il y a un champ qui touche celui de mon père, et ceux qui le cultivent sont tous les jours exposés aux ardeurs du soleil : il faut que j'aille y planter deux arbres, afin que ces pauvres gens puissent aller quelquefois se reposer sous leur ombre.

Un jour que plusieurs Troglodytes étaient assemblés, un vieillard parla d'un jeune homme qu'il soupçonnait d'avoir commis une mauvaise action et lui en fit des reproches. Nous ne croyons pas qu'il ait commis ce crime, dirent les jeunes Troglodytes ; mais s'il l'a fait, puisse-t-il mourir le dernier de sa famille[1].

On vint dire à un Troglodyte que des étrangers avaient pillé sa maison et avaient tout emporté. S'ils n'étaient pas injustes, répondit-il, je souhaiterais que les dieux leur en donnassent un plus long usage qu'à moi.

Tant de prospérités ne furent pas regardées sans envie. Les peuples voisins s'assemblèrent, et sous un vain prétexte ils résolurent d'enlever leurs troupeaux. Dès que cette résolution fut connue, les Troglodytes envoyèrent au-devant d'eux des ambassadeurs qui leur parlèrent ainsi :

Que vous ont fait les Troglodytes ? Ont-ils enlevé vos femmes, dérobé vos bestiaux, ravagé vos campagnes ? Non, nous sommes justes et nous craignons les dieux. Que voulez-vous donc de nous ? Voulez-vous de la laine pour vous faire des habits ? Voulez-vous du lait pour vos troupeaux ou des fruits de nos terres ? Posez bas les armes, venez au milieu de nous, et nous vous donnerons de tout cela. Mais nous jurons par ce qu'il y a de plus sacré que si vous entrez dans nos terres comme ennemis, nous vous regarderons comme un peuple injuste, et que nous vous traiterons comme des bêtes farouches.

Ces paroles furent renvoyées avec mépris ; ces peuples sauvages entrèrent armés dans la terre des Troglodytes, qu'ils ne croyaient défendus que par leur innocence.

Mais ils étaient bien disposés à la défense : ils avaient mis leurs femmes et leurs enfants au milieu d'eux ; ils furent étonnés de l'injustice de leurs ennemis, et non pas de leur nombre. Une ardeur nouvelle s'était emparée de leur cœur : l'un voulait mourir pour son père, un autre pour sa femme et ses enfants ; celui-ci pour ses frères, celui-là pour ses amis ; tous pour le peuple troglodyte. La place de celui qui expirait était d'abord[1] prise par un autre qui, outre la cause commune, avait encore une mort particulière à venger.

Tel fut le combat de l'injustice et de la vertu. Ces peuples lâches, qui ne cherchaient que le butin, n'eurent pas même honte de fuir et ils cédèrent à la vertu des Troglodytes, même sans en être touchés.

14. Usbek au même

Comme le peuple grossissait tous les jours, les Troglodytes crurent qu'il était à propos de se choisir un roi. Ils convinrent qu'il fallait déférer la couronne à celui qui était le plus juste, et ils jetèrent tous les yeux sur un vieillard vénérable par son âge et par une longue vertu. Il n'avait pas voulu se trouver à cette assemblée ; il s'était retiré dans sa maison, le cœur serré de tristesse[2].

Lorsqu'on lui envoya des députés pour lui apprendre le choix qu'on avait fait de lui : À Dieu ne plaise, dit-il, que je fasse ce tort aux Troglodytes, que l'on puisse croire qu'il n'y a personne parmi eux de plus juste que moi. Vous me déférez la couronne, et si vous le voulez absolument, il faudra bien que je la prenne ; mais comptez que je mourrai de douleur d'avoir vu en naissant les Troglodytes libres, et de les voir aujourd'hui assujettis. À ces mots il se mit à répandre un torrent de larmes : Malheureux jour, disait-il, et pourquoi ai-je tant vécu ? Puis il s'écria d'une voix sévère : Je vois bien ce que c'est, ô Troglodytes. Votre vertu commence à vous peser ; dans l'état où vous êtes, n'ayant point de chef, il faut que vous soyez vertueux malgré vous ; sans cela vous ne sauriez subsister, et vous tomberiez dans le malheur de vos premiers pères. Mais ce joug vous paraît trop dur ; vous aimez mieux être soumis à un prince et obéir à ses lois, moins rigides que vos mœurs. Vous savez que pour lors vous pourrez contenter votre ambition, acquérir des richesses, et languir dans une lâche volupté ; et que pourvu que vous évitiez de tomber dans les grands crimes, vous n'aurez pas besoin de la vertu. Il s'arrêta un moment, et ses larmes coulèrent plus que jamais. Eh que prétendez-vous que je fasse ? Comment se peut-il que je commande quelque chose à un Troglodyte ? Voulez-vous qu'il fasse une action vertueuse parce que je la lui commande, lui qui la ferait tout de même[1] sans moi, et par le seul penchant de la nature ? Ô Troglodytes, je suis à la fin de mes jours, mon sang est glacé dans mes veines ; je vais bientôt revoir vos sacrés aïeux : pourquoi voulez-vous que je les afflige, et que je sois obligé de leur dire que je vous ai laissés sous un autre joug que celui de la vertu ?

HISTOIRE D'APHÉRIDON ET D'ASTARTÉ

(*Lettres persanes*, Lettre 65 [67] d'Ibben, à Smyrne, à Usbek, à Paris)

Il y a ici un guèbre[1] qui, après toi, a, je crois, la première place dans mon cœur; c'est l'âme de la probité même. Des raisons particulières l'ont obligé de se retirer dans cette ville, où il vit tranquille du produit d'un trafic[2] honnête, avec une femme qu'il aime. Sa vie est toute marquée d'actions généreuses, et quoiqu'il cherche une vie obscure, il y a plus d'héroïsme dans son cœur que dans celui des plus grands monarques.

Je lui ai parlé mille fois de toi; je lui montre toutes tes lettres; je remarque que cela lui fait plaisir; et je vois déjà que tu as un ami, qui t'est inconnu.

Tu trouveras ici ses principales aventures: quelque répugnance qu'il eût à les écrire, il n'a pu les refuser à mon amitié, et je les confie à la tienne.

Histoire d'Aphéridon et d'Astarté

Je suis né parmi les guèbres, d'une religion qui est peut-être la plus ancienne qui soit au monde. Je fus si malheureux que l'amour me vint avant la raison. J'avais à peine six ans que je ne pouvais vivre qu'avec ma sœur: mes yeux s'attachaient toujours sur elle, et lorsqu'elle me quittait un moment, elle les retrouvait baignés de larmes; chaque jour n'augmentait pas plus mon âge que mon amour. Mon père, étonné d'une si forte sympathie, aurait bien souhaité de nous marier ensemble, selon l'ancien usage des guèbres introduit par Cambyse ; mais la crainte des mahométans, sous le joug desquels nous vivons, empêche ceux de notre nation de penser à ces alliances saintes que notre religion ordonne plutôt qu'elle ne permet, et qui sont des images si naïves[1] de l'union déjà formée par la nature.

Mon père, voyant donc qu'il aurait été dangereux de suivre mon inclination et la sienne, résolut d'éteindre une flamme qu'il croyait naissante, mais qui était déjà à son dernier période[2] ; il prétexta un voyage et m'amena avec lui, laissant ma sœur entre les mains d'une de ses parentes, car ma mère était morte depuis deux ans. Je ne vous dirai point quel fut le désespoir de cette séparation ; j'embrassai ma sœur toute baignée de larmes mais je n'en versai point, car la douleur m'avait rendu comme insensible[3]. Nous arrivâmes à Tefflis[4], et mon père ayant confié mon éducation à un de nos parents m'y laissa et s'en retourna chez lui.

Quelque temps après j'appris qu'il avait, par le crédit d'un de ses amis, fait entrer ma sœur dans le beiram[5] du roi, où elle était au service d'une sultane. Si l'on m'avait appris sa mort, je n'en aurais pas été plus frappé ; car outre que je n'espérais plus de la revoir, son entrée dans le beiram l'avait rendue mahométane, et elle ne pouvait plus, suivant le préjugé de cette religion, me regarder qu'avec horreur. Cependant, ne pouvant plus vivre à Tefflis, las de moi-même et de la vie, je retournai à Ispahan. Mes premières paroles furent amères à mon père ; je lui reprochai d'avoir mis sa fille en un lieu où l'on ne peut entrer qu'en changeant de religion. « Vous avez attiré sur votre famille, lui dis-je, la colère de Dieu et du soleil qui vous éclaire ; vous avez plus fait que si vous aviez souillé les éléments, puisque vous avez souillé l'âme de votre fille, qui n'est pas moins pure. J'en mourrai de douleur et d'amour, mais puisse ma mort être la seule peine que Dieu vous fasse sentir ! » À ces mots je sortis, et pendant deux ans je passai ma vie à aller regarder les murailles du beiram et considérer le lieu où ma sœur pouvait être, m'exposant tous les jours mille fois à être égorgé par les eunuques qui font la ronde autour de ces redoutables lieux[1].

Enfin mon père mourut, et la sultane que ma sœur servait, la voyant tous les jours croître en beauté, en devint jalouse, et la maria avec un eunuque qui la souhaitait avec passion. Par ce moyen ma sœur sortit du sérail, et prit avec son eunuque une maison à Ispahan.

Je fus plus de trois mois sans pouvoir lui parler, l'eunuque, le plus jaloux de tous les hommes, me remettant[2] toujours sous divers prétextes. Enfin j'entrai dans son beiram, et il me lui fit parler au travers d'une jalousie ; des yeux de lynx ne l'auraient pas pu découvrir, tant elle était enveloppée d'habits et de voiles, et je ne la pus reconnaître qu'au son de sa voix. Quelle fut mon émotion quand je me vis si près et si éloigné d'elle ! Je me contraignis, car j'étais examiné[3]. Quant à elle, il me parut qu'elle versa quelques larmes. Son mari voulut me faire quelques mauvaises excuses, mais je le traitai comme le dernier des esclaves. Il fut bien embarrassé quand il vit que je parlais à ma sœur une langue qui lui était inconnue : c'était l'ancien persan, qui est notre langue sacrée[4].

— Quoi, ma sœur, lui dis-je, est-il vrai que vous avez quitté la religion de vos pères ? Je sais qu'entrant au beiram vous avez dû faire profession du mahométisme ; mais dites-moi, votre cœur a-t-il pu consentir comme votre bouche à quitter une religion qui me permet de vous aimer ? Et pour qui la quittez-vous, cette religion qui nous doit être si chère ? Pour un misérable encore flétri des fers qu'il a portés, qui, s'il était homme, serait le dernier de tous ?

— Mon frère, dit-elle, cet homme dont vous parlez est mon mari ; il faut que je l'honore, tout indigne qu'il vous paraît, et je serais aussi la dernière des femmes si...

— Ah ! ma sœur, lui dis-je, vous êtes guèbre : il n'est ni votre époux, ni ne peut l'être ; si vous êtes fidèle comme vos pères, vous ne devez le regarder que comme un monstre.

— Hélas, dit-elle, que cette religion se montre à moi de loin ! À peine en savais-je les préceptes qu'il les fallut oublier. Vous voyez que cette langue que je vous parle ne m'est plus familière, et que j'ai toutes les peines du monde à m'exprimer ; mais comptez que le souvenir de notre enfance me charme toujours, que depuis ce temps-là je n'ai eu que de fausses joies, qu'il ne s'est pas passé de jour que je n'aie pensé à vous, que vous avez eu plus de part que vous ne croyez à mon mariage, et que je n'y ai été déterminée que par l'espérance de vous revoir. Mais que ce jour qui m'a tant coûté va me coûter encore ! Je vous vois tout hors de vous-même ; mon mari frémit de rage et de jalousie : je ne vous verrai plus ; je vous parle sans doute pour la dernière fois de ma vie. Si cela était, mon frère, elle ne serait pas longue.

À ces mots elle s'attendrit, et se voyant hors d'état de tenir la conversation, elle me quitta le plus désolé de tous les hommes.

Trois ou quatre jours après je demandai à voir ma sœur ; le barbare eunuque aurait bien voulu m'en empêcher, mais outre que ces sortes de maris n'ont pas sur leurs femmes la même autorité que les autres, il aimait si éperdument ma sœur qu'il ne savait lui rien refuser. Je la vis encore dans le même lieu et dans le même équipage, accompagnée de deux esclaves, ce qui me fit avoir recours à notre langue particulière.

— Ma sœur, lui dis-je, d'où vient que je ne puis vous voir sans me trouver dans une situation affreuse ? Les murailles qui vous tiennent enfermée, ces verrous et ces grilles, ces misérables gardiens qui vous observent, me mettent en fureur ; comment avez-vous perdu la douce liberté dont jouissaient vos ancêtres ? Votre mère, qui était si chaste, ne donnait à son mari pour garant de sa vertu que sa vertu même ; ils vivaient heureux l'un et l'autre dans une confiance mutuelle, et la simplicité de leurs mœurs était pour eux une richesse plus précieuse mille fois que le faux éclat dont vous semblez jouir dans cette maison somptueuse. En perdant votre religion, vous avez perdu votre liberté, votre bonheur, et cette précieuse égalité qui fait l'honneur de votre sexe. Mais ce qu'il y a de pis encore, c'est que vous êtes non pas la femme, car vous ne pouvez pas l'être, mais l'esclave d'un esclave qui a été dégradé de l'humanité.

— Ah mon frère, dit-elle, respectez mon époux ; respectez la religion que j'ai embrassée ; selon cette religion, je n'ai pu vous entendre ni vous parler sans crime.

— Quoi, ma sœur, lui dis-je tout transporté, vous la croyez donc véritable, cette religion !

— Ah ! dit-elle, qu'il me serait avantageux qu'elle

ne le fût pas ! Je fais pour elle un trop grand sacrifice pour que je puisse ne la pas croire ; et si mes doutes…

À ces mots elle se tut.

— Oui, vos doutes, ma sœur, sont bien fondés, quels qu'ils soient. Qu'attendez-vous d'une religion qui vous rend malheureuse dans ce monde-ci, et ne vous laisse point d'espérance pour l'autre ? Songez que la nôtre est la plus ancienne qui soit au monde ; qu'elle a toujours fleuri dans la Perse et n'a pas d'autre origine que cet empire dont les commencements ne sont point connus ; que ce n'est que le hasard qui y a introduit le mahométisme ; que cette secte[1] y a été établie, non par la voie de la persuasion, mais de la conquête : si nos princes naturels[2] n'avaient pas été faibles, vous verriez régner encore le culte de ces anciens mages. Transportez-vous dans ces siècles reculés : tout vous parlera du magisme, et rien de la secte mahométane, qui plusieurs milliers d'années après n'était pas même dans son enfance.

— Mais, dit-elle, quand ma religion serait plus moderne que la vôtre, elle est au moins plus pure, puisqu'elle n'adore que Dieu, au lieu que vous adorez encore le soleil, les étoiles, le feu et même les éléments.

— Je vois, ma sœur, que vous avez appris parmi les musulmans à calomnier notre sainte religion. Nous n'adorons ni les astres, ni les éléments, et nos pères ne les ont jamais adorés ; jamais ils ne leur ont élevé des temples, jamais ils ne leur ont offert des sacrifices : ils leur ont seulement rendu un culte religieux, mais inférieur, comme à des ouvrages et des manifestations de la divinité[3]. Mais ma sœur, au nom de Dieu qui nous éclaire, recevez ce livre sacré que je vous porte : c'est le livre de notre législateur

Zoroastre[1]. Lisez-le sans prévention ; recevez dans votre cœur les rayons de lumière qui vous éclaireront en le lisant ; souvenez-vous de vos pères, qui ont si longtemps honoré le soleil dans la ville sainte de Balk ; et enfin souvenez-vous de moi, qui n'espère de repos, de fortune, de vie que de votre changement. Je la quittai tout transporté et la laissai seule décider la plus grande affaire que je pusse avoir de ma vie.

J'y retournai deux jours après. Je ne lui parlai point ; j'attendis dans le silence l'arrêt de ma vie ou de ma mort.

— Vous êtes aimé, mon frère, me dit-elle, et par une guèbre ; j'ai longtemps combattu, mais dieux ! que l'amour lève de difficultés ! Que je suis soulagée ! Je ne crains plus de vous trop aimer ; je puis ne mettre point de bornes à mon amour : l'excès même en est légitime. Ah que ceci convient bien à l'état de mon cœur ! Mais vous qui avez su rompre les chaînes que mon esprit s'était forgées, quand romprez-vous celles qui me lient les mains ? Dès ce moment je me donne à vous ; faites voir par la promptitude avec laquelle vous m'accepterez combien ce présent vous est cher. Mon frère, la première fois que je pourrai vous embrasser, je crois que je mourrai dans vos bras.

Je n'exprimerais jamais bien la joie que je sentis à ces douces paroles ; je me crus et je me vis en effet en un instant le plus heureux de tous les hommes. Je vis presque accomplir tous les désirs que j'avais formés en vingt-cinq ans de vie, et évanouir tous les chagrins qui me l'avaient rendue si laborieuse. Mais quand je me fus un peu accoutumé à ces douces idées, je vis que je n'étais pas si près de mon bonheur que je m'étais figuré tout à coup, quoique j'eusse surmonté le plus grand de tous les obstacles. Il fallait surprendre la vigilance de ses gardiens ; je n'osais confier à personne le secret de ma vie : il fallait que nous fissions tout, elle et moi ; si je manquais mon coup, je courais risque d'être empalé, mais je ne voyais pas de peine plus cruelle que de le manquer. Nous convînmes qu'elle m'enverrait demander une horloge que son père lui avait laissée, et que j'y mettrais dedans une lime pour scier les jalousies de sa fenêtre qui donnaient dans la rue, et une corde nouée pour descendre ; que je ne la verrais plus dorénavant, mais que j'irais toutes les nuits sous sa fenêtre attendre qu'elle pût exécuter son dessein.

Je passai quinze nuits entières sans voir personne, parce qu'elle n'avait pas trouvé le temps favorable. Enfin la seizième j'entendis une scie qui travaillait ; de temps en temps l'ouvrage était interrompu, et dans ces intervalles ma frayeur était inexprimable. Enfin, après une heure de travail, je la vis qui attachait la corde ; elle se laissa aller, et glissa dans mes bras ; je ne connus plus le danger, et je restai longtemps sans bouger de là. Je la conduisis hors de la ville, où j'avais un cheval tout prêt ; je la mis en croupe derrière moi, et m'éloignai avec toute la promptitude imaginable d'un lieu qui pouvait nous être si funeste. Nous arrivâmes avant le jour chez un guèbre dans un lieu désert où il était retiré, vivant frugalement du travail de ses mains. Nous ne jugeâmes pas à propos de rester chez lui, et par son conseil nous entrâmes dans une épaisse forêt, et nous nous mîmes dans le creux d'un vieux chêne jusques à ce que le bruit de notre évasion se fût dissipé. Nous vivions tous deux dans ce séjour écarté sans témoins, nous répétant sans cesse que nous nous aimerions toujours, attendant l'occasion que quelque prêtre guèbre pût faire la cérémonie du mariage prescrite par nos livres sacrés.

— Ma sœur, lui disais-je, que cette union est sainte ; la nature nous avait unis, notre sainte Loi va nous unir encore.

Enfin un prêtre vint calmer notre impatience amoureuse : il fit dans la maison du paysan toutes les cérémonies du mariage ; il nous bénit, et nous souhaita mille fois toute la vigueur de Gustaspe et la sainteté de l'Hohoraspe. Bientôt après nous quittâmes la Perse où nous n'étions pas en sûreté et nous nous retirâmes en Géorgie. Nous y vécûmes un an, tous les jours plus charmés l'un de l'autre[1]. Mais comme mon argent allait finir et que je craignais la misère pour ma sœur, non pas pour moi, je la quittai pour aller chercher quelque secours chez nos parents. Jamais adieu ne fut plus tendre. Mais mon voyage me fut non seulement inutile, mais funeste : car ayant trouvé d'un côté tous nos biens confisqués, de l'autre mes parents presque dans l'impuissance de me secourir, je ne rapportai d'argent précisément que ce qu'il fallait pour mon retour.

Mais quel fut mon désespoir ! Je ne trouvai plus ma sœur : quelques jours avant mon arrivée, des Tartares[2] avaient fait une incursion dans la ville où elle était ; et comme ils la trouvèrent belle, ils la prirent et la vendirent à des juifs qui allaient en Turquie, et ne laissèrent qu'une petite fille dont elle était accouchée quelques mois auparavant. Je suivis ces juifs et les joignis à trois lieues de là. Mes prières, mes larmes furent vaines ; ils me demandèrent toujours trente tomans[3] et ne se relâchèrent jamais d'un seul. Après m'être adressé à tout le monde, avoir imploré la protection des prêtres turcs et chrétiens, je m'adressai à un marchand arménien, je lui vendis ma fille et me vendis aussi pour trente-cinq tomans; j'allai aux juifs, je leur donnai trente tomans et portai les cinq autres à ma sœur, que je n'avais pas encore vue.

— Vous êtes libre, lui dis-je, ma sœur, et je puis vous embrasser; voila cinq tomans que je vous porte; j'ai du regret qu'on ne m'ait pas acheté davantage.

— Quoi, dit-elle, vous vous êtes vendu[1] ?

— Oui, lui dis-je.

— Ah, malheureux, qu'avez-vous fait! N'étais-je pas assez infortunée sans que vous travaillassiez à me le rendre davantage? Votre liberté me consolait, et votre esclavage me va mettre au tombeau. Ah mon frère, que votre amour est cruel! Et ma fille, je ne la vois point?

— Je l'ai vendue aussi, lui dis-je.

Nous fondîmes tous deux en larmes et n'eûmes pas la force de nous rien dire. Enfin j'allai trouver mon maître, et ma sœur y arriva presqu'aussitôt que moi. Elle se jeta à ses genoux.

— Je vous demande, dit-elle, la servitude comme les autres vous demandent la liberté: prenez-moi, vous me vendrez plus cher que mon mari.

Ce fut alors qu'il se fit un combat qui arracha les larmes des yeux de mon maître.

— Malheureux, dit-elle, as-tu pensé que je pusse accepter ma liberté aux dépens de la tienne?

— Seigneur, vous voyez deux infortunés qui mourrons si vous nous séparez. Je me donne à vous, payez-moi; peut-être que cet argent et mes services pourront quelque jour obtenir de vous ce que je n'ose vous demander; il est de votre intérêt de ne nous point séparer; comptez que je dispose de sa vie.

L'Arménien était un homme doux, qui fut touché de nos malheurs:

— Servez-moi l'un et l'autre avec fidélité et avec zèle, et je vous promets que dans un an je vous donnerai votre liberté; je vois que vous ne méritez ni l'un ni l'autre les malheurs de votre condition. Si, lorsque vous serez libres, vous êtes aussi heureux que vous le méritez, si la fortune vous rit, je suis certain que vous me satisferez de la perte que je souffrirai.

Nous embrassâmes tous deux ses genoux et le suivîmes dans son voyage. Nous nous soulagions l'un et l'autre dans les travaux de la servitude, et j'étais charmé lorsque j'avais pu faire l'ouvrage qui était tombé à ma sœur.

La fin de l'année arriva; notre maître tint sa parole et nous délivra. Nous retournâmes à Tefflis. Là je trouvai un ancien ami de mon père qui exerçait avec succès la médecine dans cette ville; il me prêta quelque argent avec lequel je fis quelque négoce. Quelques affaires m'appelèrent ensuite à Smyrne, où je m'établis. J'y vis depuis six ans et j'y jouis de la plus aimable et de la plus douce société du monde; l'union règne dans ma famille, et je ne changerais pas ma condition pour celle de tous les rois du monde. J'ai été assez heureux pour retrouver le marchand arménien à qui je dois tout et lui ai rendu des services signalés.

HISTOIRE D'ANAÏS, « CONTE PERSAN »
(*Lettres persanes*, Lettre 135 [141],
de Rica à Usbek)

Du temps de cheik Ali-Can[1], il y avait en Perse une femme nommée Zulema. Elle savait par cœur tout le saint Alcoran ; il n'y avait point de dervis[2] qui entendît mieux qu'elle les traditions des saints prophètes. Les docteurs arabes n'avaient rien dit de si mystérieux qu'elle n'en comprît tous les sens, et elle joignait à tant de connaissances un certain caractère d'esprit enjoué qui laissait à peine deviner si elle voulait amuser ceux à qui elle parlait ou les instruire.

Un jour qu'elle était avec ses compagnes dans une des salles du sérail, une d'elles lui demanda ce qu'elle pensait de l'autre vie, et si elle ajoutait foi à cette ancienne tradition de nos docteurs que le paradis n'est fait que pour les hommes.

C'est le sentiment commun, leur dit-elle : il n'y a rien que l'on n'ait fait pour dégrader notre sexe ; il y a même une nation répandue par toute la Perse, qu'on appelle la nation juive, qui soutient par l'autorité de ses livres sacrés que nous n'avons point d'âme[3].

Ces opinions si injurieuses n'ont d'autre origine que l'orgueil des hommes, qui veulent porter leur supériorité au-delà même de leur vie, et ne pensent pas que dans le grand jour toutes les créatures paraîtront devant Dieu comme le néant, sans qu'il y ait entre elles de prérogatives que celles que la vertu y aura mises.

Dieu ne se bornera point dans ses récompenses ; et

comme les hommes qui auront bien vécu et bien usé de l'empire qu'ils ont ici-bas sur nous seront dans un paradis plein de beautés célestes et ravissantes, et telles que si un mortel les avait vues il se donnerait aussitôt la mort dans l'impatience d'en jouir, aussi les femmes vertueuses iront dans un lieu de délices où elles seront enivrées d'un torrent de voluptés avec des hommes divins qui leur seront soumis ; chacune d'elles aura un sérail dans lequel ils seront enfermés, et des eunuques encore plus fidèles que les nôtres pour les garder.

J'ai lu, ajouta-t-elle, dans un livre arabe, qu'un homme nommé Ibrahim était d'une jalousie insupportable. Il avait douze femmes extrêmement belles qu'il traitait d'une manière très dure : il ne se fiait plus à ses eunuques ni aux murs de son sérail, il les tenait presque toujours sous la clef enfermées dans leur chambre sans qu'elles pussent se voir ni se parler, car il était même jaloux d'une amitié innocente. Toutes ses actions prenaient la teinture de sa brutalité naturelle : jamais une douce parole ne sortit de sa bouche, et jamais il ne fit un moindre signe qui n'ajoutât quelque chose à la rigueur de leur esclavage.

Un jour qu'il les avait toutes assemblées dans une salle de son sérail, une d'entre elles, plus hardie que les autres, lui reprocha son mauvais naturel. « Quand on cherche si fort les moyens de se faire craindre, lui dit-elle, on trouve toujours auparavant ceux de se faire haïr. Nous sommes si malheureuses que nous ne pouvons nous empêcher de désirer un changement. D'autres à ma place souhaiteraient votre mort, je ne souhaite que la mienne ; et ne pouvant espérer d'être séparée de vous que par là, il me sera encore bien doux d'en être séparée. »

Ce discours, qui aurait dû le toucher, le fit entrer dans une furieuse colère : il tira son poignard et le lui plongea dans le sein. « Mes chères compagnes, dit-elle d'une voix mourante, si le ciel a pitié de ma vertu, vous serez vengées. » À ces mots elle quitta cette vie infortunée pour aller dans le séjour des délices où les femmes qui ont bien vécu jouissent d'un bonheur qui se renouvelle toujours.

D'abord elle vit une prairie riante dont la verdure était relevée par les peintures[1] des fleurs les plus vives ; un ruisseau dont les eaux étaient plus pures que le cristal y faisait un nombre infini de détours. Elle entra ensuite dans des bocages charmants dont le silence n'était interrompu que par le doux chant des oiseaux ; de magnifiques jardins se présentèrent ensuite ; la nature les avait ornés avec sa simplicité et toute sa magnificence. Elle trouva enfin un palais superbe préparé pour elle et rempli d'hommes célestes destinés à ses plaisirs.

Deux d'entre eux se présentèrent aussitôt pour la déshabiller ; d'autres la mirent dans le bain et la parfumèrent des plus délicieuses essences ; on lui donna ensuite des habits infiniment plus riches que les siens, après quoi on la mena dans une grande salle où elle trouva un feu fait avec des bois odoriférants et une table couverte des mets les plus exquis. Tout semblait concourir au ravissement de ses sens : elle entendait d'un côté une musique d'autant plus divine qu'elle était plus tendre ; de l'autre elle ne voyait que des danses de ces hommes divins uniquement occupés à lui plaire.

Cependant tant de plaisirs ne devaient servir qu'à la conduire insensiblement à des plaisirs plus grands. On la mena dans sa chambre, et après l'avoir encore une fois déshabillée, on la porta dans un lit superbe où deux hommes d'une beauté charmante la reçurent dans leurs bras. C'est pour lors qu'elle fut enivrée et que ses ravissements passèrent même ses désirs. « Je suis toute hors de moi, leur disait-elle, je croirais mourir si je n'étais sûre de mon immortalité. C'en est trop, laissez-moi ; je succombe sous la violence des plaisirs. Oui, vous rendez un peu le calme à mes sens ; je commence à respirer et à revenir à moi-même. D'où vient que l'on a ôté les flambeaux ? Que ne puis-je à présent considérer votre beauté divine ? Que ne puis-je voir... Mais pourquoi voir ? Vous me faites rentrer dans mes premiers transports. Ô dieux, que ces ténèbres sont aimables ! Quoi, je serai immortelle, et immortelle avec vous ? Je serai... Non, je vous demande grâce, car je vois bien que vous êtes gens à n'en demander jamais. »

Après plusieurs commandements réitérés, elle fut obéie ; mais elle ne le fut que lorsqu'elle voulut l'être bien sérieusement. Elle se reposa languissamment, et s'endormit dans leurs bras. Deux moments de sommeil réparèrent sa lassitude ; elle reçut deux baisers qui l'enflammèrent soudain et lui firent ouvrir les yeux. « Je suis inquiète, dit-elle ; je crains que vous ne m'aimiez plus. » C'était un doute dans lequel elle ne voulait pas rester longtemps ; aussi eut-elle avec eux tous les éclaircissements qu'elle pouvait désirer. « Je suis désabusée, s'écria-t-elle ; pardon, pardon, je suis sûre de vous ; vous ne me dites rien, mais vous prouvez mieux que tout ce que vous me pourriez dire. Oui, oui, je vous le confesse : on n'a jamais tant aimé. Mais quoi ! vous vous disputez tous deux l'honneur de me persuader ? Ah si vous vous disputez, si vous joignez l'ambition au plaisir de ma défaite, je suis perdue. Vous serez tous deux vainqueurs ; il n'y aura que moi de vaincue, mais je vous vendrai bien cher la victoire. »

Tout ceci ne fut interrompu que par le jour. Ses fidèles et aimables domestiques entrèrent dans sa chambre et firent lever ces deux jeunes hommes que deux vieillards ramenèrent dans les lieux où ils étaient gardés pour ses plaisirs. Elle se leva ensuite, et parut d'abord à cette cour idolâtre dans les charmes d'un déshabillé simple, et ensuite couverte des plus somptueux ornements. Cette nuit l'avait embellie ; elle avait donné de la vie à son teint et de l'expression à ses grâces. Ce ne fut pendant tout le jour que danses, que concerts, que festins, que jeux, que promenades ; et l'on remarquait qu'Anaïs se dérobait de temps en temps et volait vers ses deux jeunes héros ; après quelques précieux instants d'entrevue elle revenait vers la troupe qu'elle avait quittée, toujours avec un visage plus serein. Enfin sur le soir on la perdit tout à fait ; elle alla s'enfermer dans le sérail où elle voulait, disait-elle, faire connaissance avec ces captifs immortels qui devaient à jamais vivre avec elle. Elle visita donc les appartements de ces lieux les plus reculés et les plus charmants, où elle compta cinquante esclaves d'une beauté miraculeuse ; elle erra toute la nuit de chambre en chambre, recevant partout des hommages toujours différents et toujours les mêmes.

Voilà comment l'immortelle Anaïs passait sa vie, tantôt dans des plaisirs éclatants, tantôt dans des plaisirs solitaires, admirée d'une troupe brillante ou bien aimée d'un amant éperdu ; souvent elle quittait un palais enchanté pour aller dans une grotte champêtre ; les fleurs semblaient naître sous ses pas et les jeux se présentaient en foule au-devant d'elle.

Il y avait plus de huit jours qu'elle était dans cette demeure heureuse que, toujours hors d'elle-même, elle n'avait pas fait une seule réflexion ; elle avait joui de son bonheur sans le connaître, et sans avoir eu un seul de ces moments tranquilles où l'âme se rend, pour ainsi dire, compte à elle-même et s'écoute dans le silence des passions.

Les bienheureux ont des plaisirs si vifs qu'ils peuvent rarement jouir de cette liberté d'esprit : c'est pour cela qu'attachés invinciblement aux objets présents, ils perdent entièrement la mémoire des choses passées, et n'ont plus aucun souci de ce qu'ils ont connu ou aimé dans l'autre vie.

Mais Anaïs, dont l'esprit était vraiment philosophe, avait passé presque toute sa vie à méditer ; elle avait poussé ses réflexions beaucoup plus loin qu'on n'aurait dû l'attendre d'une femme laissée à elle-même. La retraite austère que son mari lui avait fait garder ne lui avait laissé que cet avantage. C'est cette force d'esprit qui lui avait fait mépriser la crainte dont ses compagnes étaient frappées, et la mort qui devait être la fin de ses peines et le commencement de sa félicité.

Ainsi elle sortit peu à peu de l'ivresse des plaisirs et s'enferma seule dans un appartement de son palais. Elle se laissa aller à des réflexions bien douces sur sa condition passée et sur sa félicité présente : elle ne put s'empêcher de s'attendrir sur le malheur de ses compagnes : on est sensible à des tourments que l'on a partagés. Anaïs ne se tint pas dans les simples bornes de la compassion : plus tendre envers ces infortunées, elle se sentit portée à les secourir.

Elle donna ordre à un de ces jeunes hommes qui étaient auprès d'elle de prendre la figure de son mari, d'aller dans son sérail, de s'en rendre maître, de l'en chasser et d'y rester à sa place jusqu'à ce qu'elle le rappelât.

L'exécution fut prompte. Il fendit les airs, arriva à la porte du sérail d'Ibrahim, qui n'y était pas. Il frappe : tout lui est ouvert, les eunuques tombent à ses pieds ; il vole vers les appartements où les femmes d'Ibrahim étaient enfermées. Il avait en passant pris les clefs dans la poche de ce jaloux à qui il s'était rendu invisible. Il entre et les surprend d'abord par son air doux et affable, et bientôt après il les surprend davantage par ses empressements et par la rapidité de ses entreprises. Toutes eurent leur part de l'étonnement, et elles l'auraient pris pour un songe s'il y eût eu moins de réalité.

Pendant que ces nouvelles scènes se jouent dans le sérail, Ibrahim heurte, se nomme, tempête et crie. Après avoir essuyé bien des difficultés, il entre et jette les eunuques dans un désordre extrême ; il marche à grands pas ; mais il recule en arrière et tombe comme des nues quand il voit le faux Ibrahim, sa véritable image, dans toutes les libertés d'un maître. Il crie au secours ; il veut que les eunuques lui aident à tuer cet imposteur ; mais il n'est pas obéi. Il n'a plus qu'une bien faible ressource, c'est de s'en rapporter au jugement de ses femmes. Dans une heure le faux Ibrahim avait séduit tous ses juges : il est chassé et traîné indignement hors du sérail, et il aurait reçu la mort mille fois si son rival n'avait ordonné qu'on lui sauvât la vie. Enfin le nouvel Ibrahim, resté maître du champ de bataille, se montra de plus en plus digne d'un tel choix et se signala par des miracles jusqu'alors inconnus.

— Vous ne ressemblez pas à Ibrahim, disaient ces femmes.

— Dites, dites plutôt que cet imposteur ne me ressemble pas, disait le triomphant Ibrahim ; comment faut-il faire pour être votre époux, si ce que je fais ne suffit pas ?

— Ah, nous n'avons garde de douter, dirent les femmes. Si vous n'êtes pas Ibrahim, il nous suffit que vous ayez si bien mérité de l'être ; vous êtes plus Ibrahim en un jour qu'il ne l'a été dans le cours de dix années.

— Vous me promettez donc, reprit-il, que vous vous déclarerez en ma faveur contre cet imposteur ?

— N'en doutez pas, dirent-elles d'une commune voix ; nous vous jurons une fidélité éternelle. Nous n'avons été que trop longtemps abusées ; le traître ne soupçonnait point notre vertu, il ne soupçonnait que sa faiblesse ; nous voyons bien que les hommes ne sont point faits comme lui ; c'est à vous sans doute qu'ils ressemblent. Si vous saviez combien vous nous le faites haïr.

— Ah, je vous donnerai souvent de nouveaux sujets de haine, reprit le faux Ibrahim ; vous ne connaissez point encore tout le tort qu'il vous a fait.

— Nous jugeons de son injustice par la grandeur de notre vengeance, reprirent-elles.

— Oui, vous avez raison, dit l'homme divin, j'ai mesuré l'expiation au crime ; je suis bien aise que vous soyez contentes de ma manière de punir.

— Mais, dirent ces femmes, si cet imposteur revient, que ferons-nous ?

— Il lui serait, je crois, difficile de vous tromper,

répondit-il ; dans la place que j'occupe auprès de vous, on ne se soutient guère par la ruse, et d'ailleurs je l'enverrai si loin que vous n'entendrez plus parler de lui. Pour lors je prendrai sur moi le soin de votre bonheur, je ne serai point jaloux, je saurai m'assurer de vous sans vous gêner, j'ai assez bonne opinion de mon mérite pour croire que vous me serez fidèles. Si vous n'étiez pas vertueuses avec moi, avec qui le seriez-vous ?

Cette conversation dura longtemps entre lui et ces femmes qui, plus frappées de la différence des deux Ibrahims que de leur ressemblance, ne songeaient pas même à se faire éclaircir de tant de merveilles. Enfin le mari désespéré revint encore les troubler : il trouva toute sa maison dans la joie, et les femmes plus incrédules que jamais. La place n'était pas tenable pour un jaloux : il sortit furieux, et un instant après le faux Ibrahim le suivit, le prit, le transporta dans les airs et le laissa à quatre cents lieues de là.

Ô dieux ! Dans quelle désolation se trouvèrent ces femmes dans l'absence de leur cher Ibrahim ! Déjà leurs eunuques avaient repris leur sévérité naturelle ; toute la maison était en larmes ; elles s'imaginaient quelquefois que tout ce qui leur était arrivé n'était qu'un songe. Elles se regardaient toutes les unes les autres et se rappelaient les moindres circonstances de ces étranges aventures. Enfin Ibrahim revint, toujours plus aimable ; il leur parut que son voyage n'avait pas été pénible ; le nouveau maître prit une conduite si opposée à celle de l'autre qu'elle surprit tous les voisins. Il congédia tous les eunuques, rendit sa maison accessible à tout le monde ; il ne voulut pas même souffrir que ses femmes se voilassent ; c'était une chose assez singulière de les voir dans les festins parmi des hommes, aussi libres qu'eux. Ibrahim crut avec raison que les coutumes du pays n'étaient pas faites pour des citoyens comme lui. Cependant il ne se refusait aucune dépense, il dissipa avec une immense profusion les biens du jaloux qui, de retour trois ans après des pays lointains où il avait été transporté, ne trouva plus que ses femmes et trente-six enfants.

LETTRES DE XÉNOCRATE À PHÉRÈS

Ce bref ouvrage évoque de manière transparente sous le nom d'Alcamène[1] *Philippe d'Orléans, régent de 1715 à 1723. Ce portrait, qui en même temps brosse l'histoire d'une époque — la Régence — riche de nouveautés et de surprises, est constitué d'antithèses ingénieuses qui soulignent le caractère énigmatique d'un homme hors du commun, qui avait d'emblée séduit Montesquieu par ses projets réformistes*[2]*. Certes, il a commencé à écrire ces* Lettres *vers 1723, et il lui est arrivé par la suite d'être plus sévère envers la Régence*[3] *; mais il montre ici une réelle admiration pour un per-*

1. C'est le nom que La Calprenède avait donné à un des personnages de sa *Cléopâtre,* dont Montesquieu possédait l'édition de 1657 (L. Desgraves et C. Volpilhac-Auger, avec la collaboration de F. Weil, *Catalogue de la bibliothèque de Montesquieu à La Brède,* Naples, Liguori, 1999, n° 2234) ; cet exemplaire est conservé à la bibliothèque municipale de Bordeaux.

2. Il rédigea le *Mémoire sur les dettes de l'État* pour répondre à une lettre-circulaire du Régent d'octobre 1715 (voir l'introduction à cet ouvrage, *OC*, t. VIII, p. 46-47). On a dit qu'il l'avait rencontré, mais rien ne vient l'attester (voir l'édition des *Lettres de Xénocrate, OC,* t. VIII, p. 294-296).

3. *Pensées,* n° 1613 : « Vous me demandez ce que c'est que la Régence. C'est une succession de projets manqués et d'idées indépendantes ; des saillies mises en esprit de système [...]. » On retrouve là le même recours aux antithèses, destiné à faire ressortir l'inconsistance du projet

sonnage qui tranche sur la médiocrité des courtisans ou des ministres, et dont il dénonce les faiblesses pour mieux les remettre à leur juste place : peu de princes ont en effet été aussi calomniés que celui-ci, et peu ont autant mérité de réussir. S'il n'en était pleinement convaincu à l'origine, plusieurs rencontres avec Saint-Simon, un des plus fidèles et des plus proches amis du Régent, ont certainement joué un rôle important.

Le cas du Régent, pour exceptionnel que soit le personnage, n'en est pas moins exemplaire, car l'on voit chez lui un défaut commun : « il est toujours plus frappé du mal que de l'inconvénient qu'il y a à le réparer » — chez Montesquieu l'approche politique n'est jamais absente[1]*. La morale, quand il s'agit d'un prince accusé de débauche, ne peut être ignorée ; mais il s'agit plutôt ici de donner la clé d'un caractère et d'en comprendre les méandres, qui permettent d'éclairer les points obscurs et de lever les contradictions apparentes. Les formulations binaires, les symétries vraies ou fausses, les balancements subtils sont autant de moyens de mettre en valeur la complexité d'un comportement qui trouve en profondeur son principe rationnel d'explication.*

La forme choisie est celle de l'allégorie mythologique : Thémis (la Justice) et Plutus (la Richesse) permettent de désigner les caractéristiques de la Régence. À cela rien d'étonnant : dans les Lettres persanes, *c'était déjà une allégorie qui, sous le titre « Fragment*

d'ensemble, parfois brillant cependant, et l'impossibilité d'échapper à un échec.

1. Voir *Pensées*, n° 725 : « Une mauvaise loi oblige toujours le législateur d'en faire beaucoup d'autres, souvent très mauvaises aussi, pour éviter les mauvais effets ou, au moins, pour remplir les objets de la première. »

d'un ancien mythologiste[1] », *rendait compte des étonnants effets du* « *Système* » *de Law*[2], *un des points majeurs de la Régence. Grâce à cette nouvelle fiction rhétorique, l'histoire immédiate se pare d'une profondeur temporelle et d'une valeur exemplaire. Le Régent, sous le nom d'un personnage héroïque du roman baroque,* « *prince des Scythes* », *s'arrache ainsi aux petitesses de ses contemporains et se révèle dans sa vérité.*

1. Lettre 136 (142). Law, né en Écosse, y est présenté comme le fils d'Éole, dieu des vents, et d'une nymphe calédonienne, qui s'enrichit en proposant des outres pleines de vent à des naïfs.
2. Sans compter les métaphores qui avaient même fonction : « L'Étranger a tourné l'État comme un fripier tourne un habit », est-il dit de Law (Lettre 132 [138]).

LETTRES DE XÉNOCRATE À PHÉRÈS

LETTRE PREMIÈRE

Vous voulez, Phérès, que je vous parle du prince qui règne à Sicyone[1]. Je vais vous dire ce que j'en sais.

Alcamène est né avec un génie[2] supérieur, et cependant il est soumis à l'ascendant de tout autre génie.

Il a peu de défauts qui partent d'un mauvais naturel ; son esprit y entre toujours pour beaucoup, et son cœur pour peu de choses.

Il a un certain goût malade qui le porte à se montrer pire qu'il n'est ; le caractère de son esprit à l'égard des vices est de chercher à paraître en avoir, comme un témoignage de liberté et d'indépendance.

Il a pour les hommes un souverain mépris ; il croit aux talents, et il ne croit point aux vertus.

Cela fait qu'il ignore absolument cette distance infinie qu'il y a entre l'honnête homme et le méchant, et tous les différents degrés qui sont entre ces deux extrémités.

Auprès de lui le privilège qu'a la vertu, c'est qu'elle ne nuit pas.

Aucun homme n'a mieux senti que lui le ridicule

des personnes et souvent n'a plus ignoré celui des choses.

Fait pour la société, il devait être l'idole de sa nation, soit qu'il fut un homme privé soit qu'il en fut le maître.

Au lieu de cette gêne qui régnait à Sicyone[1], Alcamène a mis une certaine facilité dans le commandement et l'obéissance, qui fait que quelques inconvénients qu'on éprouve, on aime encore mieux lui obéir.

Les paroles qu'il a si admirablement dites sont toujours des réparties, comme s'il s'était refusé toutes les choses charmantes qui ne naissaient point de l'occasion et qu'on ne l'obligeait pas de dire.

Il se joue du travail des politiques, ses saillies sont ses principes ; ce qu'ils méditent, il le rencontre ; un instant lui donne tout ce qu'ils ont réfléchi.

Il a une indifférence pour les événements qui ne convient qu'à ceux que le ciel n'a pas fait naître pour déterminer les événements.

Il a le cœur ferme et l'esprit timide, mais cette timidité lui vient autant de la peine qu'il a à faire du mal que d'aucune faiblesse d'âme.

Il est heureux de vivre dans un siècle où l'obéissance prévient pour ainsi dire le commandement : car s'il eût régné dans des temps de trouble, la disposition de son esprit était telle qu'il n'aurait jamais assez osé et qu'il aurait trop entrepris.

Ce n'est pas qu'il ne frappe quelquefois des coups hardis, mais il faut beaucoup travailler pour lasser sa clémence ; pour lors il étonne ceux qui l'ont offensé et ceux qui craignaient de le voir impunément offenser.

Alcamène aime à pardonner, vous diriez qu'il trouve la paix dans l'âme de ses ennemis ; la clémence lui est si naturelle qu'il croit presque que c'est toujours à lui à la ressentir et aux autres à la recevoir. Il ne saurait se venger. Si la vengeance est difficile, il n'en a pas le désir, et sitôt qu'elle est aisée il dit qu'il n'en a pas le courage. En effet dans la vengeance il se sentait gêné, c'est pour lors qu'il se plaignait de sa puissance.

Avec ce sublime esprit qui fait les grandes vertus et les grands crimes, Alcamène pourrait être un homme funeste si le cœur ne réparait en lui le défaut des principes. Mais ce cœur le domine tellement qu'il ne sait ni refuser ni punir ; tombant rarement dans des inconvénients en faisant le mal, il s'y jette sans cesse en faisant le bien.

Il a plutôt l'inquiétude agissante de l'ambition qu'il n'en a les vastes désirs.

Laissant les hommes en paix, mais tourmentant sans cesse leurs fortunes, comme les autres ruinent par des caprices, il ruine par des épreuves et des intentions d'enrichir. On est irrité contre lui et il est impossible de le haïr.

Alcamène est très capable de faire des fautes ; personne ne les voit plus vite et ne les corrige mieux ; il n'emploie point ses lumières à se justifier ; mais à mieux faire et après s'être écarté de la raison il y rentre souvent si bien que ces fautes se trouvent heureuses, et qu'on voit périr le mal et renaître le bien.

Ce qui l'empêche de réussir si bien dans le gouvernement de l'intérieur du royaume, c'est qu'il veut sans cesse aller du bien au mieux, et qu'il est toujours plus frappé du mal que de l'inconvénient qu'il y a à le réparer.

Il corrige là ou il faudrait tolérer, comme si le peuple, qui pense avec tant de lenteur, pouvait changer d'esprit dans un moment et regarder comme des abus des choses que le temps, les exemples, et la raison même lui ont fait regarder comme des lois.

Quelquefois c'est la nécessité qui fait les abus, quelquefois en se relâchant d'une loi on se l'est rendue telle que le législateur aurait dû la faire, et le peuple qui a exécuté s'est montré plus sage que le législateur qui a prescrit : enfin il y a bien des choses qu'il eût été bon qu'on n'eût jamais faites, et qu'il eût été à souhaiter qu'on n'eût pas détruites.

Je crois bien qu'Alcamène craint les dieux immortels, mais il manque quelquefois d'un certain respect pour leurs ministres. En fait d'administration, son principe est que le ciel n'a pas moins fait la religion pour les hommes que les hommes pour la religion.

LETTRE SECONDE

Alcamène s'est refusé à peu de femmes, mais il y en a bien peu qui puissent se vanter qu'il ait eu de l'estime pour elles.

Il aima dans ses premières années, il trouva un cœur tendre, et des plaisirs réservés à ceux qui aiment ; dans la suite il courut d'objet en objet, il usa les principes de ses passions ; il fatigua ses sens à lui rendre ce qu'il avait perdu, mais il n'eut plus que les dégoûts des plaisirs.

Il porta quelques agréments dans la débauche ; mais quoi qu'on en dise, la débauche ne se raffine point, et si Alcamène cessa jamais d'être aimable, ce fut dans les moments qu'il destina à la joie, où il voulait qu'on lui plût et où il voulait plaire.

Bientôt ses maîtresses ne furent que les témoins

d'une vie non pas libre, mais licencieuse. Mais Alcamène y put perdre sa raison, et jamais son secret.

LETTRE TROISIÈME

Les dieux irrités contre Sicyone envoyèrent une nuit un songe à Alcamène ; il crut qu'il était le maître de tous les trésors de l'univers ; ce songe fut la cause de la misère publique.

Cependant Thémis ôta son bandeau et vit que de tous côtés on élevait dans Sicyone des temples à Plutus : « Mortels, s'écria-t-elle, méfiez-vous du dieu que vous servez » ; mais elle fut elle-même chassée de son temple, elle se tut et ne rendit plus ses oracles. Dans une nuit tous les autels de Plutus furent renversés, ses prêtres prirent la fuite, et tous ceux qui avaient suivi son culte furent livrés en proie aux quatre titans[1].

Apollon irrité contre Alcamène lança contre lui mille traits empoisonnés ; couvert d'une espèce d'égide, il riait de l'impuissance de ce dieu, les traits qui venaient jusqu'à lui s'émoussaient et tombaient à terre. « Dieu téméraire, dit-il, je ne t'apaiserai point par des présents, je ne t'irriterai point par ma colère ; on ne te conjure que par les mépris. »

Un homme d'une naissance obscure fut reçu dans la maison d'Alcamène[2] ; il en fut regardé d'abord avec mépris, et ensuite, sans avoir passé par la considération, il obtint la confiance. Fier d'avoir eu part à ses secrets, il fit des demandes téméraires et les obtint. Bientôt Alcamène, lassé du commandement, remit dans ses mains la souveraine puissance ; l'ambition de ce favori de la fortune croissait par l'excès du bonheur, mais une déesse à qui il n'avait jamais rendu qu'un culte profane lui envoya une maladie qui fit évanouir tous ses projets[1].

LETTRE QUATRIÈME

Le roi qui a si longtemps régné à Sicyone avait conquis les États d'un prince voisin et ne lui avait laissé que sa capitale[2]. Il envoya Alcamène pour l'assiéger, un secours arrive, les Sicyoniens le laissent passer. Alcamène se retire, abandonne toutes les conquêtes. On aurait pu les conserver, mais tout le monde défendit l'honneur d'Alcamène. On convint qu'il n'avait pas manqué de résolution et que ce n'était pas lui qui avait manqué de conduite.

Dans les affaires malheureuses un général est chargé de toutes les fautes de l'armée et de la cour; ici la cour et l'armée se chargent de toutes les fautes pour absoudre le général.

Le feu roi avait mis un prince de sa maison sur un trône voisin[3]; il avait envoyé une grande armée pour l'y soutenir; il en donna le commandement à Alcamène; dans toute cette armée, Alcamène fut seul malheureux. Il arriva trois jours après la victoire[4]; il sentit son infortune et ne sentait point autre chose. Il fit bien voir que la victoire avait été gagnée sous ses auspices; il eut la gloire de n'envier celle de personne; il n'avait point vaincu, mais il sut profiter de la victoire[5]. Telle fut la magie de l'amour qu'on lui portait. Personne ne fut content de sa propre gloire, s'il ne voyait celle d'Alcamène.

LETTRE CINQUIÈME

Alcamène vient de mourir[1]. Ce prince qui ne cessait de faire des projets pour l'avenir abrégeait sans cesse sa vie et se dérobait ses jours.

Il a été frappé d'une maladie mortelle dans un temps où il n'avait auprès de lui aucun des siens : tout le monde est accouru, on l'a trouvé baigné dans son sang et dans l'état du monde le plus triste.

Chaque Sicyonien croyait qu'Alcamène avait dans ses trésors tout ce qu'il avait perdu ; on ne lui a trouvé ni or ni argent ; les vices des petites âmes n'étaient point les vices d'Alcamène.

Le monarque qui règne à présent à Sicyone est un jeune prince qui fait espérer à chaque Sicyonien des jours heureux. Il a une physionomie charmante, le meilleur naturel du monde ; il aime à voir faire le bien, à corriger le mal, et enfin la vérité lui fait plaisir.

Le ciel a fait une grande chose, lorsqu'il a placé un prince dans un si haut rang que tous les autres ont les yeux sur lui, qu'il en est l'exemple et le modèle, qu'il peut pour ainsi dire donner le ton à la nature humaine et la gouverner tout entière par ses mœurs comme un autre gouverne ses sujets par ses lois.

Pour moi j'espère que comme les dieux immortels se choisissent quelquefois des instruments pour être les fléaux des nations qu'ils veulent punir, ils auront fait naître celui-ci pour montrer leur amour pour les hommes ; qu'ils auront voulu le donner comme une récompense aux gens vertueux et justifier ainsi leur providence.

Puisse-t-il donner à ses sujets, non seulement les

richesses et l'abondance, mais encore ce repos de l'âme que l'on ne goûte que sous les bons princes, cette sûreté de son état et cette paix intérieure qui est toujours due à l'honneur et à la vertu.

Puissions-nous ne voir jamais ces règnes tristes où l'innocence n'est pas plus tranquille que le crime, et où chacun par un retour sur soi-même souffre l'injustice faite à quelqu'un de ses concitoyens.

DIALOGUE DE SYLLA ET D'EUCRATE

Étrange objet que le Dialogue de Sylla et d'Eucrate *: fait-il l'apologie du mépris aristocratique pour une populace incapable de supporter sa liberté, ou dénonce-t-il l'ivresse des mots, l'illusion funeste qui plonge Rome dans la servitude pour plusieurs siècles ? La vérité est sans doute plus complexe : Montesquieu, toujours soucieux de récuser les lieux communs dont l'histoire se satisfait d'ordinaire, révèle, ou plutôt invente un autre Sylla — non plus seulement un monstre impitoyable, qui osa faire entrer ses armées dans Rome et déclencha la guerre civile en s'opposant au prestigieux général Marius, et surtout qui fit couler des ruisseaux de sang pour satisfaire son ambition, mais un homme fou d'orgueil, qui place la liberté au-dessus de tout et qui, au nom de cette valeur suprême, prétend restaurer par la violence les valeurs républicaines. Ainsi la fiction historique permet de présenter un homme capable de sacrifier l'humanité à une idée, et même de s'en vanter, car l'idée est noble ; mais ce discours de justification est réfuté par un interlocuteur qui est loin d'être un simple faire-valoir, Eucrate : son indignation et son émotion réduisent au silence l'ancien maître de Rome. C'est donc aussi l'affrontement* *de la théorie (ou du discours, des paroles) et de la réalité (ou de l'histoire) que le dialogue met en scène, tout autant que celui d'interprétations opposées.*

Le caractère paradoxal du pouvoir de Sylla (ou « Sulla », comme on l'écrit maintenant) était patent : après avoir fait exécuter des milliers de citoyens romains pour asseoir son pouvoir, il se retire à cinquante-huit ans pour vivre dans une retraite paisible. Comment le peuple romain a-t-il pu supporter cela ? L'histoire de Sylla, c'est l'énigme d'un homme, mais aussi d'une situation historique et politique à laquelle la figure de César, esquissée à la fin, donne tout son sens : ce que n'a pas deviné le « dictateur[1] *», c'est qu'il ouvrait le chemin à des hommes qui voyaient plus loin que lui et que son exemple devait autoriser à prendre le pouvoir et à ne jamais l'abandonner ; César puis Auguste jettent les fondations de l'Empire romain. Avec Sylla, qui ne parle que de liberté, disparaît la république romaine.*

Dans ce bref dialogue dont Montesquieu conçoit l'idée en 1726 et qu'il publie seulement en 1745, apparaît une de ses préoccupations essentielles : par quels processus politiques, institutionnels, psychologiques, en arrive-t-on à perdre sa liberté ? En 1734, les Considérations sur les causes de la grandeur des Romains et de leur décadence *trouvent là leur point de départ*[2]*, et en 1748* L'Esprit des lois *l'intègre à une réflexion d'ensemble sur la capacité des systèmes politiques à se renouveler ou se détruire.*

1. La dictature est une magistrature romaine exceptionnelle, qui confère les pleins pouvoirs pour un temps limité, dans des cas extrêmes.
2. Voir l'édition Folio classique, n° 4806 (2008), Introduction, p. 41-46.

DIALOGUE DE SYLLA ET D'EUCRATE

Quelques jours après que Sylla se fut démis de la dictature[1], j'appris que la réputation que j'avais parmi les philosophes lui faisait souhaiter de me voir. Il était à sa maison de Tibur, où il jouissait des premiers moments tranquilles de sa vie. Je ne sentis point devant lui le désordre où nous jette ordinairement la présence des grands hommes. Et dès que nous fûmes seuls : Sylla, lui dis-je, vous vous êtes donc mis vous-même dans cet état de médiocrité qui afflige presque tous les humains ? Vous avez renoncé à cet empire que votre gloire et vos vertus vous donnaient sur tous les hommes ? La Fortune[2] semble être gênée de ne plus vous élever aux honneurs.

« Eucrate[3], me dit-il, si je ne suis plus en spectacle à l'univers, c'est la faute des choses humaines, qui ont des bornes, et non pas la mienne. J'ai cru avoir rempli ma destinée dès que je n'ai plus eu à faire de grandes choses. Je n'étais point fait pour gouverner tranquillement un peuple esclave. J'aime à remporter des victoires, à fonder ou détruire des États, à faire des ligues, à punir un usurpateur. Mais pour ces minces détails de gouvernement où les génies médiocres ont tant d'avantages, cette lente exécution des lois, cette discipline d'une milice tranquille, mon âme ne saurait s'en occuper.

— Il est singulier, lui dis-je, que vous ayez porté tant de délicatesse dans l'ambition. Nous avons bien vu de grands hommes peu touchés du vain éclat et de la pompe qui entourent ceux qui gouvernent ; mais il y en a bien peu qui n'aient été sensibles au plaisir de gouverner et de faire rendre à leurs fantaisies le respect qui n'est dû qu'aux lois.

— Et moi, me dit-il, Eucrate, je n'ai jamais été si peu content que lorsque je me suis vu maître absolu dans Rome, que j'ai regardé autour de moi, et que je n'ai trouvé ni rivaux ni ennemis.

» J'ai cru qu'on dirait quelque jour que je n'avais châtié que des esclaves. "Veux-tu, me suis-je dit, que dans ta patrie il n'y ait plus d'hommes qui puissent être touchés de ta gloire ? Et puisque tu établis la tyrannie, ne vois-tu pas bien qu'il n'y aura point après toi de prince si lâche que la flatterie ne t'égale et ne pare de ton nom, de tes titres et de tes vertus mêmes ?"

— Seigneur, vous changez toutes mes idées, de la façon dont je vous vois agir. Je croyais que vous aviez de l'ambition, mais aucun amour pour la gloire ; je voyais bien que votre âme était haute, mais je ne soupçonnais pas qu'elle fût grande ; tout dans votre vie semblait me montrer un homme dévoré du désir de commander et qui, plein des plus funestes passions, se chargeait avec plaisir de la honte, des remords et de la bassesse même attachés à la tyrannie. Car enfin, vous avez tout sacrifié à votre puissance ; vous vous êtes rendu redoutable à tous les Romains ; vous avez exercé sans pitié les fonctions de la plus terrible magistrature qui fût jamais. Le Sénat ne vit qu'en tremblant un défenseur si impitoyable. Quelqu'un vous dit : "Sylla, jusqu'à quand répandras-tu le sang romain ? Veux-tu ne commander qu'à des murailles ?" Pour lors vous publiâtes ces tables[1] qui décidèrent de la vie et de la mort de chaque citoyen.

— Et c'est tout le sang que j'ai versé qui m'a mis en état de faire la plus grande de toutes mes actions. Si j'avais gouverné les Romains avec douceur, quelle merveille que[2] l'ennui, que le dégoût, qu'un caprice m'eussent fait quitter le gouvernement ! Mais je me suis démis de la dictature dans le temps qu'il n'y avait pas un seul homme dans l'univers qui ne crût que la dictature était mon seul asile. J'ai paru devant les Romains citoyen au milieu de mes citoyens[3], et j'ai osé leur dire : "Je suis prêt à rendre compte de tout le sang que j'ai versé pour la République ; je répondrai à tous ceux qui viendront me demander leur père, leur fils ou leur frère." Tous les Romains se sont tus devant moi.

— Cette belle action dont vous me parlez me paraît bien imprudente. Il est vrai que vous avez eu pour vous le nouvel étonnement dans lequel vous avez mis les Romains. Mais comment osâtes-vous leur parler de vous justifier et de prendre pour juges des gens qui vous devaient tant de vengeances ?

» Quand toutes vos actions n'auraient été que sévères pendant que vous étiez le maître, elles devenaient des crimes affreux dès que vous ne l'étiez plus.

— Vous appelez des crimes, me dit-il, ce qui a fait le salut de la République ? Vouliez-vous que je visse tranquillement des sénateurs trahir le Sénat pour ce peuple qui, s'imaginant que la liberté doit être aussi extrême que le peut être l'esclavage, cherchait à abolir la magistrature même ?

» Le peuple, gêné par les lois et par la gravité du Sénat, a toujours travaillé à renverser l'un et l'autre. Mais celui qui est assez ambitieux pour le servir contre le Sénat et les lois, le fut toujours assez pour devenir son maître. C'est ainsi que nous avons vu finir tant de républiques dans la Grèce et dans l'Italie.

» Pour prévenir un pareil malheur, le Sénat a toujours été obligé d'occuper à la guerre ce peuple indocile. Il a été forcé malgré lui à ravager la terre, et à soumettre tant de nations dont l'obéissance nous pèse. À présent que l'univers n'a plus d'ennemis à nous donner, quel serait le destin de la République ? Et sans moi le Sénat aurait-il pu empêcher que le peuple, dans sa fureur aveugle pour la liberté, ne se livrât lui-même à Marius[1] ou au premier tyran qui lui aurait fait espérer l'indépendance ?

» Les dieux, qui ont donné à la plupart des hommes une lâche ambition, ont attaché à la liberté presque autant de malheurs qu'à la servitude. Mais quel que doive être le prix de cette noble liberté, il faut bien le payer aux dieux.

» La mer engloutit les vaisseaux, elle submerge des pays entiers, et elle est pourtant utile aux humains.

» La postérité jugera ce que Rome n'a pas encore osé examiner : elle trouvera peut-être que je n'ai pas versé assez de sang, et que tous les partisans de Marius n'ont pas été proscrits.

— Il faut que je vous l'avoue, Sylla, vous m'étonnez. Quoi ! c'est pour le bien de votre patrie que vous avez versé tant de sang ? Et vous avez eu de l'attachement pour elle ?

— Eucrate, me dit-il, je n'eus jamais cet amour dominant pour la patrie dont nous trouvons tant d'exemples dans les premiers temps de la république ; et j'aime autant Coriolan qui porte la flamme et le fer jusqu'aux murailles de sa ville ingrate, qui fait repentir chaque citoyen de l'affront que lui a fait chaque citoyen, que celui qui chassa les Gaulois du Capitole[1]. Je ne me suis jamais piqué d'être l'esclave ni l'idolâtre de la société de mes pareils : et cet amour tant vanté est une passion trop populaire pour être compatible avec la hauteur de mon âme. Je me suis uniquement conduit par mes réflexions, et surtout par le mépris que j'ai eu pour les hommes. On peut juger, par la manière dont j'ai traité le seul grand peuple de l'univers, de l'excès de ce mépris pour tous les autres.

» J'ai cru qu'étant sur la terre, il fallait que j'y fusse libre. Si j'étais né chez les barbares, j'aurais moins cherché à usurper le trône pour commander que pour ne pas obéir. Né dans une république, j'ai obtenu la gloire des conquérants en ne cherchant que celle des hommes libres.

» Lorsque avec mes soldats je suis entré dans Rome, je ne respirais ni la fureur ni la vengeance. J'ai jugé sans haine, mais aussi sans pitié, les Romains étonnés. "Vous étiez libres, ai-je dit, et vous vouliez vivre esclaves. Non. Mais mourez, et vous aurez l'avantage de mourir citoyens d'une ville libre."

» J'ai cru qu'ôter la liberté à une ville dont j'étais citoyen était le plus grand des crimes. J'ai puni ce crime-là ; et je ne me suis point embarrassé si je serais le bon ou le mauvais génie de la République. Cependant le gouvernement de nos pères a été rétabli ; le peuple a expié tous les affronts qu'il avait faits aux nobles, la crainte a suspendu les jalousies, et Rome n'a jamais été si tranquille.

» Vous voilà instruit de ce qui m'a déterminé à toutes les sanglantes tragédies que vous avez vues. Si j'avais vécu dans ces jours heureux de la République où les citoyens, tranquilles dans leurs maisons, y rendaient aux dieux une âme libre, vous m'auriez vu passer ma vie dans cette retraite, que je n'ai obtenue que par tant de sang et de sueur.

— Seigneur, lui dis-je, il est heureux que le Ciel ait épargné au genre humain le nombre des hommes tels que vous : nés pour la médiocrité, nous sommes accablés par les esprits sublimes. Pour qu'un homme soit au-dessus de l'humanité, il en coûte trop cher à tous les autres.

» Vous avez regardé l'ambition des héros comme une passion commune, et vous n'avez fait cas que de l'ambition qui raisonne. Le désir insatiable de dominer, que vous avez trouvé dans le cœur de quelques citoyens, vous a fait prendre la résolution d'être un homme extraordinaire : l'amour de votre liberté vous a fait prendre celle d'être terrible et cruel. Qui dirait qu'un héroïsme de principe eût été plus funeste qu'un héroïsme d'impétuosité ? Mais si, pour vous empêcher d'être esclave, il vous a fallu usurper la dictature, comment avez-vous osé la rendre ? Le peuple romain, dites-vous, vous a vu désarmé, et n'a point attenté sur votre vie. C'est un danger auquel vous avez échappé ; un plus grand danger peut vous attendre. Il peut vous arriver de voir quelque jour un grand criminel jouir de votre modération, et vous confondre dans la foule d'un peuple soumis.

— J'ai un nom, me dit-il, et il me suffit pour ma sûreté et celle du peuple romain. Ce nom arrête toutes les entreprises, et il n'y a point d'ambition qui n'en soit épouvantée. Sylla respire, et son génie[1] est plus puissant que celui de tous les Romains. Sylla a autour de lui Chéronée, Orchomène et Signion[1]; Sylla a donné à chaque famille de Rome un exemple domestique et terrible : chaque Romain m'aura toujours devant les yeux, et dans ses songes même, je lui apparaîtrai couvert de sang ; il croira voir les funestes tables et lire son nom à la tête des proscrits. On murmure en secret contre mes lois ; mais elles ne seront pas effacées par des flots même de sang romain. Ne suis-je pas au milieu de Rome ? Vous trouverez encore chez moi le javelot que j'avais à Orchomène et le bouclier que je portais sur les murailles d'Athènes. Parce que je n'ai point de licteurs, en suis-je moins Sylla ? J'ai pour moi le Sénat, avec la justice et les lois ; le Sénat a pour lui mon génie, ma fortune et ma gloire.

— J'avoue, lui dis-je, que, quand on a une fois fait trembler quelqu'un, on conserve presque toujours quelque chose de l'avantage qu'on a pris.

— Sans doute, me dit-il. J'ai étonné les hommes, et c'est beaucoup. Repassez dans votre mémoire l'histoire de ma vie : vous verrez que j'ai tout tiré de ce principe et qu'il a été l'âme de toutes mes actions. Ressouvenez-vous de mes démêlés avec Marius : je fus indigné de voir un homme sans nom, fier de la bassesse de sa naissance, entreprendre de ramener les premières familles de Rome dans la foule du peuple ; et dans cette situation, je portais tout le poids d'une grande âme. J'étais jeune, et je me résolus de me mettre en état de demander compte à Marius de ses mépris. Pour cela je l'attaquai avec ses propres armes, c'est-à-dire par des victoires contre les ennemis de la République.

» Lorsque, par le caprice du sort, je fus obligé de

sortir de Rome, je me conduisis de même : j'allai faire la guerre à Mithridate[1], et je crus détruire Marius à force de vaincre l'ennemi de Marius. Pendant que je laissai ce Romain jouir de son pouvoir sur la populace, je multipliais ses mortifications, et je le forçais tous les jours d'aller au Capitole rendre grâces aux dieux des succès dont je le désespérais. Je lui faisais une guerre de réputation plus cruelle cent fois que celle que mes légions faisaient au roi barbare. Il ne sortait pas un seul mot de ma bouche qui ne marquât mon audace ; et mes moindres actions, toujours superbes[2], étaient pour Marius de funestes présages. Enfin Mithridate demanda la paix : les conditions étaient raisonnables et si Rome avait été tranquille, ou si ma fortune n'avait pas été chancelante, je les aurais acceptées. Mais le mauvais état de mes affaires m'obligea de les rendre plus dures : j'exigeai qu'il détruisît sa flotte et qu'il rendît aux rois ses voisins tous les États dont il les avait dépouillés. "Je te laisse, lui dis-je, le royaume de tes pères, à toi qui devrais me remercier de ce que je te laisse la main avec laquelle tu as signé l'ordre de faire mourir en un jour cent mille Romains." Mithridate resta immobile et Marius, au milieu de Rome, en trembla.

» Cette même audace qui m'a si bien servi contre Mithridate, contre Marius, contre son fils, contre Telesinus, contre le peuple, qui a soutenu toute ma dictature, a aussi défendu ma vie le jour que je l'ai quittée ; et ce jour assure ma liberté pour jamais.

— Seigneur, lui dis-je, Marius raisonnait comme vous lorsque, couvert du sang de ses ennemis et de celui des Romains, il montrait cette audace que vous avez punie. Vous avez bien pour vous quelques victoires de plus, et de plus grands excès. Mais en prenant la dictature, vous avez donné l'exemple du crime que vous avez puni. Voilà l'exemple qui sera suivi, et non pas celui d'une modération qu'on ne fera qu'admirer.

» Quand les dieux ont souffert que Sylla se soit impunément fait dictateur dans Rome, ils y ont proscrit la liberté pour jamais. Il faudrait qu'ils fissent trop de miracles pour arracher à présent du cœur de tous les capitaines romains l'ambition de régner. Vous leur avez appris qu'il y avait une voie bien plus sûre pour aller à la tyrannie et la garder sans péril. Vous avez divulgué ce fatal secret et ôté ce qui fait seul les bons citoyens d'une république trop riche et trop grande : le désespoir de pouvoir l'opprimer. »

Il changea de visage et se tut un moment. « Je ne crains, me dit-il avec émotion, qu'un homme, dans lequel je crois voir plusieurs Marius. Le hasard, ou bien un destin plus fort, me l'a fait épargner. Je le regarde sans cesse ; j'étudie son âme : il y cache des desseins profonds. Mais s'il ose jamais former celui de commander à des hommes que j'ai faits mes égaux, je jure par les dieux que je punirai son insolence. »

DIALOGUE DE XANTIPPE ET DE XÉNOCRATE

Avec Xantippe, cet illustre Spartiate de l'Antiquité que Montesquieu recrée très librement, se dessine la figure d'un véritable héros : non pas parce qu'il a sauvé les Carthaginois en les conduisant à la victoire contre Regulus — en cela il n'est qu'un grand général —, mais parce que, dans ce bref dialogue, son seul idéal est la liberté. La gloire ne l'intéresse pas ; il ne trouve son principe d'action et sa récompense que dans la vertu, telle que Lacédémone, sa patrie, la lui a apprise. Tel est le grand homme avec qui s'entretient familièrement Xénocrate, représentant d'une humanité ordinaire, qui lui manifeste son admiration et lui demande des leçons de vie.

Le cadre de l'entretien, le vaisseau dans lequel les deux personnages quittent l'Afrique, est bien plus qu'un artifice narratif : il devient pour Xantippe (qu'il faudrait sans doute orthographier Xanthippe, *comme le veut la tradition historique qui a consigné le nom de cette figure remarquable des guerres puniques, au* IIIe *siècle av. J.-C.) une nouvelle épreuve, et la preuve même de la médiocrité humaine. Surmontant la tentation du désespoir, Xantippe est toujours plus grand que ses ennemis, contrairement à Sylla, qui trompe ou se trompe en se posant en défenseur de la liberté dans le* Dialogue de Sylla et d'Eucrate. *Le général spartiate, infiniment moins célèbre que le dictateur romain, n'en constitue pas moins, avec Lysimaque, un cas rare chez Montesquieu, qui se méfie des héros ou prétendus tels : un homme réellement digne d'admiration. Seule la fiction pouvait semble-t-il le lui offrir, même si elle emprunte à l'histoire sa trame.*

Dans cette œuvre de jeunesse, écrite avant 1730 et dont il ne reste plus qu'un manuscrit de sa main, aujourd'hui conservé à Harvard (Houghton Library), Montesquieu cède-t-il au mythe spartiate ? Celui-ci se répandra surtout dans la seconde moitié du XVIIIe *siècle. Il définit plutôt ce qui fait la supériorité de certains hommes en qui s'incarnent la conscience du bien public et le respect d'autrui, autrement dit l'honneur. L'héroïsme est donc moins celui des hauts faits, des coups d'éclat, que celui de la modération (notion qui deviendra majeure dans* L'Esprit des lois*) et surtout de la vertu (morale) au service du plus grand des biens politiques, la liberté.*

DIALOGUE DE XANTIPPE ET DE XÉNOCRATE

Lorsque je quittai l'Afrique, je m'embarquai sur le vaisseau que les Carthaginois avaient donné à Xantippe pour retourner dans la Grèce, et je fus ravi de me trouver avec un homme dont la vertu était respectée par tout l'univers.

Xantippe était modeste, il est vêtu très simplement, et dans le navire où nous étions on eût eu d'abord de la peine à discerner qui de nous avait détruit les armées des Romains et rendu à Carthage la liberté et l'empire.

Il était affable sans descendre à une familiarité indécente[1], et le respect qu'on avait pour lui n'était point de la nature de celui que l'on porte aux grands, qui est moins l'effet de l'amour et de l'admiration que de la timidité et la crainte.

Je gardai longtemps le silence mais enfin je le rompis : « Xantippe, lui dis-je, il est permis à un homme libre de parler à un Grec ; les dieux ne vous ont pas fait vertueux pour vous seul ; de qui pourrai-je apprendre à devenir meilleur, si ce n'est d'un homme tel que vous ? »

Nous commençâmes à nous entretenir ; jamais discours n'ont fait plus d'impression sur moi que les siens ; je sentais mon cœur s'échauffer, la vertu me paraissait plus belle. Toujours attentif et toujours ému, il me semblait qu'un dieu me parlât et se communiquât à moi.

Un jour que nous discourions des grandes choses qu'il avait faites en Afrique, « j'ai exécuté, me dit-il, tout ce qu'un Lacédémonien aurait tenté comme moi, ce que nos vieillards nous ont enseigné et ce que nous enseignerons aux autres, j'ai arrêté les entreprises d'un ennemi qui demandait encore quelque chose après la gloire et qui voulait être injuste parce qu'il était heureux. Je ne pouvais comprendre que les Romains ne voulussent pas pardonner à Carthage comme nous avons pardonné à Athènes, et qu'ils ne sentissent pas que les peuples vaincus ne sont plus des ennemis.

— Jamais, lui dis-je, on ne vit un changement si prompt, vous meniez une vie privée à Carthage, vous vîtes ses citoyens découragés par le nombre de leurs défaites, vous leur rendîtes l'espérance, vous prîtes le commandement et fîtes des choses qu'on n'avait point vues avant vous.

— Xénocrate, me dit-il, je ne fis que mon devoir.

— Le devoir, lui dis-je, ne vous liait point aux Carthaginois.

— Il me lie, me répondit-il, à tous les humains : chaque Lacédémonien n'est-il pas né protecteur de la liberté commune ? Et c'est la première chose que Lycurgue nous ait apprise. S'il n'avait pensé qu'à sa ville, je ne crois point qu'il l'eût soumise à une discipline si sévère, mais il a voulu former des hommes extraordinaires qui veillassent sur les intérêts de tous les humains. J'ai vu les Carthaginois prêts à tomber sous un joug étranger, Carthage, ai-je dit, a dans ses murs un Lacédémonien, elle ne doit point être sujette ; puisse Lacédémone apprendre avec plaisir que les citoyens qu'elle a dégradés ont toujours conservé la noble ambition de se rendre dignes d'elle, et que si je n'ai pu travailler pour son bonheur, j'ai du moins travaillé pour sa gloire.

— Il y a, lui dis-je, une chose qui surprendra tout le monde, c'est que vous n'avez point trouvé un asile dans une ville dont vous êtes le libérateur.

— C'est parce que je l'ai sauvée que je la quitte aujourd'hui : on ne saurait guère être libre et avoir à tous les instants son libérateur devant ses yeux. Est-il juste qu'un seul homme gêne un peuple immense ? Je laisse à Carthage des lois pour lesquelles j'ai combattu et ne veux point par une présence importune diminuer le présent que je lui ai fait.

— J'avoue, lui dis-je, que si vous aviez gardé le commandement des armées, vous auriez pu vous rendre suspect, mais vous le quittâtes d'abord et vous allâtes vous confondre dans la foule des citoyens.

— J'étais, me dit-il, connu des soldats et j'en étais aimé. Oh dieux, qu'un Lacédémonien doit rougir d'être un tyran, lui devant qui tous les peuples doivent être libres ! Que diraient mes ennemis, ou plutôt que dirait ma famille si l'on savait que je me suis permis à Carthage ce dont j'ai été accusé à Lacédémone[1] ? Non, Xénocrate, je dois quelque jour rendre compte à ma patrie de mon exil même et lui faire voir comment j'ai usé de ses punitions et de sa colère. Que les exilés d'Athènes aillent soulever contre elle les Grecs et les barbares, que les armes à la main, ils lui redemandent des droits qu'on ne peut mériter que par les larmes ! Je plains une mère qui a des enfants si cruels et qui, ne les ayant vus soumis que dans cet âge tendre fait pour craindre tout, a obtenu quelque chose de leur faiblesse et rien de leur amour.

— Pour moi, Xénocrate, je n'ai jamais cessé un moment d'être citoyen de Sparte ; j'ai été dans les pays étrangers tel que j'aurais été dans ses murailles : toujours enfant de Lycurgue, c'est-à-dire ennemi de la tyrannie, je fuis de tous les lieux où je pourrais en être soupçonné.

— Xantippe, lui répondis-je, je connais toute la grandeur de votre âme, mais il n'y a pas un seul Grec qui ne soit indigné pour vous de l'ingratitude des Carthaginois. Est-il possible qu'après avoir tant reçu ils ne vous aient pas accordé un seul honneur ni un seul bienfait ?

— Et quel bien, grands dieux, répondit-il, un peuple barbare pourrait-il faire à un Lacédémonien ? Est-ce de l'argent, de l'or dont les enfants de Sparte ne sont pas éblouis, de l'or dont chez nous les femmes publiques rougiraient de se parer, de l'or qui n'est pas même envié par nos esclaves ? Lycurgue en a proscrit l'usage ; nos pères qui prirent ses lois le quittèrent sans regret et nous nous en passons sans vertu.

— Xantippe, lui dis-je, vos réponses m'humilieraient si elles ne portaient point dans mon cœur une vive ardeur de vous imiter ; mais comme je ne suis qu'un homme, permettez que ma tendresse pour vous parle encore un moment ; vous êtes exilé de Lacédémone, vous quittez Carthage : où irez-vous ?

— Xénocrate, me dit-il, depuis le jour où je vis Sparte la dernière fois, tous les lieux sont pour moi les mêmes. Lacédémone en nous rayant du nombre de ses citoyens nous laisse ce qu'elle nous donnait, la vertu. Laissons pleurer les exilés de Crotone[1] et de Sybaris : ils perdent tout, privés d'une patrie qui seule peut souffrir leur mollesse et qui leur refuse les voluptés qu'elle leur avait promises. Pour moi, je n'ai perdu que ce que je puis avoir dans tous les pays.

— Xantippe, lui dis-je, vous autres héros vous dédommagez de tout par l'idée de l'admiration où vous jetez l'univers : le souvenir des grandes actions que l'on a faites adoucit bien des amertumes, les victoires sont des compagnes qui consolent toujours. On a bien tort de plaindre des hommes qui, après leur chute, se trouvent encore si fort au-dessus des autres, et que l'on appelle malheureux pendant qu'ils sont couverts de gloire.

— Xénocrate, me répondit-il, je ne connais point cette espèce de bonheur qui ne se rapporte qu'à celui qui en jouit ; la gloire nous sépare du reste des hommes, mais la vertu nous y réunit, et par là elle fait notre vrai bonheur. Nos lois qui gênent toutes les passions contraignent surtout celles des héros. L'honneur n'est point parmi nous un être chimérique inventé pour servir aux plus grandes erreurs des humains, qui s'obtient par hasard, se conserve sans dessein, se perd par un caprice, qui n'est presque jamais où il paraît être et suit tantôt le crime et tantôt la vertu. L'exacte obéissance aux lois est l'honneur parmi nous, sans cela la naissance, le génie, les talents, les actions d'éclat ne peuvent rendre un citoyen plus illustre qu'en le rendant plus infâme. Et si notre roi Agésilas, le jour de son retour d'Asie, n'était venu dans un repas frugal se confondre avec ses citoyens, le dernier Lacédémonien aurait rougi de ses victoires. Quant à moi, Xénocrate, ce n'est point de celles de mes actions qui ont fait le plus de bruit dans le monde dont je suis le plus jaloux ; je suis content de moi parce que je n'ai jamais eu que les richesses, que l'ambition, que les voluptés que Lycurgue m'a permises. Je suis content de moi parce que j'ai soutenu sans peine les préférences qu'on a données à mes rivaux, que j'ai toujours aimé les lois lors même qu'elles m'ont porté un dommage présent et que mes ennemis en ont le plus abusé, que j'ai tellement réglé ma conduite que j'ai paru devant chaque citoyen comme j'aurais paru devant mes magistrats. Que si avec tout cela les Lacédémoniens m'ont exilé, je prie tous les jours les dieux qu'ils n'en soient pas plus irrités que moi, et qu'ils fassent moins attention à quelques citoyens criminels qu'à la patrie qui est innocente ; et ce qui me rassure, c'est qu'une nation qui a des lois comme la nôtre doit être agréable aux dieux. »

Pendant que nous parlions, le vaisseau s'entrouvrit et nous découvrîmes la fraude des Carthaginois. Xantippe resta un moment sans rien dire, puis il s'écria : « Pourquoi faut-il que je vive si ma vie est à charge aux deux plus grands peuples de l'univers ? Mourons, me dit-il, Xénocrate, la mort ne fait que nous approcher des dieux. » Mais les dieux immortels ne permirent pas qu'un si grand crime fût achevé : nous étions près du rivage, une barque de pêcheurs vint à nous ; nous y entrâmes, et notre vaisseau s'engloutit.

LYSIMAQUE

Ouvrage de circonstance que ce Lysimaque? *En 1751 le roi Stanislas crée à Nancy une société littéraire (ou académie) qui accueille à bras ouverts celui qui, avec* L'Esprit des lois, *s'est distingué par son intérêt pour le bien public et la profondeur de sa réflexion. En avril, Montesquieu envoie cet opuscule qui constituera son morceau de réception. Il s'éloigne de la vérité historique, connue par un auteur tardif, Justin. Lysimaque, qui avait combattu contre un lion et avait aidé à mourir Callisthène, historien disgracié d'Alexandre, était un des diadoques, les lieutenants d'Alexandre qui après sa mort se partagent son empire; il devient alors roi de Thrace et finit sa vie dans un bain de sang. Montesquieu en fait ici un pacifique roi d'Asie, soucieux du bien de ses sujets, qui discourt avec Callisthène, transmué en philosophe, des limites et des dangers du pouvoir absolu.*

Bien loin de se désintéresser de ces quelques pages, Montesquieu tient à les voir imprimées: mécontent des retards que connaissent les mémoires de l'académie de Nancy, tandis qu'un manuscrit «défiguré, mutilé et estropié» court dans Paris, il donne l'ouvrage au Mercure de France, *qui le publie en décembre*

1754. Mais il avait gardé par devers lui, dans le recueil personnel des Pensées, *une autre version de la fin, moins sereine. Comme* Arsace et Isménie, *dont on ne connaîtra les dernières pages que deux siècles après sa mort, le secret des manuscrits livre une vision moins héroïque, plus humaine, et sans doute plus profonde.*

LYSIMAQUE

Lorsqu'Alexandre eut détruit l'empire des Perses, il voulut que l'on crût qu'il était fils de Jupiter. Les Macédoniens étaient indignés de voir ce prince rougir d'avoir Philippe pour père ; leur mécontentement s'accrut lorsqu'ils le virent prendre les mœurs, les habits et les manières des Perses, et ils se reprochaient tous d'avoir tant fait pour un homme qui commençait à les mépriser ; mais on murmurait dans l'armée, et l'on ne parlait pas.

Un philosophe nommé Callisthène[1] avait suivi le Roi dans son expédition ; un jour qu'il le salua à la manière des Grecs[2] : « D'où vient, lui dit Alexandre, que tu ne m'adores pas ? — Seigneur, lui dit Callisthène, vous êtes le maître de deux nations : l'une, esclave avant que vous l'eussiez soumise, ne l'est pas moins depuis que vous l'avez vaincue ; l'autre, libre avant qu'elle vous servît à remporter tant de victoires, l'est encore depuis que vous les avez remportées. Je suis grec, Seigneur, et ce nom, vous l'avez élevé si haut que sans vous faire tort, il ne vous est plus permis de l'avilir. »

Les vices d'Alexandre étaient extrêmes comme ses vertus ; il était terrible dans sa colère, elle le rendait cruel : il fit couper les pieds, le nez et les oreilles à Callisthène, ordonna qu'on le mît dans une cage de fer et le fit porter ainsi à la suite de l'armée.

J'aimais Callisthène et de tout temps, lorsque mes occupations me laissaient quelques heures de loisir, je les avais employées à l'écouter ; et si j'ai de l'amour pour la vertu, je le dois aux impressions que ses discours faisaient sur mon cœur. J'allai le voir : « Je vous salue, lui dis-je, illustre malheureux, que je vois dans une cage de fer comme on enferme les bêtes féroces, pour avoir été le seul homme de l'armée.

— Lysimaque, me dit-il, quand je suis dans une situation qui demande de la force et du courage, je me crois en quelque manière à ma place ; en vérité si les dieux ne m'avaient mis sur la terre que pour y mener une vie molle et voluptueuse, je croirais qu'ils m'auraient donné en vain une âme grande et immortelle : jouir des plaisirs des sens est une chose dont tous les hommes sont aisément capables ; et si les dieux ne nous ont faits que pour cela, ils ont fait un ouvrage plus parfait qu'ils n'ont voulu, et ils ont plus exécuté qu'entrepris. Ce n'est pas, ajouta-t-il, que je sois insensible ; vous ne me faites que trop voir que je ne le suis pas : quand vous êtes venu à moi, j'ai trouvé d'abord quelque plaisir à vous voir faire une action de courage ; mais au nom des dieux, que ce soit pour la dernière fois, laissez-moi soutenir mes malheurs, et n'ayez pas la cruauté d'y joindre encore les vôtres.

— Callisthène, lui dis-je, je vous verrai tous les jours : si le Roi vous voyait abandonné des gens vertueux il n'aurait plus de remords et commencerait à vous croire coupable. Ah ! j'espère qu'il ne jouira pas du plaisir de voir que la crainte de ses châtiments me fait abandonner un ami. »

Un jour Callisthène me dit : « Les dieux immortels m'ont consolé, et depuis ce temps je sens en moi quelque chose de divin qui m'a ôté le sentiment de mes peines : j'ai vu en songe le grand Jupiter, vous étiez auprès de lui, vous aviez un sceptre à la main et un bandeau royal sur le front ; il vous a montré à moi, et m'a dit : Il te rendra heureux. L'émotion où j'étais m'a réveillé ; je me suis trouvé les mains au ciel et faisant des efforts pour dire : Grand Jupiter, si Lysimaque doit régner, fais qu'il règne avec justice. Lysimaque, vous régnerez, croyez un homme qui doit être agréable aux dieux puisqu'il souffre pour la vertu. »

Cependant Alexandre, ayant appris que je respectais la misère de Callisthène, que j'allais le voir et que j'osais le plaindre, entra dans une nouvelle fureur : « Va, dit-il, combattre contre les lions, malheureux qui te plais tant à vivre avec les bêtes féroces. » On différa mon supplice pour le faire servir de spectacle à plus de gens.

Le jour qui le précéda j'écrivais ces mots à Callisthène : « Je vais mourir, toutes les idées que vous m'aviez données de ma future grandeur se sont évanouies de mon esprit ; j'aurais souhaité d'adoucir les malheurs d'un homme tel que vous... » Préxaque, à qui je m'étais confié, m'apporta cette réponse :

« Lysimaque, si les dieux ont résolu que vous régniez, Alexandre ne peut pas vous ôter la vie, car les hommes ne résistent pas à la volonté des dieux. »

Cette lettre m'encouragea et, faisant réflexion que les hommes les plus heureux et les plus malheureux sont également environnés de la main divine, je résolus de me conduire non pas par mes espérances mais par mon courage, et de défendre jusqu'à la fin une vie sur laquelle il y avait de si grandes promesses.

On me mena dans la carrière[1] ; un peuple immense était accouru pour être témoin de mon courage ou de ma frayeur : on me lâcha un lion furieux. J'avais plié mon manteau autour de mon bras ; je lui présentai ce bras, il voulut le dévorer ; je lui saisis la langue, la lui arrachai et le jetai à mes pieds.

Alexandre aimait naturellement les actions courageuses ; il admira ma résolution, et ce moment fut celui du retour de sa grande âme. Il me fit appeler et, me tendant la main : « Lysimaque, me dit-il, je te rends mon amitié, rends-moi la tienne ; ma colère n'a servi qu'à te faire faire une action qui manque à la vie d'Alexandre. » Je reçus les grâces du Roi, j'adorai les décrets des dieux, et j'attendis leurs promesses sans les chercher ni les fuir.

Alexandre mourut, et toutes les nations furent sans maître. Les fils du Roi étaient dans l'enfance, et son frère Aridée n'en était pas encore sorti. Olympias n'avait que la hardiesse des âmes faibles, et tout ce qui était cruauté était pour elle du courage[2]. Roxane, Eurydice, Statire étaient perdues dans la douleur ; tout le monde dans le palais savait gémir, et personne ne savait régner[3]. Les capitaines d'Alexandre levèrent donc les yeux sur son trône, mais l'ambition de chacun fut contenue par l'ambition de tous. Nous partageâmes l'Empire, et chacun de nous crut avoir partagé le prix de ses fatigues. Le sort me fit roi d'Asie[4], et à présent que je puis tout, j'ai plus besoin que jamais des leçons de Callisthène. Sa joie m'annonce que j'ai fait quelque bonne action, et ses soupirs me disent que j'ai quelque mal à réparer. Je le trouve entre moi et les dieux, je le retrouve entre mon peuple et moi. Je suis le roi d'un peuple qui m'aime ; les pères de famille espèrent la longueur de ma vie comme celle de leurs enfants ; les enfants craignent de me perdre comme ils craignent de perdre leur père ; mes sujets sont heureux, et je le suis.

ANNEXE

[UNE AUTRE FIN[1]]

Mes sujets sont heureux, mais moi je ne le suis pas : l'État est tranquille, et ma maison est toujours troublée[2] ; tout rit dans mon empire, et je n'ai de chagrin que dans mon palais. Que sais-je les malheurs[3] qui me seraient arrivés si Callisthène n'avait sans cesse calmé mon âme. Étrange condition des rois : ils n'ont que des grandes passions ; leur force n'est que pour agir ; ils sont toujours faibles pour se défendre. Ô Callisthène ! vous me faites craindre les remords, lorsqu'à peine je crains les crimes ; je frémis des horreurs dont vous m'avez sauvé.

ARSACE ET ISMÉNIE

Arsace et Isménie *semble avoir été rédigé en 1742 et repris en 1747, après l'achèvement de* L'Esprit des lois. *Le manuscrit, actuellement conservé à la bibliothèque de Bordeaux*[1], *témoigne d'un travail des années 1748-1750 : il s'agit donc d'une œuvre « au long cours », que Montesquieu ne s'est pourtant jamais décidé à publier, comme il le déclare dans une lettre de décembre 1754, soit quelques semaines avant sa mort. La raison n'en est pas difficile à imaginer : il s'était fait vertement reprendre par l'abbé Jean-Baptiste Gaultier en 1751, dans* Les Lettres persanes convaincues d'impiété, *pour s'être montré trop indulgent envers le suicide dans des lettres que Montesquieu s'empresse de modifier en 1754*[2] *: or le suicide tient une place non négligeable dans cette œuvre, et sans doute ne tenait-il guère à rallumer pareille querelle à un moment où la défense de* L'Esprit des lois *lui tenait beaucoup plus à cœur. C'est pourquoi le conte ne paraîtra que longtemps après sa mort, dans les* Œuvres posthumes *que son fils Jean-Baptiste de Secondat publie seulement en 1783 ; encore celui-ci en élague-t-il toute*

1. Ms 2500.
2. Lettre 74 (76) et Lettre supplémentaire 3 (77).

la fin — cinquante ans après la mort de Montesquieu, elle risquait d'apparaître comme trop provocatrice.

« Histoire orientale », Arsace *l'est par ses invraisemblables péripéties, par l'évocation des mœurs du sérail où les passions se déchaînent, même si les références orientales relèvent parfois de l'artifice (on a tôt fait de supposer un bon génie qui fait découvrir aux fugitifs des pièces d'or — mais la réalité est tout autre). Par la complexité de sa construction où deux récits viennent s'entrecroiser et s'éclairer mutuellement, il relève aussi de la tradition baroque. Mais c'est également une histoire où la politique tient sa place : les maximes de politique d'Arsace présentent une monarchie idéale que Montesquieu situe ordinairement ailleurs qu'en Orient. Ici il semble plus s'intéresser aux modes d'exercice du pouvoir et aux qualités du prince qu'à des institutions garantissant la liberté — c'est dire les limites d'une politique qui tient plutôt de la morale : cet Orient est un non-lieu, une fiction, qui ouvre toutes les possibilités et s'offre comme le lieu du bonheur, jusqu'à la catastrophe finale.*

Le dernier roman de Montesquieu est donc d'une très grande richesse. L'auteur use de toutes les ressources de l'écriture, moins par le recours aux procédés traditionnels de la fiction que par la superposition d'intentions et de plans différents, qui en brouillent délibérément l'interprétation, et ne font que mieux ressortir la disparition finale d'Arsace, soigneusement mise en scène. En ce roman oriental « désorienté », que la critique aura pratiquement ignoré pendant deux siècles, sinon pour y trouver matière à dénoncer une profusion et une complexité défiant l'analyse — quand elle n'en regrette pas finalement la publication —, le lecteur aura fini par trouver, au bout de deux siècles et demi, un point fixe.

ARSACE ET ISMÉNIE

Sur la fin du règne d'Artamène, la Bactriane fut agitée par des discordes civiles[1]. Ce prince, accablé d'ennuis, mourut, et laissa son trône à sa fille Isménie. Aspar, premier eunuque du palais[2], eut la principale direction des affaires. Il désirait beaucoup le bien de l'État, et il désirait fort peu le pouvoir. Il connaissait les hommes, et jugeait bien des événements. Son esprit était naturellement conciliateur et son âme semblait s'approcher de toutes les autres; la paix qu'on n'osait plus espérer fut rétablie. Tel fut le prestige d'Aspar: chacun rentra dans le devoir et ignora presque qu'il en fût sorti; sans efforts et sans bruit, il savait faire les grandes choses.

Isménie était en paix depuis dix ans lorsque le roi d'Hyrcanie lui déclara la guerre. Il lui avait envoyé des ambassadeurs pour la demander en mariage, et sur ses refus, il entra dans la Bactriane. Cette entrée fut singulière: tantôt il paraissait armé de toutes pièces et prêt à combattre ses ennemis, tantôt on le voyait vêtu comme un amant que l'amour conduit auprès de sa maîtresse; il menait avec lui tout ce qui était propre à un appareil de noces: des danseurs, des joueurs d'instruments, des farceurs[3], des cuisiniers, des eunuques, des femmes, et il menait avec lui une formidable armée. Il écrivait à la reine les lettres du monde les plus tendres, et d'un autre côté il ravageait tout le pays ; un jour était employé à des festins, un autre à des expéditions militaires ; jamais on n'a vu une si parfaite image de la guerre et de la paix, et jamais il n'y eut tant de dissolutions et tant de discipline. Un village fuyait la cruauté du vainqueur, un autre était dans la joie, les danses et les festins ; et par un étrange caprice, il cherchait deux choses impossibles, de se faire craindre et de se faire aimer. Il ne fut ni craint ni aimé ; on opposa une armée à la sienne et une seule bataille finit la guerre. Un soldat nouvellement arrivé dans l'armée des Bactriens fit des prodiges de valeur ; il perça jusqu'au lieu où combattait vaillamment le roi d'Hyrcanie et le fit prisonnier. Il avait remis ce prince à un officier et, sans dire son nom, il allait rentrer dans la foule mais, suivi par les acclamations, il fut mené comme en triomphe à la tente du général. Il parut devant lui avec une noble assurance ; il parla modestement de son action. Le général lui offrit des récompenses, il s'y montra insensible ; il voulut le combler d'honneurs, il y parut accoutumé.

Aspar jugea qu'un tel homme n'était pas d'une naissance ordinaire. Il le fit venir à la cour, et quand il le vit, il se confirma encore plus dans cette pensée. Sa présence lui donna de l'admiration, la tristesse même qui paraissait sur son visage lui inspira du respect. Il loua sa valeur et lui dit les choses les plus flatteuses. « Seigneur, lui dit l'étranger, excusez un malheureux que l'horreur de sa situation rend presque incapable de sentir vos bontés, et encore plus d'y répondre. » Ses yeux se remplirent de larmes, et l'eunuque en fut attendri. « Soyez mon ami, lui dit-il, puisque vous êtes malheureux ; il y a un moment que je vous admirais, à présent je vous aime, je voudrais vous consoler, et que vous fissiez usage de ma raison et de la vôtre. Venez prendre un appartement dans mon palais, celui qui l'habite aime la vertu, et vous n'y serez point étranger. »

Le lendemain fut un jour de fête pour tous les Bactriens. La reine sortit de son palais suivie de toute sa cour ; elle paraissait sur son char au milieu d'un peuple immense ; un voile qui couvrait son visage laissait voir une taille charmante[1], ses traits étaient cachés et l'amour des peuples semblait les leur montrer.

Elle descendit de son char et entra dans le temple. Les grands de Bactriane étaient autour d'elle ; elle se prosterna et adora les dieux dans le silence, elle se leva et dit à haute voix : « Dieux immortels, la reine de Bactriane vient vous rendre grâce de la victoire que vous lui avez donnée ; mettez le comble à vos faveurs en ne permettant jamais qu'elle en abuse ; faites qu'elle n'ait ni passions, ni faiblesses, ni caprices ; que ses craintes soient de faire le mal, ses espérances de faire le bien ; et puisqu'elle ne peut être heureuse... » dit-elle d'une voix que les sanglots parurent arrêter, « faites du moins que son peuple le soit. » Les prêtres finirent les cérémonies prescrites pour le culte des dieux ; la reine sortit du temple, remonta sur son char, et le peuple la suivit jusqu'au palais.

Quelques moments après, Aspar rentra chez lui ; il cherchait l'étranger, et il le trouva dans une affreuse tristesse. Il s'assit auprès de lui, et ayant fait retirer tout le monde[v1], il lui dit : « Je vous conjure de vous ouvrir à moi ; croyez-vous qu'un cœur agité ne trouve point de douceurs à confier ses peines ? C'est comme si vous vous reposiez dans un lieu plus tranquille.

— Il faudrait, lui dit l'étranger, vous raconter tous les événements de ma vie[v2].

— Eh bien, reprit Aspar, ne me cachez rien : vous parlez à un homme sensible ; tout est important devant l'amitié. »

Ce n'était pas seulement la tendresse et un sentiment de pitié qui donnait[1] cette curiosité à Aspar, il voulait attacher cet homme extraordinaire à la cour de Bactriane ; il désirait de connaître à fond un homme qui était déjà dans l'ordre de ses desseins, et qu'il destinait dans sa pensée aux plus grandes choses. L'étranger se recueillit un moment, et commença ainsi :

« L'amour a fait tout le bonheur et tout le malheur de ma vie[2] ; d'abord il l'avait semée de peines et de plaisirs, il n'y a laissé dans la suite que les pleurs, les plaintes et les regrets.

» Je suis né dans la Médie, et je puis compter d'illustres aïeux ; mon père remporta de grandes victoires à la tête des armées des Mèdes. Je le perdis dans mon enfance, et ceux qui m'élevèrent me firent regarder ses vertus comme la plus belle partie de son héritage.

» À l'âge de quinze ans on m'établit ; on ne me donna point ce nombre prodigieux de femmes dont on accable en Médie les gens de ma naissance ; on voulut suivre la nature et m'apprendre que si les besoins des sens étaient bornés, ceux du cœur l'étaient encore davantage.

» Ardasire n'était pas plus distinguée de mes autres femmes par son rang que par mon amour ; elle avait une fierté mêlée de quelque chose de si tendre, ses sentiments étaient si nobles, si différents de ceux qu'une complaisance éternelle met dans le cœur des femmes d'Asie, elle avait d'ailleurs tant de beauté que mes yeux ne virent qu'elle, et mon cœur ignora les autres.

» Sa physionomie était ravissante : sa taille, son air, ses grâces, le son de sa voix, le charme de ses discours, tout m'enchantait ; je ne me lassais jamais de l'entendre, je voulais toujours la voir.

» Il n'y avait rien pour moi de si parfait dans la nature, mon imagination ne pouvait me dire que ce que je trouvais en elle ; et quand je pensais au bonheur dont les humains peuvent être capables, je voyais toujours le mien.

» Ma naissance, mes richesses, mon âge et quelques avantages personnels déterminèrent le roi à me donner sa fille ; c'est une coutume inviolable des Mèdes que ceux qui reçoivent un pareil honneur renvoient toutes leurs femmes. Je ne vis dans cette grande alliance que la perte de ce que j'avais dans le monde de plus cher, mais il me fallut dévorer mes larmes et montrer de la gaieté. Pendant que toute la cour me félicitait d'une faveur dont elle est toujours enivrée, Ardasire ne demandait point à me voir, et moi je craignais sa présence, et je la cherchais, j'allai dans son appartement, j'étais désolé. "Ardasire, lui dis-je, je vous perds..." Mais sans me faire ni caresses ni reproches, sans lever les yeux, sans verser de larmes, elle garda un profond silence ; une pâleur mortelle paraissait sur son visage, et j'y voyais une certaine indignation mêlée de désespoir.

» Je voulus l'embrasser : elle me parut glacée, et je

ne lui sentis de mouvement que pour échapper de mes bras.

» Ce ne fut point la crainte de mourir qui me fit accepter la princesse, et si je n'avais pas tremblé pour Ardasire, je me serais sans doute exposé à la plus affreuse vengeance ; mais quand je me représentais que mon refus serait infailliblement suivi de sa mort, mon esprit se confondait et je m'abandonnais à mon malheur.

» Je fus conduit dans le palais du roi et il ne me fut plus permis d'en sortir. Je vis ce lieu fait pour l'abattement de tous, et les délices d'un seul ; ce lieu où, malgré le silence, les soupirs de l'amour sont à peine entendus, ce lieu où règne la tristesse et la magnificence, où tout ce qui est inanimé est riant, et tout ce qui a de la vie est sombre, où tout se meut avec le maître, et tout s'engourdit avec lui[1].

» Je fus présenté le même jour à la princesse. Elle pouvait m'accabler de ses regards, et il ne me fut pas permis de lever les miens. Étrange effet de la grandeur : si ses yeux pouvaient parler, les miens ne pouvaient répondre. Deux eunuques avaient un poignard à la main, prêts à expier dans mon sang l'affront de la regarder.

» Quel état pour un cœur comme le mien, d'aller porter dans mon lit l'esclavage de la cour, suspendu entre les caprices et les dédains superbes, de ne sentir plus que le respect, et de perdre pour jamais ce qui peut faire la consolation de la servitude même, la douceur d'aimer et d'être aimé !

» Mais quelle fut ma situation lorsqu'un eunuque de la princesse vint me faire signer l'ordre de faire sortir de mon palais toutes mes femmes ! “Signez, me dit-il, et sentez la douceur de ce commandement ; je rendrai compte à la princesse de votre promptitude à obéir.” Mon visage se couvrit de larmes; j'avais commencé d'écrire, et je m'arrêtai : “De grâce, dis-je à l'eunuque, attendez, je me meurs.” “Seigneur, me dit-il, il y va de votre tête et de la mienne; signez. Nous commençons à devenir coupables, on compte les moments; je devrais être de retour.” Ma main tremblante ou rapide, car mon esprit était perdu, traça les caractères les plus funestes que je pusse former.

» Mes femmes furent enlevées la veille de mon mariage; mais Ardasire, qui avait gagné un de mes eunuques, mit un esclave de sa taille et de son air sous ses voiles et ses habits et se cacha dans un lieu secret; elle avait fait entendre à l'eunuque qu'elle voulait se retirer parmi les prêtresses des dieux.

» Ardasire avait l'âme trop haute pour qu'une loi qui privait de leur état, sans aucun sujet, des femmes légitimes[1], pût lui paraître faite pour elle. L'abus du pouvoir ne lui faisait point respecter le pouvoir; elle appelait de cette tyrannie à la nature et de son impuissance à son désespoir.

» La cérémonie du mariage se fit dans le palais; je menai la princesse dans ma maison. Là les concerts, les danses, les festins, tout parut exprimer une joie que mon cœur était bien éloigné de sentir.

» La nuit étant venue, toute la cour nous quitta; les eunuques conduisirent la princesse dans son appartement; hélas! c'était celui où j'avais fait tant de serments à Ardasire. Je me retirai dans le mien, plein de rage et de désespoir.

» Le moment fixé par l'hymen arriva, j'entrai dans ce corridor presque inconnu dans ma maison même par où l'amour m'avait conduit tant de fois, je marchais dans les ténèbres, seul, triste, pensif, quand tout à coup un flambeau fut découvert. Ardasire, un poignard à la main, parut devant moi. “Arsace dit-elle, allez dire à votre nouvelle épouse que je meurs ici ; dites-lui que j'ai disputé votre cœur jusqu'au dernier soupir.” Elle allait se frapper, j'arrêtai sa main. “Ardasire, m'écriai-je, quel affreux spectacle veux-tu me donner ?...” Et lui ouvrant mes bras : “Commence par frapper celui qui a cédé le premier à une loi barbare.” Je la vis pâlir, et le poignard lui tomba des mains ; je l'embrassai, et je ne sais par quel charme mon âme sembla se calmer. Je tenais ce cher objet, je me livrai tout entier au plaisir d'aimer, tout jusqu'à l'idée de mon malheur fuyait de ma pensée ; je croyais posséder Ardasire, et il me semblait que je ne pouvais plus la perdre : étrange effet de l'amour, mon cœur s'échauffait, et mon âme devenait tranquille.

» Les paroles d'Ardasire me rappelèrent à moi-même : “Arsace, me dit-elle, quittons ces lieux infortunés, fuyons. Que craignons-nous, nous savons aimer et mourir... — Ardasire, lui dis-je, je jure que vous serez toujours à moi. Vous y serez comme si vous ne sortiez jamais de ces bras, je ne me séparerai jamais de vous ; j'atteste les dieux que vous seule serez le bonheur de ma vie... Vous me proposez un grand dessein, l'amour me l'avait inspiré, j'en avais rejeté la pensée, il me l'inspire encore par vous, vous allez voir si je vous aime.”

» Je la quittai et, plein d'impatience et d'amour, j'allai partout donner mes ordres : la porte de l'appartement de la princesse fut fermée ; je pris tout ce que je pus emporter d'or et de pierreries, je fis prendre à mes esclaves divers chemins et partis seul avec Ardasire dans l'horreur de la nuit, espérant tout, craignant tout, perdant quelquefois mon audace naturelle, saisi par toutes les passions, quelquefois par les remords même, ne sachant si je suivais mon devoir ou l'amour qui le fait oublier.

» Je ne vous dirai point les périls infinis que nous courûmes. Ardasire malgré la faiblesse de son sexe m'encourageait, elle était mourante et elle me suivait toujours.

» Nous courûmes des périls infinis. Je fuyais la présence des hommes, car tous les hommes étaient devenus mes ennemis. Je ne cherchais que les déserts. J'arrivai dans ces montagnes qui sont remplies de tigres et de lions. La présence de ces animaux me rassurait : "Ce n'est point ici, disais-je à Ardasire, que les eunuques de la princesse et les gardes du roi de Médie viendront nous chercher." Mais enfin les bêtes féroces se multiplièrent tellement que je commençai à craindre. Je faisais tomber à coups de flèches celles qui s'approchaient trop près de nous car, au lieu de me charger de choses nécessaires à la vie, je m'étais muni d'armes qui pouvaient partout me les procurer. Pressé de toutes parts, je fis du feu avec des cailloux, j'allumai du bois sec. Je passais la nuit avec ces feux et je faisais du bruit avec mes armes. Quelquefois je mettais le feu aux forêts et je chassais devant moi ces bêtes intimidées. J'entrai dans un pays plus ouvert et j'admirai ce vaste silence de la nature ; il me représentait ce temps où les dieux naquirent et où la beauté parut la première, l'amour l'échauffa, et tout fut animé.

» Enfin nous sortîmes de la Médie. Ce fut dans une cabane de pasteurs que je me crus le maître du monde, et je pus dire que j'étais à Ardasire et qu'Ardasire était à moi.

» Nous arrivâmes dans la Margiane[1]. Nos esclaves nous y rejoignirent ; là nous vécûmes à la campagne loin du monde et du bruit, charmés l'un de l'autre[2]. Nous nous entretenions de nos plaisirs présents et de nos peines passées.

» Ardasire me racontait quels avaient été ses sentiments dans tout le temps qu'on nous avait arrachés l'un à l'autre, ses jalousies pendant qu'elle crut que je ne l'aimais plus, sa douleur quand elle vit que je l'aimais encore, sa fureur contre une loi barbare, sa colère contre moi qui m'y soumettais. Elle avait d'abord formé le dessein d'immoler la princesse ; elle avait rejeté cette idée. Elle aurait trouvé du plaisir à mourir à mes yeux, elle n'avait point douté que je ne fusse attendri ; quand j'étais dans ses bras, disait-elle, quand elle me proposa de quitter ma patrie, elle était déjà sûre de moi.

» Ardasire n'avait jamais été si heureuse ; elle était charmée. Nous ne vivions point dans le faste de la Médie, mais nos mœurs étaient plus douces ; elle voyait dans tout ce que nous avions perdu les grands sacrifices que je lui avais faits ; elle était seule avec moi. Dans les sérails, dans ces lieux de délices on trouve toujours l'idée d'une rivale ; et lorsqu'on y jouit de ce qu'on aime, plus on aime et plus on est alarmé.

» Mais Ardasire n'avait aucune défiance : le cœur était assuré du cœur ; il semble qu'un tel amour donne un air riant à tout ce qui nous entoure, et que parce qu'un objet nous plaît, il ordonne à toute la nature de nous plaire. Il semble qu'un tel amour soit cette enfance aimable devant qui tout se joue et qui sourit toujours.

» Je sens une espèce de douceur à vous parler de cet heureux temps de notre vie. Quelquefois je perdais Ardasire dans les bois, et je la retrouvais aux accents de sa voix charmante. Elle se parait de fleurs que je cueillais, je me parais de celles qu'elle avait cueillies ; le chant des oiseaux, le murmure des fontaines, les danses et les concerts de nos jeunes esclaves, une douceur partout répandue étaient des témoignages continuels de notre bonheur.

» Tantôt Ardasire était une bergère qui, sans parure et sans ornements, se montrait à moi avec sa naïveté naturelle ; tantôt je la voyais telle qu'elle était lorsque j'étais enchanté dans le sérail de Médie.

» Ardasire occupait ses femmes à des ouvrages charmants ; elles filaient la laine d'Hyrcanie, elles employaient la pourpre de Tyr ; toute la maison goûtait une joie naïve, nous descendions avec plaisir à l'égalité de la nature. Nous étions heureux et nous voulions vivre avec des gens qui le fussent. Le bonheur faux rend les hommes durs et superbes, et ce bonheur ne se communique point ; le vrai bonheur les rend doux et sensibles et ce bonheur se partage toujours.

» Je me souviens qu'Ardasire fit le mariage d'une de ses favorites avec un de mes affranchis : l'amour et la jeunesse avaient formé cet hymen. La favorite dit à Ardasire : "Ce jour est aussi, Madame, le premier jour de votre hyménée.

» — Tous les jours de ma vie, répondit-elle, seront ce premier jour."

» Vous serez peut-être surpris qu'exilé et proscrit de la Médie, n'ayant eu qu'un moment pour me préparer à partir, ne pouvant emporter que l'argent et les pierreries qui se trouvaient sous ma main, je pusse avoir assez de richesses dans la Margiane pour y avoir un palais, un grand nombre de domestiques et toutes sortes de commodités pour la vie. J'en fus surpris moi-même, et je le suis encore : par une fatalité que je ne puis vous expliquer, je ne voyais aucune ressource, et j'en trouvais partout, l'or, les pierreries, les bijoux semblaient se présenter à moi ; c'étaient des hasards, me direz-vous, mais des hasards si réitérés et perpétuellement les mêmes ne pouvaient guère être des hasards. Ardasire crut d'abord que je voulais la surprendre, et que j'avais porté des richesses qu'elle ne connaissait pas ; je crus à mon tour qu'elle en avait qui m'étaient inconnues : mais nous vîmes bientôt l'un et l'autre que nous étions dans l'erreur. Je trouvai plusieurs fois dans ma chambre des rouleaux où il y avait plusieurs centaines de dariques[1]. Ardasire trouvait dans la sienne des boîtes pleines de pierreries. Un jour que je me promenais dans mon jardin, un petit coffre plein de pièces d'or parut à mes yeux, et j'en aperçus un autre dans le creux d'un chêne sous lequel j'allais ordinairement me reposer. Je passe le reste. J'étais sûr qu'il n'y avait pas un seul homme dans la Médie qui eût quelque connaissance du lieu où je m'étais retiré, et d'ailleurs je savais que je n'avais aucun secours à attendre de ce côté-là. Je me creusais la tête pour pénétrer d'où me venaient ces secours ; toutes les conjectures que je faisais se détruisaient les unes les autres.

— On fait, dit Aspar, en interrompant Arsace, des contes merveilleux de certains génies puissants qui s'attachent aux hommes et leur font de grands biens ;

rien de ce que j'ai ouï dire là-dessus n'a fait impression sur mon esprit, mais ce que j'entends m'étonne d'avantage. Vous dites ce que vous avez éprouvé et non pas ce que vous avez ouï dire.

— Soit que ces secours, reprit Arsace, fussent humains ou surnaturels, il est certain qu'ils ne me manquèrent jamais, et que de la même manière qu'une infinité d'hommes trouvent partout la misère, je trouvais partout les richesses ; et ce qui vous surprendra, elles venaient toujours à point nommé. Je n'ai jamais vu mon trésor prêt à finir qu'un nouveau n'ait d'abord reparu, tant l'intelligence qui veillait sur nous était attentive. Il y a plus : ce n'était pas seulement nos besoins qui étaient prévenus, mais souvent nos fantaisies. Je n'aime guère, ajouta-t-il, à dire des choses merveilleuses, je vous dis ce que je suis forcé de croire et non pas ce qu'il faut que vous croyiez.

» La veille du mariage de la favorite, un jeune homme, beau comme l'Amour, vint me porter un panier de très beau fruit ; je lui donnai quelques pièces d'argent, il les prit, laissa le panier, sortit et ne parut plus. Je portai le panier à Ardasire. Je le trouvai plus pesant que je ne pensais, nous mangeâmes le fruit, et nous trouvâmes que le fond était plein de dariques : "C'est le génie, dit-on dans toute la maison, qui a apporté un trésor ici pour les dépenses des noces."

» "Je suis convaincue, disait Ardasire, que c'est un génie qui fait ces prodiges en notre faveur. Aux intelligences supérieures à nous rien ne doit être plus agréable que l'amour, l'amour seul a une perfection qui peut nous élever jusqu'à elles. Arsace, c'est un génie qui connaît mon cœur et qui voit à quel point je vous aime, je voudrais le voir et qu'il pût me dire à quel point vous m'aimez."

» Je reprends ma narration.

» Mon âme ne fut jamais si occupée que dans le cours de cette vie oisive, mais enfin la passion d'Ardasire et la mienne prirent des impressions de notre différente éducation et de nos différents caractères. Ardasire ne respirait que pour aimer, sa passion était sa vie, toute son âme était de l'amour, il n'était pas en elle de m'aimer moins, elle ne pouvait non plus m'aimer davantage ; moi, je parus aimer avec plus d'emportement parce qu'il semblait que je n'aimais pas toujours de même. Ardasire seule était capable de m'occuper, mais il y eut des choses qui purent me distraire ; je suivais les cerfs dans les forêts et j'allais combattre les bêtes féroces.

» Bientôt je m'imaginai que je menais une vie trop obscure : "Je me trouve, disais-je, dans les États du roi de Margiane. Pourquoi n'irais-je point à sa cour ?" La gloire de mon père venait s'offrir à mon esprit : c'est un poids bien pesant qu'un grand nom à soutenir, quand les vertus des hommes ordinaires sont moins le terme où il faut s'arrêter que celui dont on doit partir. Il semble que les engagements que les autres hommes prennent pour nous soient plus forts que ceux que nous prenons nous-mêmes. "Quand j'étais en Médie, disais-je, il fallait que je m'abaissasse et que je cachasse avec plus de soin mes vertus que mes vices ; si je n'étais pas esclave de la cour, je l'étais de sa jalousie. Mais à présent que je me vois maître de moi, que je suis indépendant parce que je suis sans patrie, libre au milieu des forêts comme les lions, je commencerai à avoir une âme commune si je reste un homme commun." Je m'abandonnais à ces pensées[1v3]; quelquefois mon ambition était irritée par mon amour même; je crus que je serais plus digne d'Ardasire, et malgré ses prières, malgré ses larmes, je la quittai.

» Je ne vous dirai point l'affreuse violence que je me fis. Je fus cent fois sur le point de revenir, je voulais m'aller jeter aux genoux d'Ardasire; mais la honte de me démentir, la certitude que je n'aurais plus la force de me séparer d'elle, l'habitude que j'avais prise de commander à mon cœur des choses difficiles, tout cela me fit continuer mon chemin.

» Je fus reçu du roi avec toutes sortes de distinctions, à peine eus-je le temps de m'apercevoir que je fusse étranger; j'étais de toutes ses parties de plaisir, il me préféra à tous ceux de mon âge, et il n'y eut point de rang ni de dignité que je ne pusse espérer en Margiane.

» J'eus bientôt une occasion de justifier ses faveurs. La cour de Margiane vivait depuis longtemps dans une profonde paix, elle apprit qu'une multitude infinie de barbares s'était présentée sur les frontières, qu'elle avait taillé en pièces l'armée qu'on lui avait opposée et qu'elle marchait à grands pas vers la capitale. Quand la ville aurait été prise d'assaut, la cour ne serait pas tombée dans une plus affreuse consternation. Ces gens-là n'avaient jamais connu que la prospérité, ils ne savaient pas distinguer les malheurs d'avec les malheurs, et ce qui peut se rétablir d'avec ce qui est irréparable. On assembla à la hâte un conseil, et comme j'étais auprès du roi je fus de ce conseil. Le roi était éperdu et ses conseillers n'avaient plus de sens. Il était clair qu'il était impossible de les sauver si l'on ne leur rendait le courage. Le premier ministre ouvrit les avis : il proposa de faire sauver le roi et d'envoyer au général ennemi les clefs de la ville. Il allait dire ses raisons et tout le conseil allait les suivre ; je me levai pendant qu'il parlait et je lui tins ce discours : “Tais-toi, car si tu dis encore un seul mot je te tuerai ; il ne faut pas qu'un roi magnanime et tous les braves gens qui sont ici perdent un temps précieux à écouter tes lâches conseils.” Et me tournant vers le roi : “Seigneur, un grand État ne tombe pas d'un seul coup. Vous avez une infinité de ressources ; et quand vous n'en n'aurez plus, vous délibérerez avec cet homme si vous devez mourir ou suivre de lâches conseils. Amis, je jure avec vous que nous défendrons le roi jusqu'au dernier soupir : suivons-le, armons le peuple et faisons-lui part de notre courage.”

» On se mit en défense dans la ville, et je me saisis d'un poste au-dehors avec une troupe de gens d'élite composée de Margiens et de quelques braves gens qui étaient à moi. Nous battîmes plusieurs de leurs partis : un corps de cavalerie empêchait qu'on ne leur envoyât des vivres ; ils n'avaient point de machines pour faire le siège de la ville, notre corps d'armée grossissait tous les jours ; ils se retirèrent et la Margiane fut délivrée.

» Dans le bruit et le tumulte de cette cour, je ne goûtais que de fausses joies ; Ardasire me manquait partout, et toujours mon cœur se tournait vers elle. J'avais connu mon bonheur et je l'avais fui, j'avais quitté des plaisirs réels pour chercher des erreurs.

» Ardasire depuis mon départ n'avait point eu de sentiment qui n'eût d'abord été combattu par un autre. Elle avait toutes les passions, elle n'était contente d'aucune, elle voulait se taire, elle voulait se plaindre, elle prenait la plume pour m'écrire, le dépit lui faisait changer de pensées ; elle ne pouvait se résoudre à me marquer de la sensibilité, encore moins de l'indifférence. Mais enfin la douleur gagna toute son âme, fixa ses résolutions, et elle m'écrivit cette lettre[1] :

> *Si vous aviez gardé dans votre cœur le moindre sentiment de pitié, vous ne m'auriez jamais quittée, vous auriez répondu à un amour si tendre et respecté nos malheurs ; vous m'auriez sacrifié des idées vaines. Cruel, vous croiriez perdre quelque chose en perdant un cœur qui ne brûle que pour vous, comment pouvez-vous savoir si, ne vous voyant plus, j'aurai le courage de soutenir la vie ? Et si je meurs, barbare, pouvez-vous douter que ce ne soit par vous ? Mon amour si industrieux à s'affliger ne m'avait jamais fait craindre ce genre de supplice, je croyais que je n'aurais jamais à pleurer que vos malheurs, et que je serais toute ma vie insensible sur les miens...*

» Je ne pus lire cette lettre sans verser des larmes. Mon cœur fut saisi de tristesse, et au sentiment de pitié il se joignit un cruel remords de faire le malheur de ce que j'aimais plus que ma vie.

» Il me vint dans l'esprit d'engager Ardasire à venir à la cour ; je ne restai sur cette idée qu'un moment.

» La cour de Margiane est presque la seule d'Asie où les femmes ne sont point séparées du commerce des hommes. Le roi était jeune, je pensai qu'il pouvait tout, et je pensai qu'il pouvait aimer. Ardasire aurait pu lui plaire et cette idée était pour moi plus effrayante que mille morts.

» Je n'avais d'autre parti à prendre que de retourner auprès d'elle. Vous serez étonné quand vous saurez ce qui m'arrêta.

» J'attendais à tout moment des marques brillantes de la reconnaissance du roi : je m'imaginai que paraissant aux yeux d'Ardasire avec un nouvel éclat, je me justifierais plus aisément auprès d'elle ; je pensai qu'elle m'en aimerait plus, et je goûtais d'avance le plaisir d'aller porter ma nouvelle fortune à ses pieds.

» Je lui appris la raison qui me faisait différer mon départ, et ce fut cela même qui la mit au désespoir.

» Ma faveur auprès du roi avait été si rapide qu'on l'attribua au goût que la princesse, sœur du roi, avait paru avoir pour moi : c'est une de ces choses que l'on croit toujours lorsqu'elles ont été dites une fois. Un esclave qu'Ardasire avait mis auprès de ma personne lui écrivit ce qu'il avait entendu dire. L'idée d'une rivale fut désolante pour elle ; ce fut bien pis lorsqu'elle apprit les actions que je venais de faire. Elle ne douta pas que tant de gloire ne dût augmenter l'amour : "Je ne suis point princesse, disait-elle dans son indignation, mais je sens bien qu'il n'y en a aucune sur la terre que je croie mériter que je lui cède un cœur qui doit être à moi ; et si je l'ai fait voir en Médie je le ferai voir en Margiane." Après mille mouvements, après mille pensées, elle se fixa et prit une grande résolution.

» Elle se défit de la plupart de ses esclaves et choisit de nouveaux, envoya meubler un palais dans le pays des Hyrcaniens, se déguisa, prit avec elle des eunuques qui ne m'étaient pas connus, vint secrètement à la cour. Elle s'aboucha avec l'esclave qui lui était affidé et prit avec lui des mesures pour m'enlever dès le lendemain. Je devais aller me baigner dans la rivière. L'esclave me mena dans un endroit du rivage où Ardasire m'attendait : j'étais à peine déshabillé qu'on me saisit, on jeta sur moi une robe de femme, on me fit entrer dans une litière fermée[1]. On marcha nuit et jour. Nous eûmes bientôt quitté la Margiane, et nous arrivâmes dans le pays des Hyrcaniens. On m'enferma dans un vaste palais ; on me faisait entendre que la princesse qu'on disait avoir du goût pour moi m'avait fait enlever et conduire secrètement dans une terre de son apanage.

» Ardasire ne voulait point être connue, ni que je fusse connu ; elle cherchait à jouir de mon erreur. Tous ceux qui n'étaient pas du secret la prenaient pour la princesse, mais un homme enfermé dans son palais aurait démenti son caractère : on me laissa donc mes habits de femme, et on crut que j'étais une fille nouvellement achetée et destinée à la servir.

» J'étais dans ma dix-septième année. On disait que j'avais toute la fraîcheur de la jeunesse, et on me louait sur ma beauté comme si j'eusse été une fille du palais.

» Ardasire, qui savait que la passion pour la gloire m'avait déterminé à la quitter, songea à amollir mon courage par toutes sortes de moyens. Je fus mis entre les mains de deux eunuques ; on passait les journées à me parer, on composait mon teint, on me baignait, on versait sur moi les essences les plus délicieuses, je ne sortais jamais de la maison. On m'apprenait à travailler moi-même à ma parure, et surtout on voulait m'accoutumer à cette obéissance sous laquelle les femmes sont abattues dans les grands sérails d'Orient.

» Je vous dirai bien que j'étais indigné de me voir traiter ainsi. Il n'y a rien que je n'eusse osé pour rompre mes chaînes ; mais me voyant sans armes, entouré de gens qui avaient toujours les yeux sur moi, je ne craignais pas d'entreprendre, mais de manquer mon entreprise ; j'espérais que dans la suite je serais moins soigneusement gardé, que je pourrais corrompre quelque esclave et sortir de ce séjour ou mourir.

» Je l'avouerai même : une espèce de curiosité de voir le dénouement de tout ceci semblait ralentir mes pensées. Dans la honte, la rougeur et la confusion, j'étais surpris de n'en savoir pas davantage. Mon âme formait des projets ; ils finissaient tous par un certain trouble, un charme secret ; une force inconnue me retenait dans ce palais.

» La feinte princesse était toujours voilée, et je n'entendais jamais sa voix. Elle passait presque toute la journée à me regarder par une jalousie pratiquée à ma chambre. Quelquefois elle me faisait venir dans son appartement : là, ses filles chantaient les airs les plus tendres ; il me semblait que tout exprimait son amour. Je n'étais jamais assez près d'elle ; elle n'était occupée que de moi. Il y avait toujours quelque chose à raccommoder à ma parure : elle défaisait mes cheveux pour les arranger encore, elle n'était jamais contente de ce qu'elle avait fait.

» Un jour on vint me dire qu'elle me permettait de venir la voir. Je la trouvai sur un sofa de pourpre[1] ; ses voiles la couvraient encore, sa tête était mollement penchée, et elle semblait être dans une douce langueur. J'approchai, et une de ses filles me parla ainsi : “L'amour vous favorise, c'est lui qui sous ce déguisement vous a fait venir ici. La princesse vous aime ; tous les cœurs lui seraient soumis, et elle ne veut que le vôtre.” “Comment, dis-je en soupirant, pourrais-je donner un cœur qui n'est pas à moi ? Ma chère Ardasire en est la maîtresse, elle le sera toujours." Je ne vis point qu'Ardasire marquât d'émotion à ces paroles, mais elle m'a dit depuis qu'elle n'a jamais senti une si grande joie. "Téméraire, me dit cette femme, la princesse doit être offensée comme les dieux, lorsqu'on est assez malheureux pour ne pas les aimer." "Je lui rendrai, répondis-je, toutes sortes d'hommages, mon respect, ma reconnaissance ne finiront jamais ; mais le destin, le cruel destin, ne me permet point de l'aimer. Grande princesse, ajoutai-je, en me jetant à ses genoux, je vous conjure par votre gloire d'oublier un homme qui par un amour éternel pour une autre ne sera jamais digne de vous." J'entendis qu'elle jeta un profond soupir ; je crus m'apercevoir que son visage était couvert de larmes. Je me reprochais mon insensibilité ; j'aurais voulu ce que je ne trouvais pas possible, être fidèle à mon amour, et ne pas désespérer le sien.

» On me ramena dans mon appartement et quelques jours après je reçus ce billet écrit d'une main qui m'était inconnue : "L'amour de la princesse est violent, mais il n'est pas tyrannique, elle ne se plaindra pas même de vos refus si vous lui faites voir qu'ils sont légitimes : venez donc lui apprendre les raisons que vous avez pour être si fidèle à cette Ardasire."

» Je fus reconduit auprès d'elle, je lui racontai toute l'histoire de ma vie. Lorsque je lui parlais de mon amour, je l'entendais soupirer ; elle tenait ma main dans la sienne, et dans ces moments touchants elle les serrait malgré elle. "Recommencez, me disait une de ses femmes, à cet endroit où vous fûtes si désespéré lorsque le roi de la Médie vous donna sa fille : redites-nous les craintes que vous eûtes pour elle dans votre fuite, parlez à la princesse des plaisirs que vous goûtiez lorsque vous étiez dans votre solitude chez les Margiens." Je n'avais jamais dit toutes les circonstances : je répétais, et elle croyait apprendre ; je finissais, et elle s'imaginait que j'allais commencer.

» Le lendemain je reçus ce billet : "Je comprends bien votre amour, et je n'exige point que vous me le sacrifiiez ; mais êtes-vous sûr que cette Ardasire vous aime encore, peut-être refusez-vous pour une ingrate le cœur d'une princesse qui vous adore ?"

» Je fis cette réponse : "Ardasire m'aime à un tel point que je ne saurais demander aux dieux qu'ils augmentassent son amour ; hélas ! peut-être qu'elle m'a trop aimé. Je me souviens d'une lettre qu'elle m'écrivit quelque temps après que je l'eusse quittée : si vous aviez vu les expressions terribles et tendres de sa douleur, vous en auriez été touchée ; je crains que, pendant que je suis retenu dans ces lieux, le désespoir de m'avoir perdu et son dégoût pour la vie ne lui fassent prendre une résolution qui me mettrait au tombeau."

» Elle me fit cette réponse : "Soyez heureux, Arsace, et donnez tout votre amour à la beauté qui vous aime ; pour moi, je ne veux que votre amitié."

» Le lendemain, je fus reconduit dans son appartement. Là je sentis tout ce qui peut porter à la volupté. On avait répandu dans la chambre les parfums les plus agréables ; elle était sur un lit qui n'était fermé que par des guirlandes de fleurs ; elle y paraissait languissamment couchée. Elle me tendit la main, et me fit asseoir auprès d'elle. Tout jusqu'au voile qui lui couvrait le visage avait de la grâce. Je voyais la forme de son beau corps : une simple toile qui se mouvait sur elle me faisait tour à tour perdre et trouver des beautés ravissantes. Elle remarqua que mes yeux étaient occupés, et quand elle les vit s'enflammer, la toile sembla s'ouvrir d'elle-même[1], je vis tous les trésors d'une beauté divine ; dans ce moment elle me serra la main, mes yeux errèrent partout : “Il n'y a, m'écriai-je, que ma chère Ardasire qui soit aussi belle, mais j'atteste les dieux que ma fidélité...” Elle se jeta à mon col et me serra dans ses bras. Tout d'un coup la chambre s'obscurcit, son voile s'ouvrit : elle me donna un baiser, je fus tout hors de moi, une flamme subite coula dans mes veines et échauffa tous mes sens, l'idée d'Ardasire s'éloigna de moi, un reste de souvenir, mais il ne me paraissait qu'un songe... J'allais... j'allais la préférer à elle-même. Déjà j'avais porté mes mains sur son sein, elles couraient rapidement partout, l'amour ne se montrait que par sa fureur ; il se précipitait à la victoire, un moment de plus et Ardasire ne pouvait pas se défendre lorsque tout à coup elle fit un effort, elle fut secourue, elle se déroba de moi, et je la perdis.

» Je retournai dans mon appartement surpris moi-même de mon inconstance. Le lendemain on entra dans ma chambre ; on me rendit les habits de mon sexe, et le soir on me mena chez celle dont l'idée m'enchantait encore. J'approchai d'elle, je me mis à ses genoux, et transporté d'amour, je parlai de mon bonheur, je me plaignis de mes propres refus ; je demandai, je promis, j'exigeai ; j'osai tout dire, je voulus tout voir, j'allais tout entreprendre ; mais je trouvai un changement étrange : elle me parut glacée, et lorsqu'elle m'eut assez découragé, qu'elle eut joui de tout mon embarras, elle me parla, et j'entendis sa voix pour la première fois : “Ne voulez-vous point voir le visage de celle que vous aimez ?...” Ce son de voix me frappa ; je restai immobile, j’espérai que ce serait Ardasire et je le craignis. “Découvrez ce bandeau”, me dit-elle. Je le fis, et je vis le visage d’Ardasire. Je voulus parler et ma voix s’arrêta : l’amour, la surprise, la joie, la honte, toutes les passions me saisirent tour à tour. “Vous êtes Ardasire, lui dis-je.” “Oui, perfide, répondit-elle, je la[1] suis.” “Ardasire, lui dis-je d’une voix entrecoupée, pourquoi vous jouez-vous ainsi d’un malheureux amour ?” Je voulus l’embrasser. “Seigneur, dit-elle, je suis à vous ; hélas ! j’avais espéré de vous revoir plus fidèle. Contentez-vous de commander ici, punissez-moi si vous voulez de ce que j’ai fait... Arsace, ajouta-t-elle en pleurant, vous ne le méritiez pas.”

» “Ma chère Ardasire, lui dis-je, pourquoi me désespérez-vous ? Auriez-vous voulu que j’eusse été insensible à des charmes que j’ai toujours adorés ? Comptez que vous n’êtes pas d’accord avec vous-même, n’était ce pas vous que j’aimais ? Ne sont-ce pas ces beautés qui m’ont toujours charmé ?” “Ah ! dit-elle, vous auriez aimé une autre que moi.” “Je n’aurais point, lui dis-je, aimé une autre que vous ; tout ce qui n’aurait point été vous m’aurait déplu ; qu’eût-ce été lorsque je n’aurais pas vu cet adorable visage, que je n’aurais pas entendu cette voix, que je n’aurais point trouvé ces yeux[2] ? Mais de grâce, ne me désespérez pas ; songez que de toutes les infidélités que l’on peut faire, j’ai sans doute commis la moindre.” Je connus à la langueur de ses yeux qu’elle n’était plus irritée, je le connus à sa voix mourante ; je la tins dans mes bras. Qu’on est heureux quand on a dans ses bras ce que l’on aime ! Comment exprimer ce bonheur dont l'excès n'est que pour les vrais amants, lorsque l'amour renaît après lui-même, lorsque tout promet, que tout demande, que tout obéit, lorsqu'on sent qu'on a tout, et que l'on sent que l'on n'a pas assez, lorsque l'âme semble s'abandonner et se porter au-delà de sa nature même ?

» Ardasire revenue à elle me dit : "Mon cher Arsace, l'amour que j'ai eu pour vous m'a fait faire des choses bien extraordinaires : mais un amour bien violent n'a de règles, ni de lois, on ne le connaît guère, si l'on ne met ses caprices au nombre de ses plus grands plaisirs. Au nom des dieux, ne me quittez plus ; que peut-il te manquer ? Tu es heureux si tu m'aimes, tu es sûr que jamais mortel n'a été tant aimé. Dis-moi, promets-moi, jure-moi que tu resteras ici." Je lui fis mille serments ; ils ne furent interrompus que par mes embrassements, et elle les crut.

» Heureux l'amour lors même qu'il s'apaise, lorsqu'après qu'il a cherché à se faire sentir, il aime à se faire connaître ; lorsqu'après avoir joui des beautés, il ne se sent plus touché que par les grâces.

» Nous vécûmes dans l'Hyrcanie dans une félicité que je ne saurais vous exprimer. Je n'avais resté[1] que quelques mois dans la Margiane, et ce séjour m'avait déjà guéri de l'ambition : j'avais eu la faveur du roi, mais je m'aperçus bientôt qu'il ne pouvait me pardonner mon courage et sa frayeur ; ma présence le mettait dans l'embarras. Il ne pouvait donc pas m'aimer ; ses courtisans s'en aperçurent, et dès lors ils se donnèrent bien garde de me trop estimer ; et pour que je n'eusse pas sauvé l'État du péril, tout le monde convenait à la cour qu'il n'y avait pas eu de péril.

» Ainsi, également dégoûté de l'esclavage et des

esclaves, je ne connus plus d'autre passion que mon amour pour Ardasire ; et je m'estimai cent fois plus heureux de rester dans la seule dépendance que j'aimais que de rentrer dans une autre que je ne pouvais que haïr.

» Il nous parut que le génie nous avait suivis : nous nous retrouvâmes dans la même abondance, et nous vîmes toujours de nouveaux prodiges.

» Un pêcheur vint nous vendre un poisson : on m'apporta une bague fort riche qu'on avait trouvée dans son gosier[1].

» Un jour, manquant d'argent, j'envoyai vendre quelques pierreries à la ville prochaine ; on m'en apporta le prix, et quelques jours après je vis sur ma table les pierreries.

» "Grand dieu, dis-je en moi-même, il m'est donc impossible de m'appauvrir. Nous voulûmes tenter le génie, et nous lui demandâmes une somme immense. Il nous fit bien voir que nos vœux étaient indiscrets : nous trouvâmes quelques jours après sur la table la plus petite somme que nous eussions encore reçue. Nous ne pûmes, en la voyant, nous empêcher de rire. "Le génie nous joue", dit Ardasire. "Ah, m'écriai-je, les dieux sont de bons dispensateurs ; la médiocrité[2] qu'ils nous accordent vaut bien mieux que les trésors qu'ils nous refusent."

» Nous n'avions aucune des passions tristes ; l'aveugle ambition, la soif d'acquérir, l'envie de dominer semblaient s'éloigner de nous, et être les passions d'un autre univers. Ces sortes de biens ne sont faits que pour entrer dans le vide des âmes que la nature n'a point remplies ; ils n'ont été imaginés que par ceux qui se sont trouvés incapables de bien sentir les autres.

» Je vous ai déjà dit que nous étions adorés de cette petite nation qui formait notre maison ; nous nous aimions, Ardasire et moi, et sans doute que l'effet naturel de l'amour est de rendre heureux ceux qui s'aiment. Mais cette bienveillance générale[1] que nous trouvons dans tous ceux qui sont autour de nous peut rendre plus heureux l'amour même ; il est impossible que ceux qui ont le cœur bien fait ne se plaisent au milieu de cette bienveillance générale. Étrange effet de la nature : l'homme n'est jamais si peu à lui que lorsqu'il paraît l'être davantage ; le cœur n'est le cœur que quand il se donne, parce que ses jouissances sont hors de lui.

» C'est ce qui fait que ces idées de grandeur qui retirent toujours le cœur vers lui-même trompent ceux qui en sont enivrés ; c'est ce qui fait qu'il s'étonne de n'être point heureux au milieu de ce qu'il croyait être le bonheur ; que ne le trouvant point dans la grandeur, il cherche plus de grandeur encore ; s'ils n'y peuvent atteindre ils se croient plus malheureux, s'ils y atteignent ils ne trouvent pas encore le bonheur.

» C'est l'orgueil qui, à force de nous posséder, nous empêche de nous posséder et qui, nous concentrant dans nous-mêmes, y porte toujours la tristesse ; cette tristesse vient de la solitude du cœur, qui se sent toujours fait pour jouir, et qui ne jouit pas, qui se sent toujours fait pour les autres, et qui ne les trouve pas.

» Ainsi nous aurions goûté des plaisirs que donne la nature toutes les fois qu'on ne la fuit pas, nous aurions passé notre vie dans la joie, l'innocence et la paix, nous aurions compté nos années par le renouvellement des fleurs et des fruits, nous aurions perdu nos années dans la rapidité d'une vie heureuse, j'aurais vu tous les jours Ardasire et je lui aurais dit que je l'aimais ; la même terre aurait repris son âme et la mienne, et ses derniers soupirs m'auraient donné mes derniers soupirs. Mais tout à coup mon bonheur s'évanouit, et j'éprouvai le revers[1] du monde le plus affreux.

» Le prince du pays était un tyran capable de tous les crimes, mais rien ne le rendait si odieux que les outrages continuels qu'il faisait à un sexe sur lequel il n'est pas seulement permis de lever les yeux. Il apprit par une esclave sortie du sérail d'Ardasire qu'elle était la plus belle personne de l'Orient, il n'en fallut pas davantage pour le déterminer à me l'enlever. Une nuit, une grosse troupe de gens armés entoura ma maison, et le matin je reçus un ordre du tyran de lui envoyer Ardasire. Je vis l'impossibilité de la faire sauver. Ma première idée fut d'aller lui donner la mort dans le sommeil où elle était ensevelie : je pris mon épée, je courus, j'entrai dans sa chambre, j'ouvris les rideaux, je reculai d'horreur, et tous mes sens se glacèrent. Une nouvelle rage me saisit : je voulus aller me jeter au milieu de ces satellites[2] et immoler tout ce qui se présenterait à moi. Mon esprit s'ouvrit pour un plus grand dessein, et je me calmai : je résolus de prendre les habits que j'avais eus il y avait quelques mois, de monter sous le nom d'Ardasire dans la litière que le tyran lui avait destinée, de me faire mener à lui. Outre que je ne voyais point d'autre ressource, je sentais en moi-même du plaisir à faire une action de courage sous les mêmes habits avec lesquels l'aveugle amour avait auparavant avili mon sexe.

» J'exécutai tout de sang-froid. J'ordonnai que l'on cachât à Ardasire le péril que je courais, et que sitôt que je serais parti on la fît sauver dans un autre pays ; je pris avec moi un esclave dont je connaissais le courage et je me livrai aux femmes et aux eunuques que le tyran avait envoyés. Je ne restai pas deux jours en chemin, et quand j'arrivai la nuit était déjà avancée. Le tyran donnait un festin à ses femmes et à ses courtisans dans une salle de ses jardins ; il était dans cette gaieté stupide que donne la débauche lorsqu'elle a été portée à l'excès. Il ordonna qu'on me fît venir ; j'entrai dans la salle du festin ; il me fit mettre auprès de lui, et je sus cacher ma fureur et le désordre de mon âme : j'étais comme incertain dans mes souhaits, je voulais attirer les regards du tyran, et quand il les tournait vers moi, je sentais redoubler ma rage. "Parce qu'il me croit Ardasire, disais-je en moi-même, il ose m'aimer" ; il me semblait que je voyais multiplier ses outrages, et qu'il avait trouvé mille manières d'offenser mon amour ; cependant j'étais prêt à jouir de la plus affreuse vengeance : il s'enflammait et je le voyais insensiblement approcher de son malheur. Il sortit de la salle du festin et me mena dans un appartement plus reculé de ses jardins, suivi d'un seul eunuque et de mon esclave ; sa fureur brutale allait l'éclaircir sur mon sexe : "Ce fer, m'écriai-je, t'apprendra mieux que je suis un homme : meurs et qu'on dise aux enfers que l'époux d'Ardasire a puni tes crimes !" Il tomba à mes pieds, et dans ce moment la porte de l'appartement s'ouvrit, car sitôt que mon esclave avait entendu ma voix, il avait tué l'eunuque qui le gardait et s'en était saisi. Nous fuîmes, nous errions dans les jardins ; nous rencontrâmes un homme, je le saisis : "Je te porterai, lui dis-je, ce poignard dans le sein si tu ne me fais sortir d'ici." C'était un jardinier qui, tout tremblant de peur, me mena à une porte qu'il ouvrit ; je la lui fis refermer et lui ordonnai de me suivre.

» Je jetai mes habits et pris un manteau d'esclave. Nous errâmes dans les bois et, par un bonheur inespéré, lorsque nous étions accablé de lassitude, nous trouvâmes un marchand qui faisait paître ses chameaux : nous l'obligeâmes de nous mener hors de ce funeste pays.

» À mesure que j'évitais tant de dangers, mon cœur devenait moins tranquille ; il fallait revoir Ardasire, et tout me faisait craindre pour elle. Ses femmes et ses eunuques lui avaient caché l'horreur de notre situation ; mais ne me voyant plus auprès d'elle, elle me croyait coupable. Elle s'imaginait que j'avais manqué à tant de serments que je lui avais faits ; elle ne pouvait concevoir cette barbarie de l'avoir fait enlever sans lui rien dire. L'amour voit tout ce qu'il craint ; la vie lui devint insupportable : elle prit du poison. Il ne fit pas son effet violemment ; j'arrivai et je la trouvai mourante. “Ardasire, lui dis-je, je vous perds ; vous mourez, cruelle Ardasire. Hélas ! qu'avais je fait… ?” Elle versa quelques larmes : “Arsace, me dit-elle, il n'y a qu'un moment que la mort me semblait délicieuse ; elle me paraît terrible depuis que je vous vois. Je sens que je voudrais revivre pour vous, et que mon âme me quitte malgré elle : conservez mon souvenir, et si j'apprends qu'il vous est cher, comptez que je ne serai point tourmentée chez les ombres. J'ai du moins cette consolation, mon cher Arsace, de mourir dans vos bras…” Elle expira ; il me serait impossible de dire comment je n'expirai pas aussi[1]. On m'arracha d'Ardasire, et je crus qu'on me séparait de moi-même. Je fixai mes yeux sur elle, et je restai immobile ; j'étais devenu stupide[2]. On m'ôta ce terrible spectacle, et je sentis mon âme reprendre toute sa sensibilité ; on m'entraîna, je tournais les yeux vers ce fatal objet de ma douleur, j'aurais donné mille vies pour le voir encore un moment

» J'entrai en fureur ; je pris mon épée : j'allais me percer le sein, on m'arrêta. Je sortis de ce palais funeste ; je n'y rentrai plus. Mon esprit s'aliéna : je courais dans le bois, je remplissais l'air de mes cris ; quand je devenais plus tranquille, toutes les forces de mon âme la fixaient à ma douleur ; il me sembla qu'il ne me restait plus rien dans le monde que ma tristesse et le nom d'Ardasire : ce nom, je le prononçais d'une voix terrible, et je rentrais dans le silence. Je résolus de m'ôter la vie, et tout à coup j'entrai en fureur : "Tu veux mourir, me dis-je à moi-même, et Ardasire n'est pas vengée ; tu veux mourir, et le fils du tyran est en Hyrcanie qui se baigne dans les délices ; il vit, et tu veux mourir !" Je me suis mis en chemin pour l'aller chercher. J'ai appris qu'il vous avait déclaré la guerre : j'ai volé à vous. Je suis arrivé trois jours avant la bataille, et j'ai fait l'action que vous connaissez. J'aurais percé le fils du tyran, j'ai mieux aimé le faire prisonnier : je veux qu'il traîne dans la honte et dans les fers une vie aussi malheureuse que la mienne ; j'espère que quelque jour il apprendra que j'aurai fait mourir le dernier des siens. J'avoue pourtant que depuis que je suis vengé, je ne me trouve pas plus heureux, et je sens bien que l'espoir de la vengeance flatte plus que la vengeance même : ma rage, que j'ai satisfaite, l'action que vous avez vue, les acclamations du peuple, Seigneur, votre amitié même ne me rendent point ce que j'ai perdu. »

La surprise d'Aspar avait commencé presque avec le récit qu'il avait entendu : sitôt qu'il avait ouï le nom d'Arsace, il avait reconnu le mari de la reine. Des raisons d'État l'avaient obligé d'envoyer chez les Mèdes Isménie, la plus jeune des filles du dernier roi, et il l'y avait fait élever en secret sous le nom d'Ardasire. Il l'avait mariée à Arsace ; il avait toujours eu des gens affidés dans le sérail d'Arsace : il était le génie qui par les mêmes gens avait répandu tant de richesses dans la maison d'Arsace, et qui par des voies très simples avait fait imaginer tant de prodiges.

Il avait eu de très grandes raisons pour cacher à Arsace la naissance d'Ardasire. Arsace, qui avait beaucoup de courage, aurait pu faire valoir les droits de sa femme sur la Bactriane et la troubler.

Mais ces raisons ne subsistaient plus, et quand il entendit le récit d'Arsace, il eut mille fois envie de l'interrompre ; mais il crut qu'il n'était pas encore temps de lui apprendre son sort : un ministre accoutumé à arrêter ses mouvements revenait toujours à la prudence ; il pensait à préparer un grand événement, et non pas à le hâter.

Deux jours après, le bruit se répandit que l'eunuque avait mis sur le trône une fausse Isménie. On passa des murmures à la sédition : le peuple furieux entoura le palais, il demanda à haute voix la tête d'Aspar. L'eunuque fit ouvrir une des portes et, monté sur un éléphant, il s'avança dans la foule. « Bactriens, dit-il, écoutez-moi ! » ; et comme on murmurait encore : « Écoutez-moi, vous dis-je ; si vous pouvez me faire mourir à présent, vous pourrez dans un moment me faire mourir de même. Voici un papier écrit et scellé de la main du feu roi, prosternez-vous, adorez-le. » Il lut.

> *Le ciel m'a donné deux filles qui se ressemblent au point que tous les yeux peuvent s'y tromper ; je crains que cela ne donne occasion à de plus grands troubles et à des guerres plus funestes. Vous donc, Aspar, lumière de l'empire, prenez la plus jeune des deux, envoyez-la secrètement dans la Médie et faites-en prendre soin ; qu'elle y reste sous un nom supposé tandis que le bien de l'État le demandera.*

Il porta cet écrit au-dessus de sa tête, et il s'inclina, puis reprenant la parole : « Isménie est morte, n'en doutez pas, mais sa sœur la jeune Isménie est sur le trône. Voudriez-vous vous plaindre de ce que, voyant la mort de la reine approcher, j'ai fait venir sa sœur du fond de l'Asie ? Me reprocheriez-vous d'avoir été assez heureux pour vous la rendre et la placer sur un trône qui, depuis la mort de la reine sa sœur, lui appartient ? Si j'ai tu la mort de la reine, l'état des affaires, ne l'a-t-il pas demandé ? Me blâmez-vous d'avoir fait une action de fidélité avec prudence ? Posez donc les armes : jusqu'ici vous n'êtes point coupables, dès ce moment vous le seriez. »

Aspar expliqua ensuite comment il avait confié la jeune Isménie à deux vieux eunuques ; comment on l'avait transportée en Médie sous un nom supposé ; comment il l'avait mariée à un grand seigneur du pays ; comment il l'avait fait suivre dans tous les lieux où la fortune l'avait conduite ; comment la maladie de la reine l'avait déterminé à la faire enlever pour être gardée en secret dans le sérail ;

comment, après la mort de la reine, il l'avait placée sur le trône. Comme les flots de la mer agitée s'apaisent par les zéphyrs, le peuple se calma par les paroles d'Aspar ; on n'entendit plus que des acclamations de joie ; tous les temples retentirent du nom de la jeune Isménie.

Aspar inspira à Isménie de voir l'étranger qui avait rendu un si grand service à la Bactriane. Il lui inspira de lui donner une audience éclatante : il fut résolu que les grands et le peuple seraient assemblés, que là il serait déclaré général des armées de l'État, et que la reine lui ceindrait l'épée[1]. Les principaux de la nation étaient rangés autour d'une grande salle, et une foule de peuple en occupait le milieu et l'entrée ; la reine était sur son trône, vêtue d'un habit superbe, elle avait la tête couverte de pierreries, elle avait relevé son voile, et l'on voyait le visage de la beauté même. Arsace parut, et le peuple commença ses acclamations. Arsace, les yeux baissés par respect, resta un moment dans le silence, et adressant la parole à la reine : « Madame, lui dit-il d'une voix basse et entrecoupée, si quelque chose pouvait rendre à mon âme quelque tranquillité, et me consoler de mes malheurs... » La reine ne le laissa pas achever : elle crut d'abord reconnaître le visage, elle reconnut encore la voix d'Arsace ; toute hors d'elle-même et ne se connaissant plus, elle se précipita de son trône, et se jeta aux genoux d'Arsace. « Mes malheurs ont été plus grands que les tiens, dit-elle, mon cher Arsace, hélas ! je croyais ne te revoir jamais depuis le fatal moment qui nous a séparés ; mes douleurs ont été mortelles. »

Et comme si elle avait passé tout à coup d'une manière d'aimer à une autre manière d'aimer, ou qu'elle se trouvât incertaine sur l'impétuosité de l'action qu'elle venait de faire, elle se releva tout à coup, et une rougeur modeste parut sur son visage : « Bactriens, dit-elle, c'est aux genoux de mon époux que vous m'avez vue : c'est ma félicité d'avoir pu faire paraître devant vous mon amour ; j'ai descendu de mon trône parce que je n'y étais pas avec lui, et j'atteste les dieux que je n'y remonterai pas sans lui. Je goûte ce plaisir, que la plus belle action de mon règne, c'est par lui qu'elle a été faite, et que c'est pour moi qu'il l'a faite. Grands, peuple et citoyens, croyez-vous que celui qui règne sur moi soit digne de régner sur vous ? Approuvez-vous mon choix ? Élisez-vous Arsace, dites-le-moi, parlez... » À peine les dernières paroles de la reine furent-elles entendues, tout le palais retentit des acclamations ; on n'entendit plus que le nom d'Arsace et celui d'Isménie.

Pendant tout ce temps, Arsace était comme stupide ; il voulut parler, sa voix s'arrêta ; il voulut se mouvoir, et il resta sans action. Il ne voyait pas la reine, il ne voyait pas le peuple, à peine entendait-il les acclamations ; la joie le troublait tellement qu'il semblait que son âme ne pût sentir toute sa félicité.

Mais quand Aspar eut fait retirer le peuple, Arsace pencha sa tête sur la main de la reine : « Ardasire, vous vivez, vous vivez, ma chère Ardasire ; je mourais tous les jours de douleur : comment les dieux vous ont-ils rendue à la vie ? » Elle se hâta de lui raconter comment une de ses femmes avait substitué au poison une liqueur enivrante ; elle avait été trois jours sans mouvement, on l'avait rendue à la vie : sa première parole avait été le nom d'Arsace, ses yeux ne s'étaient ouverts que pour le voir ; elle l'avait fait chercher, elle l'avait cherché elle-même. Aspar l'avait fait enlever, et après la mort de sa sœur il l'avait placée sur le trône.

Aspar avait rendu éclatante l'entrevue d'Arsace et d'Isménie : il se ressouvenait de la dernière sédition ; il croyait qu'après avoir pris sur lui de mettre Isménie sur le trône, il n'était pas à propos qu'il parût encore avoir contribué à y placer Arsace. Il avait pour maxime de ne faire jamais lui-même ce que les autres pouvaient faire, et d'aimer le bien de quelque main qu'il pût venir. D'ailleurs, connaissant la beauté du caractère d'Arsace et d'Isménie, il désirait de les faire paraître dans tout leur jour ; il voulait leur concilier ce respect que s'attirent toujours les grandes âmes dans toutes les occasions où elles peuvent se montrer. Il cherchait à leur attirer cet amour que l'on porte à ceux qui ont éprouvé de grands malheurs ; il voulait faire naître cette admiration que l'on a pour tous ceux qui sont capables de sentir les belles passions ; enfin, il croyait que rien n'était plus propre à faire perdre à Arsace le titre d'étranger, et à lui faire trouver celui de Bactrien dans tous les cœurs des peuples de la Bactriane.

Arsace jouissait d'un bonheur qui lui paraissait inconcevable. Ardasire qu'il croyait morte lui était rendue, Ardasire était Isménie, Ardasire était reine de Bactriane. Ardasire l'en avait fait roi. Il passait du sentiment de sa grandeur au sentiment de son amour. Il aimait ce diadème qui, bien loin d'être un signe d'indépendance, l'avertissait sans cesse qu'il était à elle, il aimait ce trône parce qu'il voyait la main qui l'y avait fait monter

Isménie goûtait pour la première fois le plaisir de voir qu'elle était une grande reine avant l'arrivée d'Arsace ; elle avait une grande fortune, mais il lui manquait un cœur capable de la sentir, au milieu de sa cour elle se trouvait seule ; dix millions d'hommes étaient à ses pieds, et elle se croyait abandonnée.

Arsace fit d'abord venir le prince d'Hyrcanie : « Vous avez, lui dit-il, paru devant moi, et les fers ont tombé de vos mains, il ne faut point qu'il y ait d'infortuné dans l'empire du plus heureux des mortels.

» Si j'ai un cœur sensible, j'ai aussi une âme grande, je serais terrible si je savais haïr comme je sais aimer. Quoique je vous aie vaincu, je ne crois pas que vous m'ayez cédé en courage : je vous prie de consentir que vous me cédiez en générosité. »

Le caractère de la reine était la douceur, et sa fierté naturelle disparaissait toujours toutes les fois qu'elle devait disparaître. « Pardonnez-moi, dit-elle au prince d'Hyrcanie, si je n'ai pas répondu à des feux qui n'étaient pas légitimes : l'épouse d'Arsace ne pouvait pas être la vôtre, vous ne devez vous plaindre que du destin.

» Si l'Hyrcanie et la Bactriane ne forment pas un même empire, ce sont des États faits pour être alliés ; Isménie peut promettre de l'amitié si elle n'a pas pu promettre de l'amour. »

« Je suis, répondit le prince, accablé de tant de malheurs et comblé de tant de bienfaits, que je ne sais si je suis un exemple de la bonne ou de la mauvaise fortune.

» J'ai pris les armes contre vous pour me venger d'un mépris que vous n'aviez pas ; ni vous ni moi ne méritions que le ciel favorisât mes projets.

» Je vais retourner dans l'Hyrcanie et j'y oublierais bientôt mes malheurs, si je ne comptais parmi mes malheurs celui de vous avoir vue, et celui de ne plus vous voir.

» Votre beauté sera chantée dans tout l'Orient; elle rendra le siècle ou vous vivez plus célèbre que tous les autres, et dans les races futures les noms d'Arsace et d'Isménie seront les titres les plus flatteurs pour les belles et pour les amants. »

Un événement imprévu demanda la présence d'Arsace dans une province du royaume; il quitta Isménie: quels tendres adieux! Quelles douces larmes! C'était moins un sujet de s'affliger qu'une occasion de s'attendrir; la peine de se quitter se joignit à l'idée de la douceur de se revoir.

Pendant l'absence du roi, tout fut par ses soins disposé de manière que le temps, le lieu, les personnes, chaque événement, offraient à Isménie des marques de son souvenir. Il était éloigné et ses actions disaient qu'il était auprès d'elle; tout était d'intelligence pour lui rappeler Arsace; elle ne trouvait point Arsace, mais elle trouvait son amant.

Arsace écrivait continuellement à Isménie, elle lisait… « J'ai vu les superbes villes qui conduisent à vos frontières, j'ai vu des peuples innombrables tomber à mes genoux, tout me disait que je régnais dans la Bactriane; je ne voyais point celle qui m'en avait fait roi, et je ne l'étais plus… »

Il lui disait: « Si le ciel voulait m'accorder le breuvage d'immortalité tant cherché dans l'Orient, vous boiriez dans la même coupe ou je n'en approcherais pas mes lèvres, vous seriez immortelle avec moi ou je mourrais avec vous. »

Il lui mandait: « J'ai donné votre nom à la ville que je fais bâtir, il me semble qu'elle sera habitée par nos sujets les plus heureux. »

Dans une autre lettre, après ce que l'amour pouvait dire de plus ravissant sur les charmes de sa personne, il ajoutait : « Je vous dis ces choses sans même chercher à vous plaire : je voudrais calmer mes ennuis, je sens que mon âme s'apaise en vous parlant de vous. »

Enfin elle reçut cette lettre : « Je comptais les jours, je ne compte plus que les moments, et ces moments sont plus longs que les jours ; belle reine, mon cœur est moins tranquille à mesure que j'approche de vous. »

Après le retour d'Arsace, il lui vint des ambassades de toutes parts ; il y en eut qui parurent singulières. Arsace était sur un trône qu'on avait élevé dans la cour du palais ; l'ambassadeur des Parthes entra d'abord : il était monté sur un superbe coursier, il ne descendit point à terre, et il parla ainsi : « Un tigre d'Hyrcanie désolait la contrée : un éléphant l'étouffa sous ses pieds ; un jeune tigre restait et il était déjà aussi cruel que son père : l'éléphant en délivra encore le pays ; tous les animaux qui craignaient les bêtes féroces venaient paître autour de lui[1], il se plaisait à voir qu'il était leur asile, et disait en lui-même : "On dit que le tigre est le roi des animaux ; il n'en est que le tyran, et j'en suis le roi[2]." »

L'ambassadeur des Perses parla ainsi : « Au commencement du monde, la lune fut mariée avec le soleil ; tous les astres du firmament voulaient l'épouser, elle leur dit : "Regardez le soleil, et regardez-vous, vous n'avez pas tous ensemble autant de lumière que lui." »

L'ambassadeur d'Égypte vint ensuite et dit : « Lorsque Isis épousa le grand Osiris, ce mariage fut la cause de la prospérité de l'Égypte et le type[3] de sa fécondité. Telle sera la Bactriane : elle deviendra heureuse par le mariage de ses dieux. »

Arsace faisait mettre sur les murailles de tous ses palais son nom avec celui d'Isménie, on voyait leurs chiffres[1] partout entrelacés, il était défendu de peindre Arsace qu'avec Isménie[2].

Toutes les actions qui demandaient quelque sévérité, il voulait paraître les faire seul ; il voulut que les grâces fussent faites sous son nom et celui d'Isménie.

« Je vous aime, lui disait-il, à cause de votre beauté divine, et de vos grâces toujours nouvelles. Je vous aime encore parce que quand j'ai fait quelque action digne d'un grand roi, il me semble que je vous plais davantage.

» Vous avez voulu que je fusse votre roi quand je ne pensais qu'au bonheur d'être votre époux, et ces plaisirs dont je m'enivrais avec vous, vous m'avez appris à les fuir lorsqu'il s'agissait de ma gloire.

» Vous avez accoutumé mon âme à la clémence, et lorsque vous avez demandé des choses qu'il n'était pas permis d'accorder, vous m'avez toujours fait respecter ce cœur qui les avait demandées.

» Les femmes de votre palais ne sont point entrées dans les intrigues de la cour ; elles ont cherché la modestie et l'oubli de tout ce qu'elles ne doivent point aimer.

« Je crois que le ciel a voulu faire de moi un grand prince, puisqu'il m'a fait trouver dans les écueils ordinaires des rois des secours pour devenir vertueux. »

Jamais les Bactriens ne virent des temps si heureux. Arsace et Isménie disaient qu'ils régnaient sur le meilleur peuple de l'univers, les Bactriens disaient qu'ils vivaient sous les meilleurs de tous les princes.

Arsace parlait souvent de l'innocence de son administration[3] : il disait qu'il conservait ses mains pures parce que le premier crime qu'il commettrait déciderait de toute sa vie, et que là commencerait la chaîne d'une infinité d'autres.

« Je punirais, disait-il, un homme sur des soupçons, je croirais en rester là ; non, de nouveaux soupçons me viendraient en foule contre les parents et les amis de celui que j'aurais fait mourir : voilà le germe d'un second crime. Ces actions violentes me feraient penser que je serais haï de mes sujets ; je commencerais à les craindre : ce serait le sujet de nouvelles exécutions qui deviendraient elles-mêmes le sujet de nouvelles frayeurs. Que si ma vie était une fois marquée de ces sortes de taches, le désespoir d'acquérir une bonne réputation viendrait me saisir ; et voyant que je n'effacerais jamais le passé, j'abandonnerais l'avenir. »

Il disait qu'étant né sujet, il avait souhaité mille fois de vivre sous un bon prince, et que ses sujets faisaient sans doute les mêmes vœux que lui.

Il ajoutait qu'ayant le cœur d'Isménie, il devait lui offrir tous les cœurs de l'univers ; il ne pouvait lui apporter un trône, mais des vertus capables de le remplir.

Il croyait que son amour devait passer à la postérité, et qu'il n'y passerait jamais mieux qu'avec sa gloire ; qu'il voulait qu'on écrivît ces paroles sur son tombeau : « Isménie a eu pour époux un roi chéri des mortels. »

Il disait qu'il aimait Aspar, son premier ministre, parce qu'il parlait toujours des sujets, plus rarement du roi, et jamais de lui-même.

« Il a, disait-il, trois grandes choses : l'esprit juste, le cœur sensible et l'âme sincère. »

Arsace[1] ne parlait jamais des affaires qu'il pouvait

avoir avec les étrangers, mais il aimait à s'entretenir de celles de l'intérieur de son royaume, parce que c'était le seul moyen de le bien connaître ; et là-dessus il disait qu'un prince devait être secret mais qu'il pouvait quelquefois l'être trop.

Il ajoutait que le désir général de rendre les hommes heureux était naturel aux princes ; mais que ce désir n'aboutissait à rien s'il ne se procurait continuellement des connaissances particulières pour y parvenir.

Il disait que les lions avaient une grande force, mais qu'elle leur serait inutile si la nature ne leur avait pas donné des yeux.

Que par un grand bonheur, le grand art de régner demandait plus d'attention que de suffisance[1], plutôt des désirs d'acquérir des lumières que de grandes lumières, plutôt des connaissances pratiques que des connaissances abstraites, plutôt un certain discernement pour connaître les hommes que la capacité de les former.

Qu'on apprenait à connaître les hommes en se communiquant à eux[2], comme on apprend toute autre chose ; qu'il est très incommode pour les défauts et pour les vices de se cacher toujours ; que la plupart des hommes ont une enveloppe, mais qu'elle tient et serre si peu qu'il est très difficile que quelque côté ne vienne à se découvrir.

Arsace aimait si fort à conserver les lois et les anciennes coutumes des Bactriens qu'il tremblait toujours au sujet de la réformation des abus[3], parce qu'il avait souvent remarqué que chacun appelait loi ce qui était conforme à ses vues, et appelait abus tout ce qui choquait ses intérêts.

Que de corrections en corrections d'abus, au lieu de rectifier les choses, on parvenait à les anéantir.

Il était persuadé que le bien ne devait couler dans un État que par le canal des lois ; que le moyen de faire un bien permanent, c'était, en faisant le bien, de les suivre ; que le moyen de faire un mal permanent était, en faisant le bien, de les choquer.

Que les devoirs des rois consistaient en deux choses, l'une de défendre les lois de l'État contre les passions des particuliers, et l'autre de les défendre contre leurs propres passions. Que le premier de ces devoirs était moins difficile à remplir que l'autre, parce qu'il est plus aisé de contenir les autres que de se contenir soi-même.

Arsace disait que les formes[1] étaient la chose du monde qu'il fallait le plus conserver ; qu'elles avaient maintenu la Bactriane et que la pratique contraire avait perdu le reste de l'Orient ; qu'elles empêchaient le prince d'être trompé, les ministres de faillir, les sujets d'être opprimés ou de chercher à s'opprimer les uns les autres ; que l'État des Bactriens avait de tous temps fait des grandes choses, mais qu'après avoir examiné, il avait découvert que cet effet provenait plus de la bonté de ces formes qui avaient fait subsister cet État, que de la bonté de ses places et de ses armées.

Qu'il peut arriver très souvent que ce qui paraît avoir fait prospérer un État soit une chose qui frappe les yeux de tout le monde, et que ce qui le fait véritablement prospérer soit une chose qui ne frappe les yeux de personne.

Il ajoutait que les formes contribuaient beaucoup au repos de ceux qui gouvernent. Tout peut se demander lorsqu'on n'a point égard aux formes ; quand on y a égard, il y a peu de demandes qui ne soient indiscrètes, et auxquelles la forme ne résiste.

Aussi, quand on faisait quelque demande à Arsace, il examinait d'abord si la chose était raisonnable ou non. Si elle n'était point déraisonnable, il faisait toujours cette question : « Y a-t-il des exemples qu'on ait accordé une pareille chose ? » Et s'il n'y avait point d'exemples, il ne l'accordait jamais.

Il disait qu'il pouvait arriver que des gens très habiles méprisassent ces formes, parce que leur effet naturel était de suppléer continuellement au défaut des lumières, mais que c'était en cela même qu'elles étaient d'un grand prix ; qu'il n'y avait rien de si petit que tous les points principaux des institutions des mères[1], qu'il en résultait pourtant une belle éducation, et une vertu qui se perpétuait d'âge en âge.

Que de même, l'État se maintenait de siècle en siècle, que les petites choses avaient fait les grandes, les obscures les éclatantes, et que par ce qui était bon on était parvenu à faire ce qui était beau ; que les grands génies ne s'appliquaient point aux petites choses, mais qu'ils ne méprisaient point les petites choses, et que c'était la vraie différence qui se trouvait entre les grands génies et les petits.

Arsace disait qu'il sentait en lui-même qu'il était un bon roi : qu'il était doux, affable, humain, qu'il aimait la gloire, qu'il aimait ses sujets ; que cependant si avec ces belles qualités il ne s'était gravé dans l'esprit les grands principes de gouvernement, il serait arrivé la chose du monde la plus triste : que ses sujets auraient eu un bon roi, et qu'ils auraient peu joui de ce bonheur ; et que ce beau présent de la providence aurait été en quelque sorte inutile pour eux[2].

Arsace était plus curieux d'entrer dans des chaumières que dans les palais de ses grands : « Je vais voir, disait-il, un nouveau royaume. C'est dans les cases des laboureurs que j'apprends à régner : c'est là que je trouve mes vrais conseillers, là je me ressouviens de ce que mon palais me fait oublier ; ils me disent leurs besoins. Ce sont les petits malheurs de chacun qui composent le malheur général : je m'instruis de tous ces malheurs qui tous ensemble pourraient former le mien.

» C'est dans ces chaumières que je vois ces objets tristes qui font toujours les délices de ceux qui peuvent les faire changer, et qui me font connaître que je puis devenir un plus grand prince que je ne le suis ; j'y vois la joie succéder aux larmes, au lieu que dans mon palais je ne puis guère voir que les larmes succéder à la joie. »

On lui dit un jour que dans quelques réjouissances publiques des farceurs[1] avaient chanté ses louanges. « Savez-vous bien, dit-il, pourquoi je permets à ces gens-là de me louer ? C'est afin de me faire mépriser la flatterie et de la rendre vile à tous les gens de bien. J'ai un si grand pouvoir qu'il sera toujours naturel de chercher à me plaire, et j'espère bien que les dieux ne permettront point que la flatterie me plaise jamais. Pour vous, mes amis, dites-moi la vérité ; c'est la seule chose du monde que je désire, parce que c'est la seule chose du monde qui puisse me manquer. »

Ce qui avait troublé la fin du règne d'Artamène, c'est que dans sa jeunesse il avait conquis quelques petits peuples voisins, situés entre la Médie et la Bactriane ; ils étaient ses alliés, il voulut les avoir pour sujets. Il les eut pour ennemis, et comme ils habitaient les montagnes, ils ne furent jamais bien assujettis ; au contraire, les Mèdes se servaient d'eux pour troubler le royaume, de sorte que le conquérant avait beaucoup affaibli le monarque[1], et que lorsqu'Arsace monta sur le trône, ces peuples étaient encore peu affectionnés. Bientôt les Mèdes les firent révolter : Arsace vola et les soumit. Il fit assembler la nation, et parla ainsi : « Je sais que vous souffrez[2] impatiemment la domination des Bactriens ; je n'en suis point surpris. Vous aimez vos anciens rois, qui vous ont comblés de tant de bienfaits ; c'est à moi à faire en sorte, par ma modération et par ma justice, que vous me regardiez comme le vrai successeur de ceux que vous avez tant aimés[3]. » Il fit venir les deux chefs les plus dangereux de la révolte et dit au peuple : « Je les fais mener devant vous pour que vous les jugiez vous-mêmes. » Chacun en les condamnant chercha à se justifier. « Connaissez, leur dit-il, le bonheur que vous avez de vivre sous un roi qui n'a point de passion lorsqu'il punit et qui n'en met que quand il récompense ; qui croit que la gloire de vaincre n'est que l'effet du sort, et qu'il ne tient que de lui-même celle de pardonner.

» Vous vivrez heureux sous mon empire, et vous garderez vos usages et vos lois. Oubliez que je vous ai vaincus par les armes, et ne le soyez que par mon affection. »

Toute la nation vint rendre grâce à Arsace, de sa clémence et de la paix[v4]. Deux vieillards portaient la parole ; le premier parla ainsi : « Tu avais à demander aux dieux que nos montagnes s'abaissassent pour qu'elles ne pussent pas nous défendre contre toi ; demande-leur aujourd'hui qu'elles s'élèvent jusqu'aux nues pour qu'elles puissent mieux te défendre contre tes ennemis. » Le second lui dit : « Regarde le fleuve qui traverse notre contrée : là où il est impétueux et rapide, après avoir tout renversé, il se dissipe et se divise au point que les femmes le traversent à pied; mais si tu le regardes dans les lieux où il est doux et tranquille, il grossit lentement ses eaux, il est respecté des nations et il arrête les armées.» Depuis ce temps, ces peuples furent les plus fidèles sujets de la Bactriane.

Cependant le roi de Médie apprit qu'Arsace régnait dans la Bactriane. Le souvenir de l'affront qu'il avait reçu se réveilla dans son cœur; il résolut de lui faire la guerre. Il demanda le secours du roi d'Hyrcanie: «Joignez-vous à moi, lui écrivit-il, poursuivons une vengeance commune; le ciel vous destinait la reine de Bactriane, un de mes sujets vous l'a ravie: venez la conquérir.»

Le roi d'Hyrcanie lui fit cette réponse: «Je serais aujourd'hui en servitude chez les Bactriens si je n'avais trouvé des ennemis généreux; je rends grâce au ciel de ce qu'il a voulu que mon règne commençât par des malheurs: l'adversité est notre mère, la prospérité n'est que notre marâtre. Vous me proposez des querelles qui ne sont pas celles des rois: laissons jouir le roi et la reine de Bactriane du bonheur de se plaire et de s'aimer[1].»

Cette réponse ne fit aucune impression sur l'esprit du roi des Mèdes. Il leva une prodigieuse armée et l'envoya contre les Bactriens. Arsace s'avança à grandes journées: il voulait arrêter les Mèdes avant qu'ils n'entrassent dans le pays; on en vint à une bataille, Arsace y fit de grandes choses, mais l'armée des Bactriens ayant été rompue, il resta au milieu des Mèdes. La plupart des siens tombèrent à ses côtés, on l'environna, il fut pris et mené en Médie. Il était né sujet du roi des Mèdes, et il n'était pas douteux qu'on ne le fît mourir. Sitôt qu'Isménie apprit cette nouvelle, elle fit jurer les Bactriens de venger la mort d'Arsace si le roi de Médie attentait sur ses jours, et la nuit elle partit pour la Médie. Arrivée à Ecbatane[1], elle déclara son nom et se fit introduire avec ses femmes et ses eunuques dans le palais du roi. Quand elle fut en sa présence : « Je ne crains point pour ma vertu, lui dit-elle ; celle qui sait mourir a assez de moyens pour la défendre » ; et ôtant le voile qui la couvrait : « Regardez-moi : Arsace est-il si criminel de m'avoir préférée à une autre ? » Elle rougit, baissa les yeux, et d'une voix dont les sons étaient également tristes et tendres, elle continua : « Seigneur, ce jour peut être le plus beau jour de votre règne ; vous y ferez la destinée de deux illustres amants, et de deux illustres malheureux : sauvez la vie d'Arsace, et vous sauverez la mienne ; nous retournerons dans nos États, et nous parlerons chaque jour de votre gloire et de vos vertus. Les Bactriens diront : "C'est le roi de Médie qui a donné la vie à notre reine" ; ils diront : "C'est le roi de Médie qui a fait tomber les chaînes des mains de notre roi." Songez que la vengeance est le plus triste des plaisirs, et qu'une âme grande se sent humiliée sitôt qu'elle la goûte. Nous ne pouvions auparavant être qu'amis ; la reconnaissance nous rendra fidèles. Mais si vous êtes résolu de vous venger, Arsace était votre sujet, je ne l'étais pas. Dans une action qui nous était commune, Arsace n'était rien, et j'étais tout : il n'y a que la princesse de Bactriane qui ait pu offenser le roi des Mèdes. » Et se jetant à ses genoux : « Seigneur, vous voyez à vos pieds une femme qui n'est point accoutumée à s'humilier, songez à la fierté dont il faut aujourd'hui que je descende ; je n'ai plus d'autre pouvoir que mes larmes et mes gémissements : accordez-moi la vie d'Arsace, et faites-moi mourir. »

L'âme du roi de Médie était généreuse : « Je rends grâce, dit-il, à l'Être qui répand la lumière dans l'univers, de ce qu'il a mis dans mon cœur des sentiments aussi purs que lui-même. Vous êtes en sûreté dans ma cour comme vous le seriez dans votre empire. Arsace ne mourra point ; il vivra pour vous. On va vous conduire dans votre appartement : cessez de paraître en ma présence, mon cœur serait trop en danger. Arsace est le plus heureux des mortels. »

Le palais était dans un trouble que le roi ne connaissait pas : la princesse qu'il avait autrefois destinée à Arsace conservait toujours pour lui un violent amour ; la tristesse occupait tout le cœur, et l'indignation pouvait à peine s'y faire sentir. Lorsqu'elle apprit qu'Arsace était prisonnier, l'espérance de le revoir lui donna d'abord quelque joie ; mais quand on lui dit qu'il devait périr, ce ne fut plus cette tristesse sombre et cette mélancolie qui ne l'avait jamais quittée, mais un trouble, une inquiétude, une agitation qui étaient une espèce de désespoir. Sa mère l'aimait éperdument ; elle arrosait de ses larmes le sein de sa mère : « Madame, lui dit-elle, je ne puis plus vivre dans l'état où je suis ; jusqu'ici j'étais malheureuse, mais du moins j'étais tranquille ; je m'abandonnais à ma tristesse, et je pouvais la soutenir, je trouvais quelque douceur dans ma mélancolie, et mes rêveries semblaient tromper ma douleur. Mais depuis que je sais qu'il va mourir, qu'il va mourir à mes yeux, qu'il va périr à cause de moi, je ne puis résister à cette idée, et les sentiments de mon cœur me paraissent plus difficiles à supporter que mille morts. Pourquoi de la vengeance pour celle qui mourra si elle est vengée ? Fléchissez la colère du roi, fléchissez la vôtre…

» — Ma fille, disait la reine, je ne vous comprends pas : vous demandez sa vie, et vous devriez désirer sa mort. »

» — Madame, répondait la princesse, vous n'aimez point et j'aime ; vous écoutez votre cœur, écoutez le mien. Quelle est donc cette pitié qui me désole ? Guérit-on l'amour à force de le désespérer ? Je périrai si on le fait mourir ; le plaisir de savoir qu'il vit encore est le seul que je puisse goûter. » La reine restait immobile et ne répondait rien. Elle quitta les bras de la princesse ; celle-ci fit des efforts pour la suivre, et la perdit ; elle resta avec ses femmes, et voyant ses larmes impuissantes, elle résolut de ne plus faire dépendre que d'elle-même la vie d'Arsace. Elle gagna ses gardes et, la nuit, elle parut devant lui : « C'est, dit-elle, cette malheureuse princesse que vous avez dédaignée ; c'est cette malheureuse princesse qui semble n'avoir survécu à son désespoir que pour vous sauver aujourd'hui la vie : quittez ces chaînes, fuyez ; puissiez-vous éviter tous les dangers. Arsace, je vais traîner une vie infortunée dans les larmes et les regrets ; mon unique consolation sera de savoir que vous vivez : puissiez-vous, si jamais l'amour vous laisse un moment tranquille, penser quelquefois à moi, et me plaindre. »

Il serait difficile d'exprimer l'étonnement et la confusion d'Arsace. Il voyait une princesse charmante qu'il avait offensée, et qui venait lui donner des marques du plus violent amour : quel plaisir pour un autre que pour lui ! Il se faisait des reproches, et il n'avait pas de repentir ; il était mécontent de lui-même, mais il ne pouvait comprendre qu'il eût pu agir autrement. Il se jeta aux genoux de la princesse : « Madame, lui dit-il, vous me faites bien connaître à quel point je suis coupable ; je ne puis avoir d'excuse si ce n'est devant celle qui sait si bien aimer... » « Arsace, lui dit-elle, je ne viens point vous parler de vos fautes ; je n'accuse que ma destinée. Les dieux n'ont pas voulu que vous acceptassiez ce cœur qui brûlait pour vous ; ils ont voulu que je fusse malheureuse, je consens à l'être et à porter le poids de cette vie pour penser à vous. Arsace, fuyez, j'ai goûté les deux seuls plaisirs que j'ai eus depuis que vous m'avez abandonnée, celui de vous voir et celui de vous sauver. »

La nouvelle de l'évasion d'Arsace ne fit point sur le roi l'impression que l'on pensait d'abord qu'elle dût faire. Il voulut accomplir sa promesse, et il aurait sur-le-champ renvoyé Isménie dans la Bactriane, s'il n'avait pensé qu'Isménie devait faire une des conditions de la paix et qu'il ne pouvait la remettre qu'aux ambassadeurs d'Arsace.

La reine de Médie n'avait pas des sentiments si généreux. La vue d'Isménie l'avait frappée d'étonnement : elle ne put voir tant de beauté sans jalousie. D'abord elle avait vu en elle celle qui avait déjà fait et qui ferait toujours les malheurs de sa fille ; ensuite elle vit en elle une rivale qu'elle n'avait pas.

Pour Isménie, quand on vint lui dire qu'Arsace n'était plus dans la prison, que la princesse vaincue par la force de l'amour l'en avait fait sortir, qu'il se sauvait dans la Bactriane, sa surprise fut extrême ; elle ne sut pas d'abord si elle devait s'affliger ou se réjouir. Un nombre infini de pensées produisirent un nombre infini de sentiments. Mais quand la violence de l'amour céda à la violence de la jalousie, quand ne craignant plus pour son amant, elle craignit pour son amour, elle tomba dans le désespoir ; il sembla qu'elle eût pris d'autres yeux, d'autres oreilles, une autre manière de penser, une autre façon de sentir. Son amour était tendre, il devint sévère ; ses sentiments étaient naïfs[1], ils devinrent profonds ; elle croyait ses actions innocentes, elle les trouva criminelles. « Grands dieux ! que suis-je venue faire ici ? disait-elle ; pourquoi suis-je dans cette terre étrangère, au milieu de mes ennemis et de ceux du roi mon époux, exposée à la vengeance, que dis-je, peut-être aux espérances d'un roi barbare ! » Plus elle voyait Arsace hors de danger et s'éloigner d'elle, moins elle osait regarder l'abîme ou elle était tombée. « Comment pourrai-je, disait-elle, me montrer aux yeux d'Arsace ? Quelles peuvent être ses pensées, ses craintes, ses soupçons, ses ennuis, son désespoir… ? Ah, ce n'est point encore ce qu'il y a de plus cruel ! Il doit la vie à ma rivale : elle goûte le plaisir d'avoir sauvé ce qu'elle aime, et je n'ai rien fait pour Arsace, je n'ai rien fait peut-être que lui donner la mort. » Elle s'attendrit, se pencha ; et comme si elle eût repris ses esprits, elle se releva, et prononça ces paroles : « La reine de Bactriane dans le palais du roi de Médie… non, je ne survivrai point à cette honte ! Et pourquoi prendre la résolution de mourir : je me meurs. » Elle demanda une plume, et elle écrivit :

Vous apprendrez que votre femme est dans le palais du roi de Médie, vous apprendrez que je me suis jetée à ses genoux, et vous apprendrez qu'il a vu mon visage. Il faut bien que je meure puisque je ne me crois plus digne de vous, il faut bien que je meure puisque ma rivale a acquis sur votre cœur des droits qui me désespèrent. Je suis bien malheureuse ; à peine osai-je vous dire que je vous aime, à peine osai-je me dire que vous m'aimez, et je mourrai peut-être dans cette funeste pensée. Mon cher Arsace, depuis que je vous ai vu pour la première fois, je n'ai jamais eu à moi que ce que vous m'avez donné d'amour, de craintes, d'espérances, et de regrets.

Elle passa cette triste journée dans de pareilles agitations ; mais lorsqu'elle apprit que des eunuques gardaient les portes de son appartement et qu'elle était prisonnière dans le palais, ce fut alors qu'elle sentit de nouvelles horreurs. Elle répétait sans cesse : « La reine de Bactriane dans le palais du roi de Médie ! », elle s'indignait contre elle-même, et dans la rapidité des mouvements de son âme, la lumière, les ombres de la nuit, le mouvement, le repos, tout lui était insupportable. On vint lui dire que le roi de Médie avait pour elle de l'amour et qu'il voulait la retenir dans son palais. « Ô dieux ! s'écria-t-elle, mon malheur est donc consommé ; il ne me manquait plus que d'être la cause de la honte et du désespoir d'Arsace. Il serait affligé quand il ne m'aimerait pas, et c'est donc un nouveau malheur qu'il m'aime ; Arsace, disait-elle d'une voix entrecoupée, je n'aurais jamais cru que c'en fût un. » Elle était dans ces mouvements lors qu'on vint lui dire que la reine de Médie voulait lui donner la mort : « Celle qui la reçoit est plus heureuse que celle qui la donne, et je n'ai pas besoin de sa main », dit-elle avec un souris mêlé d'indignation et de mépris. Enfin on vint lui annoncer qu'Arsace avait été arrêté en chemin, qu'il s'était mis en défense[1] et qu'il avait été tué. Elle tomba évanouie; ses femmes la portèrent sur son lit et purent à peine la rendre à la vie; elle reprit ses sens, elle retomba et toute la nuit elle passa continuellement des douceurs de la mort aux horreurs de la vie. Le lendemain elle parut plus tranquille, et elle n'en fut que plus en état de sentir sa douleur; elle put verser quelques larmes, elle put gémir, elle put se plaindre, elle put considérer l'horreur de sa situation. Tout le cours d'une longue vie sans Arsace se présenta à sa pensée[2]: «Arsace, dit-elle, n'est plus.» Elle s'arrêta un moment: «Arsace n'est plus: il n'y aura plus rien dans le monde pour mon cœur; tout sera perdu pour moi, jusqu'au nom de l'amour; personne ne pourra plus me dire: "Je vous aime." Je ne ferai le bonheur de personne, et personne ne fera le mien. Je serais seule dans l'univers, je serai toujours séparée de tout ce qui m'entoure.» Elle se tut.

Puis, interrompant son silence, elle dit le nom d'Arsace: «Ce nom qui me charmait lorsque je l'entendais ne sera plus prononcé devant moi que pour me faire mourir.» Elle pensa quelque temps. «L'âme d'Arsace ne peut être dans le tombeau, il est quelque part; il faut que je le suive par la route qu'il a prise, et quelque part qu'il soit il m'aimera, et s'il ne m'aimait pas... Ô immortalité, que vous seriez terrible! Et vous, dit-elle à ses femmes, vous que je quitte avec regret, vous qui avez connu Arsace, vous qui avez vu son amour et le mien, dites sans cesse à tout l'univers que je meurs pour lui.» Elle tira le poignard qu'elle avait toujours gardé sur elle depuis qu'elle était partie de la Bactriane: «Tu n'es point, dit-elle, un instrument fatal, puisque tu dois me joindre à Arsace.»

Elle le plongea dans son sein et mourut en prononçant le nom d'Arsace.

La reine des Mèdes avait été avertie des premières agitations d'Isménie après la fuite d'Arsace : il lui vint dans la pensée d'augmenter insensiblement son désespoir et de l'obliger de malheurs en malheurs à se tuer elle-même. Ainsi elle se défit de sa rivale et elle se réjouit dans son cœur de la facilité qu'elle avait trouvée à commettre un grand crime.

Arsace continuait son chemin vers la Bactriane ; il hâtait ses pas pour arriver dans sa capitale ; il sent redoubler l'impatience qu'il a de revoir la reine. Il arrive, tout le monde lui parle de la joie de son retour ; il est dans le palais : ses yeux, son cœur, son esprit cherchent Isménie. On lui dit qu'elle est chez les Mèdes. Le saisissement de ne la voir pas, le désespoir de la savoir entre les mains de ses ennemis, un affreux pressentiment l'accablent ; il s'enferme avec Aspar : « Vous avez laissé partir la reine, Aspar, vous me faites mourir.

— Hélas, Seigneur ! comment aurions-nous pu vaincre le désespoir et l'amour ? Je vis la reine au récit de votre malheur affecter une constance qu'elle n'avait pas ; en vain cherchai-je à calmer sa douleur, elle ne parut occupée que du serment qu'elle nous fit faire de venger votre mort. La nuit elle disparut, et je ne l'appris que par ce billet qui ne me fut rendu qu'après son départ :

Prenez soin de l'empire : je pars pour la Médie, j'y vais périr ou sauver le roi. »

Arsace fit partir divers courriers pour la Médie : il demandait sa femme, l'amitié du roi, la paix. Il apprit bientôt tous ses malheurs : un eunuque de la reine vint porter la lettre qu'Isménie avait écrite avant sa mort. Il était accompagné d'un officier du roi de Médie qui portait deux lettres de ce prince, l'une pour Arsace, où il lui marquait qu'il allait lui envoyer le corps de la reine pour être enterré dans le tombeau de ses ancêtres ; l'autre pour Aspar où il déclarait que dans trois mois il ferait partir une célèbre ambassade. Comment Aspar pouvait-il annoncer au roi la mort d'Isménie ? quels moyens, quelles précautions, quels discours, comment sauver la vie du roi, comment prévenir sa fureur ? Il eut soin de cacher ses armes, et après avoir cent fois remis à lui dire ce qu'il ne pouvait s'empêcher de lui découvrir : « Seigneur, lui dit-il, enfin vos malheurs sont si grands qu'il m'est mille fois plus facile de mourir que de vous les dire.

— Ah, je ne vois que trop mon malheur : Isménie est morte, je n'en doute plus. » Aspar baissa les yeux et resta dans le silence. « Ma chère Isménie est morte ! » Ses sanglots se mêlaient à ses cris ; il appelait Isménie, il chercha vingt fois son épée. « Aspar, que vous êtes cruel ! »

Aspar embrassait ses genoux : « Donnez, Seigneur, un libre cours à vos larmes ; vous ne pouvez trop vous affliger. » Il voulait suivre la douleur et ne la pas choquer ; il bornait toutes ses espérances à lui faire voir le jour, à lui faire prendre quelque nourriture, à lui ôter la pensée de mourir ; mais quand le temps fut venu et qu'il fallut faire lire à ce malheureux prince la lettre d'Isménie, ses yeux s'arrosèrent de larmes et ses accents furent ceux de la mort. Bientôt arriva le convoi funeste qui accompagnait le corps d'Isménie : ce fut alors que les pleurs, les sanglots et les cris recommencèrent. Les eunuques de la reine marchaient les yeux baissés et dans un morne silence ; ses femmes remplissaient l'air de leurs cris, la foule qui suivait paraissait accablée de douleur. Bientôt on distingua le cercueil où l'on avait embaumé le corps d'Isménie. Arsace jeta les yeux sur ce fatal objet et les fixa ; il ne versa point de larmes, sa douleur était trop grande pour pleurer. On lui rendit les derniers devoirs ; Arsace accompagna sa pompe funèbre, et vit le fatal cercueil disparaître pour jamais.

Il rentra dans le palais : « Mon cher Aspar, dit-il, il ne me reste plus qu'à mourir ; de grâce ne m'affligez plus, ne me parlez pas des choses qui font l'ambition des hommes ; je ne veux penser qu'à la mort.

— Seigneur, lui dit Aspar, votre douleur n'a été jusqu'ici que trop légitime ; mais vous avez du courage, et vous êtes roi : vous devez bientôt recevoir une ambassade du roi de Médie ; il y a tant d'hommes au bonheur desquels vous devez songer ! Laissez-nous pleurer, et régnez. »

L'ambassade arriva ; le sujet en était important. Le roi marquait qu'il envoyait un ambassadeur pleurer avec Arsace la mort d'Isménie : effectivement, il en avait été touché. Il offrait à la Bactriane la paix et son amitié ; il déclarait qu'il enverrait la princesse sa fille avec un cortège digne d'elle pour épouser Arsace, à qui il l'avait destinée depuis longtemps. Il ne laissait point de choix à Arsace : il ne lui donnait pas une marque de bienveillance, il lui imposait une nécessité.

Arsace ne fut point dans l'incertitude de ce qu'il devait faire : il prit sa résolution, et crut qu'il devait vivre pour le salut de son peuple. Il répondit à l'ambassadeur qu'il recevait avec reconnaissance l'amitié du roi de Médie, qu'il acceptait la paix, qu'il regardait l'envoi de la princesse comme une nouvelle marque de ses bienfaits, et qu'elle régnerait sur le cœur de tous les Bactriens.

La paix était nécessaire à la Bactriane. Le roi des Mèdes pouvait paraître sur les frontières avec une puissance formidable; le bien de l'État demandait si fort l'alliance des deux nations qu'il n'y avait point de Bactriens qui ne rendît grâce aux dieux de la modération du roi des Mèdes.

Arsace étranger avait été reçu dans la Bactriane, on l'en avait fait roi, et les Mèdes en avaient pris occasion de la désoler; il ne pouvait consentir à la laisser dans les malheurs où il l'avait jetée ou à la replonger dans de plus grands.

Il accorda donc ce que le roi de Médie demandait. Il fit mettre dans le traité que si la princesse de Médie n'avait point d'enfants et qu'elle survéquît[1] à son époux, elle épouserait celui que les grands de Bactriane choisiraient pour régner avec elle.

Arsace s'appliqua à rétablir les forces de l'État, à rendre à la nation un courage qui semblait être abattu, à remettre l'armée[2], à cimenter la paix. Dès qu'il sut le temps où la princesse de Médie devait arriver sur la frontière, il alla au-devant d'elle; il était suivi d'une cour brillante, on ne vit jamais tant de richesses, des habits si somptueux, des festins si délicats. La tristesse était dans le cœur d'Arsace, et la joie régnait autour de lui.

Arsace mit sur la tête de la princesse un superbe diadème. « Madame, vous méritez un cœur qui n'eût jamais rien regretté; vous êtes destinée à régner dans la Bactriane, et je suis sûr que vous y serez aimée. »

Arsace présenta à la princesse un grand nombre de domestiques qui devaient la servir, et il l'accoutuma si bien aux manières des Bactriens et gagna tellement l'esprit des Mèdes, qu'il obtint que toutes les personnes qui avaient accompagné la princesse ne passeraient pas la frontière et retourneraient dans leur pays.

La princesse fut conduite dans la capitale et l'on prépara tout pour la célébration du mariage. Lorsque Arsace fut devant l'autel, il se tourna vers le peuple : « Bactriens, voilà votre reine. Si le ciel disposait de ma vie, jurez que vous lui serez fidèles, et au prince qui sera son époux. » Tout le monde jura, et l'on fit la cérémonie du mariage.

On passa du temple à la salle du festin, et pendant que les Bactriens, à qui ce mariage assurait la paix, se livraient à la joie, la reine se retira dans son appartement, et Arsace passa dans le sien. Il avait donné ordre aux grands de l'empire de s'y trouver. « Mes amis, leur dit-il, car grâce au ciel le jour est venu où je puis vous appeler mes amis, j'ai fait des règlements pour le salut de l'empire, je vous demande par votre devoir, par votre fidélité, par votre amour, de ne perdre jamais de vue les ordres de votre roi : il ne les a donnés que parce qu'il vous aime. Revenez dans ce même lieu avant la fin de la nuit. Vous y délibérerez sur de grandes choses. Aspar, suivez-moi. »

Il passa dans un endroit retiré, il s'assit, baissa un moment les yeux, soupira, et parla ainsi : « Mon cher Aspar, ce jour que j'ai tant attendu est enfin arrivé : je vais mourir. J'en rends grâce, aux dieux : qu'il est triste de vivre pour des choses qui ne nous touchent pas, de n'aimer que sa douleur et de ne pouvoir s'y livrer ! Je vais mourir, Aspar. Je vous ordonne de vivre ; conservez-vous pour le salut de l'État. J'aurais pu consentir à me garder pour mes sujets, mais un roi barbare m'a envié[1] jusqu'à la douceur de verser des larmes. Parlez quelquefois de moi, et parlez souvent d'Isménie ; souvenez-vous du plus beau nœud que le ciel ait jamais formé ; souvenez-vous de celle qui aurait fait le bonheur de notre vie ; recevez mes derniers adieux. » Il se plongea un poignard dans le sein. « Je meurs, dit-il, comme est morte Isménie. »

LE TEMPLE DE GNIDE

Ce petit conte ou poème à l'antique — que Montesquieu a néanmoins appelé «roman[1]*» et qu'il désigne ici comme «poème» —, fut paradoxalement la plus souvent éditée et la plus souvent traduite de ses œuvres, surtout après sa mort. On dit généralement que cet ouvrage dit «érotique», mais doté d'un privilège qui lui donnait un statut parfaitement officiel, ne connut qu'un succès médiocre; mais si, quelques jours seulement après la publication*[2]*, le libraire se plaint de n'avoir vendu que six cents exemplaires sur les deux mille imprimés (ce qui correspond à un tirage important pour l'époque), c'est sans doute qu'il espérait un succès aussi foudroyant que celui des* Lettres persanes, *renforcé par les aspects libertins de l'ouvrage, tout aussi anonyme que le premier, et sans doute aussi parce qu'il se justifiait ainsi de ne pas payer son dû à l'auteur. En fait il en était d'ores et déjà fort question*

1. *Pensées*, nº 1438.
2. Celle-ci intervint durant la Semaine sainte, ce qui fit scandale, selon Mathieu Marais (voir C. Volpilhac-Auger, *Montesquieu*, Paris, Presses de l'Université de Paris-Sorbonne, coll. «Mémoire de la critique», 2003, p. 51). Toutes nos citations critiques renvoient à cet ouvrage, abrégé en *Mémoire de la critique*.

à la cour[1]*, et l'ouvrage (dont Montesquieu refusait obstinément de s'avouer l'auteur) allait d'autant plus être à la mode que son inspiratrice ne devait pas tarder à en révéler le « secret ».*

Le « temple », genre poétique hérité de la Renaissance, est l'immortalisation d'un endroit et de l'idée qu'il représente : ici, Vénus dans son temple en un lieu consacré et un amour idéalisé. Le Temple de Gnide, *suivi du petit « conte »* Céphise et l'Amour, *relève de la littérature de salon, voire d'une galanterie un peu libertine. Et le « secret » de l'ouvrage, que l'abbé Ottaviano di Guasco disait tenir de l'auteur lui-même, serait celui-ci : « C'était une idée à laquelle la société de Mlle de Clermont, princesse du sang, qu'il avait l'honneur de fréquenter, avait donné occasion, sans d'autre but que de faire une peinture poétique de la volupté*[2]*. » Est-ce une raison pour en faire un roman à clefs, comme l'ont cru certains ? Cela n'en enrichirait guère le sens. Il suffit d'y voir, malgré la préface qui le désigne comme « traduit du grec*[3] *», un divertissement témoignant des liens étroits entre Montesquieu et la*

1. Tout cela est rapporté, curieusement, par un ami de Montesquieu, l'oratorien jansénisant Desmolets (lettre du 23 avril 1725, *Mémoire de la critique*, p. 53-54), qui servit d'intermédiaire avec l'éditeur parisien Simart, lui aussi proche des jansénistes. *Le Temple de Gnide* allait être très vite republié dans un périodique d'Amsterdam, la *Bibliothèque française* de 1724 (*Mémoire de la critique*, p. 82-127), parue en fait en 1725, *après* la publication parisienne chez Simart (voir *OC*, t. VIII, p. 349-350) ; il y était d'ores et déjà attribué à l'auteur des *Lettres persanes*.

2. *Lettres de Monsieur de Montesquieu à divers amis d'Italie*, 1767, Lettre VII (de Montesquieu à Guasco, « de Paris, 1742 »), note, p. 37. Cette haute protection pourrait expliquer l'octroi d'un privilège (qui plus est de huit ans) à un ouvrage considéré comme leste.

3. Cet avertissement a parfois été pris au sérieux, comme le prouve le compte rendu de l'ouvrage dans le *Journal des savants*, qui en dénonce cependant la facticité en y relevant un mauvais goût fort différent de celui de la « belle Antiquité » (*Mémoire de la critique*, p. 55-56).

société parisienne la plus raffinée, et d'un goût personnel pour une Antiquité plus alexandrine que classique, qui lui permet une analyse d'ordre psychologique, voire historique et social, fort éloignée de la simple galanterie.

Gnide ou Cnide (Knidos), ville grecque d'Asie Mineure (aujourd'hui la Turquie), au nord de l'île de Rhodes, sur les côtes de Carie, n'était, comme l'a dit le Journal des Savants *en mai 1725, «pas moins célèbre que Paphos*[1] *». Cela surtout parce que le temple d'Aphrodite qui s'y trouvait abritait une des plus célèbres statues de Praxitèle, comme le remarque Lycinus dans* Les Amours *de Lucien: «Nous résolûmes de relâcher au port de Cnide, pour y voir le temple et la fameuse statue de Vénus, ouvrage dû à l'élégant Praxitèle, et vraiment pleine de* vénusté[2]. *» Comme elle se cachait le sexe de la main, elle fut l'emblème de la Vénus dite «pudique» que le poème célèbre. Il n'en fallait pas plus à Montesquieu pour tisser cette louange des chastes amours des meilleurs disciples de Vénus. Les noms des personnages — Camille, Thémire, Aristhée, etc. — sont empruntés à la tradition mythologique et pastorale remontant à Homère, Virgile, Horace et Ovide.*

On n'en comprend pas moins que Montesquieu se soit toujours défendu d'en être l'auteur. Si les critiques suscitées par les Lettres persanes *ne l'avaient pas rendu plus sage, elles lui avaient fait sentir que certains sujets étaient encore fort délicats pour un homme de «son caractère*[3]*». Ici, non seulement il prétend*

1. *Mémoire de la critique*, p. 49-61.
2. *Les Amours*, dans *Œuvres complètes de Lucien de Samosate*, trad. E. Talbot, Paris, Hachette, 1912, 2 vol., § 11 ; t. I, p. 541.
3. Voir *Lettres persanes*, Introduction, «Folio classique», p. 47.

livrer au public un inédit antique (peut-être y a-t-il quelque ironie dans l'affirmation que l'auteur ne devait pas être « antérieur à Sappho »), mais affirmer qu'un conte tant soit peu érotique ait été trouvé « parmi les livres d'un évêque grec » était un tour déjà quasi voltairien. Là où le « traducteur » voudrait, dans la version de 1742, ne voir que « des idées riantes, une certaine magnificence dans les descriptions, et de la naïveté dans les sentiments », le lecteur va tout de même trouver des suggestions un peu fortes, surtout dans « un livre certainement fait pour » les jeunes gens, alors que Mathieu Marais y voit « des obscénités à demi-nues », des « ordures ». Alors, Montesquieu pornographe ?

Constatons d'entrée de jeu que le format des sept chants est beaucoup moins uniforme que ne le prétend le compte rendu du Journal des savants. *Le chant I célèbre le culte de Vénus, qui serait pudique sans l'évocation par tableaux de son propre adultère et d'une prostitution sacrée. Le narrateur, amoureux de Thémire, est introduit dans le poème à la fin du même chant. Le second raconte brièvement comment Vénus répond aux divers suppliants qui se présentent dans son « antre sacré » : la coquette « perfide », la courtisane, le riche, le berger sincère, enfin le narrateur lui-même, qui intègre sa propre histoire d'amour au récit général.*

Le thème du chant III est un prix de beauté décerné par Vénus, à l'instar du prix qu'elle remporta autrefois auprès de Pâris. S'y présentent des groupes de jeunes filles qui représentent divers types de beauté selon leur région d'origine (y compris celles de Lesbos, attirées les unes par les autres), toutes désireuses de se voir célébrées par un applaudissement général : « Il n'y a point de pays dans l'univers où une belle ne reçoive des hommages, mais il n'y a que les plus grands hommages qui puissent apaiser l'ambition d'une belle.» Certes Thémire sera couronnée ; mais la réunion des belles de l'univers entier permet d'évoquer la «manière particulière» qu'a chaque peuple «d'exprimer sa pudeur» : «là on rougissait de ce qu'ici on appelait bienséance». Montesquieu recueillera plus tard, dans les Pensées[1]*, les fragments d'une* Histoire de la jalousie *qu'il a manifestement utilisée en partie ici.*

*C'est au chant IV, avec la peinture de Sybaris, que l'amour charnel fournit des images plus explicites, tandis que plusieurs îles grecques (la Crète, Lesbos, Lemnos) présentent les formes les plus extrêmes de l'amour. À Sybaris règnent une sensualité à fleur de peau et la mollesse poussée à l'extrême. Paradoxalement, l'excès de la volupté va de pair avec une féminisation des hommes qui réduit au lieu de la rehausser la différence sexuelle ; de même, le plaisir s'estompe plutôt que de s'aiguiser. L'aspiration du narrateur à connaître ailleurs le monde du sentiment, sa révolte contre une lubricité effrénée, sont censées endiguer la séduction exercée sur le lecteur par une éthique si extrême. La condamnation qui frappe ces voluptueux efféminés, si semblables aux petits-maîtres, et ces femmes qui «se livrent au lieu de se rendre» comme tant de libertines, est sans équivoque ; aussi l'*Encyclopédie *reprendra-t-elle intégralement cette peinture des «Sybarites modernes», qui fera ensuite une belle carrière dans les manuels scolaires du* XIXe *siècle, tant il apparaît que la Sybaris ancienne n'est qu'un pré-*

1. Nos 483-509. On relèvera au fil du texte plusieurs rapprochements.

texte à l'évocation de la société contemporaine dépravée issue de la Régence[1].

Le chant V représente la contrepartie du chant IV, l'histoire d'un amour simple qui ignore encore son désir jusqu'à la fin où soudain il se fait jour: «Je désire, lui dis-je, que tu fasses pour moi une faute que l'amour fait faire»... Un classicisme suranné, comme en peinture, couvre bien des audaces. Après l'apogée érotique qui en constitue le centre, le poème revient vers la plaine, avec l'allégorie pure du chant VI. On descend précisément dans l'enfer amoureux, qui est l'antre obscur où la Jalousie, la Furie, Bacchus s'efforcent de dévoyer les amants, de combattre le règne de Vénus non par les vices du corps mais par ceux de l'esprit (et, implicitement, par celui du vin). La jalousie est une épreuve, sur le modèle du roman chevaleresque ou allégorique, d'où nos héros sortiront champions et conquérants.

Mais non conquérants au sens galant, ou pas encore. Le dernier chant franchit un «obstacle», qui est la volonté de résister, mais peut-être pas, en fin de compte, la résistance elle-même, à moins que la récompense de l'amant ne soit une nouvelle fois repoussée, en vertu d'une ambiguïté savamment entretenue...

*

Il est certain que l'on a beaucoup discuté et disputé de l'invention, du genre, des tours, des conve-

1. *Encyclopédie* de D'Alembert et Diderot, 1765, t. XV, p. 710 (article du chevalier de Jaucourt). C'est sans doute la raison pour laquelle le sévère *Journal des savants* retient ce passage comme un des seuls digne d'intérêt (sans qu'il faille entièrement exclure quelque fascination pour cet art de la jouissance...).

nances du Temple de Gnide. *Le jugement nuancé de Mme de Gomez et les opinions qu'elle rapporte dans une* Lettre critique sur « Le Temple de Gnide[1] » *sont instructifs. Pour les dames, « il porte au cœur; il traite avec art, et d'une manière nouvelle, une matière qui plaît toujours ». Pour les gens du monde qui ont « un goût formé », si la lecture n'en « est pas sans danger », « les mouvements du cœur y tiennent le premier rang ». Quant aux savants, il faut leur concéder qu'il « n'a aucun goût d'antiquité » et que le style « est assurément du plus nouveau moderne » :*

> Mais si cet ouvrage n'est point la traduction d'un poème grec, il est du moins un poème en prose française. [...] Le défaut de liaison, le tour un peu forcé, trop de beautés entassées, la trop grande ressemblance de ces mêmes beautés ; voilà, toutes réflexions faites, les seules choses que nous trouvons à redire ; mais indépendamment de ces défauts, c'est un charmant ouvrage.

Le succès durable du Temple de Gnide *tout au long du XVIIIe siècle ne fait pas de doute : outre une longue suite d'éditions dont d'innombrables illustrées, parfois très luxueuses, il fut adapté plusieurs fois en vers et en ballet, sans parler de traductions en anglais, allemand, hollandais, italien, russe, suédois et latin[2]. Qu'on songe à ce dithyrambe publié exactement un siècle plus tard par le poète « gothique » Charles Nodier,*

1. Paris, Pierre Huet, 1725 ; *Mémoire de la critique*, p. 57-61.
2. Voir C.P. Courtney, Bibliographie du *Temple de Gnide*, *OC*, t. VIII, p. 343-388.

nouvellement nommé directeur de la bibliothèque de l'Arsenal :

> Qui pourrait calculer la hauteur de cet immense génie qui s'est élevé dans *L'Esprit des lois* au niveau d'Aristote et de Cicéron, qui a laissé loin de lui Tacite et Machiavel dans le sublime tableau de *La Grandeur et de la Décadence des Romains*, qui a été aussi fin et plus profond que Lucien dans les *Lettres persanes*, aussi vrai que Plutarque, et aussi éloquent que Rousseau dans le *Dialogue d'Eucrate et de Sylla*, et qui serait encore, avec *Le Temple de Gnide*, tout seul, un des esprits les plus brillants du siècle de l'esprit ?
>
> À considérer le style du *Temple de Gnide* comme une simple étude, cet ouvrage sera toujours une des choses les plus achevées qui soient sorties de la main des hommes. Quelle délicatesse dans les idées ! quelle élégance dans le tour ! quel heureux choix dans les expressions ! quelle heureuse variété dans les images ! quel nombre, quelle cadence, quelle pompe, quelle harmonie ! Qu'on s'imagine, et l'on n'imaginera rien de trop, les plus belles pages de l'*Anthologie* traduites avec le goût de Fénelon et l'esprit de Voltaire[1] !

Nous reproduisons le texte de l'édition (dite de « Londres ») de 1742, dernière édition du vivant de l'auteur, avec les principales variantes de l'édition originale de 1725 (Paris, Simart).

1. Ch. Nodier, « Préliminaires sur *Le Temple de Gnide* », Paris, J. Pinard, 1824.

LE TEMPLE DE GNIDE

... non murmura vestra columbæ,
Brachia non hederæ, non vincant oscula conchæ[1].

PRÉFACE DU TRADUCTEUR

Un ambassadeur de France à la Porte ottomane connu par son goût pour les lettres ayant acheté plusieurs manuscrits grecs, il les porta en France. Quelques-uns de ces manuscrits m'étant tombés entre les mains, j'y ai trouvé l'ouvrage dont je donne ici la traduction.

Peu d'auteurs[v1] grecs sont venus jusqu'à nous, soit qu'ils aient péri dans la ruine des bibliothèques, ou par la négligence des familles qui les possédaient.

Nous recouvrons de temps en temps quelques pièces de ces trésors. On a trouvé des ouvrages jusque dans les tombeaux de leurs auteurs ; et ce qui est à peu près la même chose, on a trouvé celui-ci parmi les livres d'un évêque grec.

Ce poème ne ressemble à aucun ouvrage de ce genre que nous ayons.

Cependant les règles que les auteurs des poétiques ont prises dans la nature, s'y trouvent observées.

La description de Gnide qui est dans le premier chant, est d'autant plus heureuse qu'elle fait pour ainsi dire naître le poème ; qu'elle est non pas un ornement du sujet, mais une partie du sujet même : bien différente de ces descriptions que les anciens ont tant blâmées, qui sont étrangères et recherchées : *Purpureus latè qui splendeat unus et alter assuitur pannus*[1].

Les épisodes du second et du troisième chant naissent aussi du sujet ; et le poète s'est conduit avec tant d'art que les ornements de son poème en sont aussi des parties nécessaires.

Il n'y a pas moins d'art dans le quatrième et le cinquième chant. Le poète, qui devait faire réciter à Aristhée l'histoire de ses amours avec Camille, ne fait raconter au fils d'Antiloque ses aventures que jusques au moment qu'il a vu Thémire, afin de mettre de la variété dans les récits.

L'histoire d'Aristhée et de Camille est singulière en ce qu'elle est uniquement une histoire de sentiments.

Le nœud se forme dans le sixième chant ; et le dénouement se fait très heureusement dans le septième, par un seul regard de Thémire.

Le poète n'entre pas dans le détail du raccommodement d'Aristhée et de Camille : il en dit un mot, afin qu'on sache qu'il a été fait ; et il n'en dit pas davantage, pour ne pas tomber dans une uniformité vicieuse.

Le dessein du poème est de faire voir que nous sommes heureux par les sentiments du cœur, et non pas par les plaisirs des sens[2] ; mais que notre bonheur n'est jamais si pur qu'il ne soit troublé par des accidents.

Il faut remarquer que les chants ne sont point distingués dans la traduction : la raison en est que cette distinction ne se trouve pas dans le manuscrit grec, qui est très ancien. On s'est contenté de mettre une note à la marge au commencement de chaque chant[1].

On ne sait ni le nom de l'auteur, ni le temps auquel il a vécu : tout ce qu'on en peut dire, c'est qu'il n'est pas antérieur à Sappho, puisqu'il en parle dans son ouvrage[2].

Quant à ma traduction, elle est fidèle ; j'ai cru que les beautés qui n'étaient point dans mon auteur n'étaient point des beautés ; et j'ai souvent quitté l'expression la moins vive, pour prendre celle qui rendait mieux[v2] sa pensée.

J'ai été encouragé à cette traduction par le succès qu'a eu celle du Tasse[3] : celui qui l'a faite ne trouvera pas mauvais que je coure la même carrière que lui ; il s'y est distingué d'une manière à ne rien craindre de ceux même à qui il a donné le plus d'émulation[4].

Ce petit roman est une espèce de tableau où l'on a peint, avec choix, les objets les plus agréables. Le public y a trouvé des idées riantes, une certaine magnificence dans les descriptions et de la naïveté dans les sentiments.

Il y a trouvé un caractère original qui a fait demander aux critiques quel en était le modèle ; ce qui devient un grand éloge lorsque l'ouvrage n'est pas méprisable d'ailleurs.

Quelques savants n'y ont point reconnu ce qu'ils appellent l'art. Il n'est point, disent-ils, selon les règles. Mais si l'ouvrage a plu, vous verrez que le cœur ne leur a pas dit toutes les règles.

Un homme qui se mêle de traduire ne souffre point patiemment que l'on n'estime pas son auteur autant qu'il le fait, et j'avoue que ces messieurs m'ont mis dans une furieuse colère. Mais je les prie de laisser les jeunes gens juger d'un livre qui, en quelque langue qu'il ait été écrit, a certainement été fait pour eux. Je les prie de ne point les troubler dans leurs décisions. Il n'y a que des têtes bien frisées et bien poudrées qui connaissent tout le mérite du *Temple de Gnide*.

À l'égard du beau sexe, à qui je dois le peu de moments heureux que je puis compter dans ma vie, je souhaite de tout mon cœur que cet ouvrage puisse lui plaire. Je l'adore encore ; et s'il n'est plus l'objet de mes occupations, il l'est de mes regrets.

Que si les gens graves désiraient de moi quelque ouvrage moins frivole, je suis en état de les satisfaire. Il y a trente ans que je travaille à un livre de douze pages, qui doit contenir tout ce que nous savons sur la métaphysique, la politique et la morale, et tout ce que de grands auteurs ont oublié dans les volumes[1] qu'ils ont donnés sur ces sciences-là.

PREMIER CHANT

Vénus préfère le séjour de Gnide à celui de Paphos et d'Amathonte. Elle ne descend point de l'Olympe sans venir parmi les Gnidiens. Elle a tellement accoutumé ce peuple heureux à sa vue qu'il ne sent plus cette horreur sacrée qu'inspire la présence des dieux. Quelquefois elle se couvre d'un nuage, et on la reconnaît à l'odeur divine qui sort de ses cheveux parfumés d'ambroisie.

La ville est au milieu d'une contrée sur laquelle les dieux ont versé leurs bienfaits à pleines mains : on y jouit d'un printemps éternel, la terre heureusement fertile y prévient tous les souhaits, les troupeaux y paissent sans nombre, les vents semblent n'y régner que pour répandre partout l'esprit des fleurs ; les oiseaux y chantent sans cesse : vous diriez que les bois sont harmonieux ; les ruisseaux murmurent dans les plaines, une chaleur douce fait tout éclore, l'air ne s'y respire qu'avec la volupté.

Auprès de la ville est le palais de Vénus : Vulcain lui-même en a bâti les fondements ; il travailla pour son infidèle, quand il voulut lui faire oublier le cruel affront qu'il lui fit devant les dieux[1].

Il me serait impossible de donner une idée des charmes de ce palais ; il n'y a que les Grâces qui puissent décrire les choses qu'elles ont faites. L'or, l'azur, les rubis, les diamants y brillent de toutes parts ; mais j'en peins les richesses, et non pas les beautés.

Les jardins en sont enchantés : Flore et Pomone en ont pris soin, leurs nymphes les cultivent, les fruits y renaissent sous la main qui les cueille ; les fleurs succèdent aux fruits. Quand Vénus s'y promène, entourée de ses Gnidiennes, vous diriez que dans leurs jeux folâtres elles vont détruire ces jardins délicieux ; mais par une vertu secrète, tout se répare en un instant.

Vénus aime à voir les danses naïves des filles de Gnide ; ses nymphes se confondent avec elles : la déesse prend part à leurs jeux, elle se dépouille de sa majesté ; assise au milieu d'elles, elle voit régner dans leurs cœurs la joie et l'innocence.

On découvre de loin une grande prairie, toute parée de l'émail des fleurs ; le berger vient les cueillir avec sa bergère : mais celle qu'elle a trouvée est toujours la plus belle, et il croit que Flore l'a faite exprès.

Le fleuve Céphée[2] arrose cette prairie et y fait mille détours. Il arrête les bergères fugitives : il faut qu'elles donnent le tendre baiser qu'elles avaient promis.

Lorsque les nymphes approchent de ses bords, il

s'arrête; et ses flots qui fuyaient trouvent des flots qui ne fuient plus. Mais lorsqu'une d'elles se baigne, il est plus amoureux encore: ses eaux tournent autour d'elle; quelquefois il se soulève pour l'embrasser mieux; il l'enlève, il fuit, il l'entraîne. Ses compagnes timides commencent à pleurer: mais il la soutient sur ses flots; et charmé d'un fardeau si cher, il la promène sur sa plaine liquide jusqu'à ce qu'enfin désespéré de la quitter, il la porte lentement sur le rivage et console ses compagnes[1].

À côté de la prairie est un bois de myrte[2] dont les routes font mille détours. Les amants y viennent se conter leurs peines: l'amour, qui les amuse[3], les conduit par des routes toujours plus secrètes.

Non loin de là est un bois antique et sacré où le jour n'entre qu'à peine: des chênes, qui semblent immortels, portent au ciel une tête qui se dérobe aux yeux. On y sent une frayeur religieuse[4]: vous diriez que c'était la demeure des dieux lorsque les hommes n'étaient pas encore sortis de la terre.

Quand on a trouvé la lumière du jour, on monte une petite colline sur laquelle est le temple de Vénus: l'univers n'a rien de plus saint ni de plus sacré que ce lieu.

Ce fut dans ce temple que Vénus vit pour la première fois Adonis; le poison coula au cœur de la déesse. « Quoi, dit-elle, j'aimerais un mortel! hélas, je sens que je l'adore: qu'on ne m'adresse plus de vœux; il n'y a plus à Gnide d'autre dieu qu'Adonis. »

Ce fut dans ce lieu qu'elle appela les Amours lorsque, piquée d'un défi téméraire, elle les consulta avec les Grâces. Elle était en doute si elle s'exposerait nue aux regards du berger troyen[5]: elle cacha sa ceinture sous ses cheveux; ses nymphes la parfumèrent ; elle monta sur son char traîné par des cygnes et arriva dans la Phrygie. Le berger balançait entre Junon et Pallas ; il la vit, et ses regards errèrent et moururent : la pomme d'or tomba aux pieds de la déesse ; il voulut parler, et son désordre décida.

Ce fut dans ce temple que la jeune Psyché vint avec sa mère lorsque l'Amour, qui volait autour des lambris dorés, fut surpris lui-même par un de ses regards. Il sentit tous les maux qu'il fait souffrir. « C'est ainsi, dit-il, que je blesse ; je ne puis soutenir mon arc ni mes flèches. » Il tomba sur le sein de Psyché : « Ah ! dit-il, je commence à sentir que je suis le dieu des plaisirs. »

Lorsqu'on entre dans ce temple, on sent dans le cœur un charme secret qu'il est impossible d'exprimer : l'âme est saisie de ces ravissements que les dieux ne sentent eux-mêmes que lorsqu'ils sont dans la demeure céleste.

Tout ce que la nature a de riant est joint à tout ce que l'art a pu imaginer de plus noble et de plus digne des dieux.

Une main, sans doute immortelle, l'a partout orné de peintures qui semblent respirer. On y voit la naissance de Vénus, le ravissement des dieux qui la virent, son embarras de se voir toute nue, et cette pudeur qui est la première des grâces.

On y voit les amours de Mars et de la déesse. Le peintre a représenté le dieu sur son char, fier et même terrible ; la renommée vole autour de lui ; la peur et la mort marchent devant ses coursiers couverts d'écume ; il entre dans la mêlée, et une poussière épaisse commence à le dérober. D'un autre côté, on le voit couché languissamment sur un lit de roses : il sourit à Vénus ; vous ne le reconnaissez qu'à quelques traits divins qui restent encore. Les Plaisirs font des guirlandes dont ils lient les deux amants : leurs yeux semblent se confondre ; ils soupirent, et attentifs l'un à l'autre, ils ne regardent pas les Amours qui se jouent autour d'eux.

Il y a un appartement séparé où le peintre a représenté les noces de Vénus et de Vulcain : toute la cour céleste y est assemblée ; le dieu paraît moins sombre mais aussi pensif qu'à l'ordinaire. La déesse regarde d'un air froid la joie commune ; elle lui donne négligemment une main qui semble se dérober ; elle retire de dessus lui des regards qui portent à peine[1] et se tourne du côté des Grâces.

Dans un autre tableau, on voit Junon qui fait la cérémonie du mariage. Vénus prend la coupe pour jurer à Vulcain une fidélité éternelle ; les dieux sourient et Vulcain l'écoute avec plaisir.

De l'autre côté, on voit le dieu impatient qui entraîne sa divine épouse ; elle fait tant de résistance que l'on croirait que c'est la fille de Cérès que Pluton va ravir, si l'œil qui voit Vénus pouvait jamais se tromper.

Plus loin de là, on le voit qui l'enlève pour l'emporter sur le lit nuptial. Les dieux suivent en foule : la déesse se débat, et veut échapper des bras qui la tiennent ; sa robe fuit ses genoux, la toile vole ; mais Vulcain répare ce beau désordre, plus attentif à la cacher qu'ardent à la ravir.

Enfin on le voit qui vient de la poser sur le lit que l'hymen a préparé : il l'enferme dans les rideaux, et il croit l'y tenir pour jamais. La troupe importune se retire ; il est charmé de la voir s'éloigner. Les déesses jouent entre elles, mais les dieux paraissent tristes ; et la tristesse de Mars a quelque chose d'aussi sombre que la noire jalousie[2].

Charmée de la magnificence de son temple, la déesse elle-même y a voulu établir son culte : elle en a réglé les cérémonies, institué les fêtes ; et elle y est en même temps la divinité et la prêtresse.

Le culte qu'on lui rend presque par toute la terre est plutôt une profanation qu'une religion. Elle a des temples où toutes les filles de la ville se prostituent en son honneur et se font une dot des profits de leur dévotion. Il y en a d'autres où chaque femme mariée va une fois en sa vie se donner à celui qui la choisit, et jette dans le sanctuaire l'argent qu'elle a reçu. Il y en a d'autres où les courtisanes de tous les pays, plus honorées que les matrones, vont porter leurs offrandes. Il y en a enfin où les hommes se font eunuques et s'habillent en femme pour servir dans le sanctuaire, consacrant à la déesse et le sexe qu'ils n'ont plus et celui qu'ils ne peuvent pas avoir[1].

Mais elle a voulu que le peuple de Gnide eût un culte plus pur et lui rendît des honneurs plus dignes d'elle. Là les sacrifices sont des soupirs, et les offrandes un cœur tendre. Chaque amant adresse ses vœux à sa maîtresse, et Vénus les reçoit pour elle.

Partout où se trouve la beauté, on l'adore comme Vénus même : car la beauté est aussi divine qu'elle.

Les cœurs amoureux viennent dans le temple demander à la déesse de les attendrir encore[v3].

Ceux qui sont accablés des rigueurs de leur maîtresse viennent soupirer dans le temple : ils sentent diminuer leurs tourments et entrer dans leur cœur la flatteuse espérance.

La déesse qui a promis de faire le bonheur des vrais amants le mesure toujours à leurs peines.

La jalousie est une passion qu'on peut avoir, mais qu'on doit taire. On adore en secret les caprices de sa maîtresse comme on adore les décrets des dieux, qui deviennent plus justes lorsqu'on ose s'en plaindre.

On met au rang des faveurs divines le feu, les transports de l'amour et la fureur même, car moins on est maître de son cœur, plus il est à la déesse.

Ceux qui n'ont point donné leur cœur sont des profanes, qui ne peuvent pas entrer dans le temple : ils adressent de loin leurs vœux à la déesse et lui demandent de les délivrer de cette liberté qui n'est qu'une impuissance de former des désirs.

La déesse inspire aux filles de la modestie ; cette qualité charmante donne un nouveau prix à tous les trésors qu'elle cache[v4].

Mais jamais dans ces lieux fortunés elles n'ont rougi d'une passion sincère, d'un sentiment naïf, d'un aveu tendre.

Le cœur fixe toujours lui-même le moment auquel il doit se rendre ; mais c'est une profanation de se rendre sans aimer.

L'Amour est attentif à la félicité des Gnidiens : il choisit les traits dont il les blesse. Lorsqu'il voit une amante affligée, accablée des rigueurs d'un amant, il prend une flèche trempée dans les eaux du fleuve d'oubli[1]. Quand il voit deux amants qui commencent à s'aimer, il tire sans cesse sur eux de nouveaux traits. Quand il en voit dont l'amour s'affaiblit, il le fait soudain renaître, ou mourir : car il épargne toujours les derniers jours d'une passion languissante ; on ne passe point par les dégoûts[2] avant de cesser d'aimer, mais de plus grandes douceurs font oublier les moindres.

L'Amour a ôté de son carquois les traits cruels dont il blessa Phèdre et Ariane, qui, mêlés d'amour et de haine, servent à montrer sa puissance comme la foudre sert à faire connaître l'empire de Jupiter.

À mesure que le dieu donne le plaisir d'aimer, Vénus y joint le bonheur de plaire[v5].

Les filles entrent chaque jour dans le sanctuaire pour faire leur prière à Vénus. Elles y expriment des sentiments naïfs[1] comme le cœur qui les fait naître. « Reine d'Amathonte, disait une d'elles, ma flamme pour Thirsis est éteinte : je ne te demande pas de me rendre mon amour, fais seulement qu'Ixiphile m'aime[2]. »

Une autre disait tout bas : « Puissante déesse, donne-moi la force de cacher quelque temps mon amour à mon berger, pour augmenter le prix de l'aveu que je veux lui en faire. »

« Déesse de Cythère, disait une autre, je cherche la solitude ; les jeux de mes compagnes ne me plaisent plus : j'aime peut-être. Ah ! si j'aime quelqu'un, ce ne peut être que Daphnis. »

Dans les jours de fêtes les filles et les jeunes garçons viennent réciter des hymnes en l'honneur de Vénus ; souvent ils chantent sa gloire en chantant leurs amours.

Un jeune Gnidien qui tenait par la main sa maîtresse chantait ainsi : « Amour, lorsque tu vis Psyché, tu te blessas sans doute des mêmes traits dont tu viens de blesser mon cœur ; ton bonheur n'était pas différent du mien, car tu sentais mes feux et moi j'ai senti tes plaisirs. »

J'ai vu tout ce que je décris. J'ai été à Gnide ; j'y ai vu Thémire, et je l'ai aimée ; je l'ai vue encore, et je l'ai aimée davantage. Je resterai toute ma vie à Gnide avec elle, et je serai le plus heureux des mortels[v6].

Nous irons dans le temple, et jamais il n'y sera

entré un amant si fidèle ; nous irons dans le palais de Vénus, et je croirai que c'est le palais de Thémire ; j'irai dans la prairie, et je cueillerai des fleurs que je mettrai sur son sein : peut-être que je pourrai la conduire dans le bocage[1] où tant de routes vont se confondre ; et quand elle sera égarée[v7], je lui donnerai un baiser, et ce baiser me rendra si hardi... L'Amour qui m'inspire me défend de révéler ses mystères.

SECOND CHANT

Il y a à Gnide un antre sacré que les nymphes habitent, où la déesse rend ses oracles ; la terre ne mugit point sous les pieds, les cheveux ne se dressent point sur la tête ; il n'y a point de prêtresses comme à Delphes, où Apollon agite la Pythie ; mais Vénus elle-même écoute les mortels sans se jouer de leurs espérances ni de leurs craintes.

Une coquette de l'île de Crète était venue à Gnide ; elle marchait entourée de tous les jeunes Gnidiens ; elle souriait à l'un, parlait à l'oreille à l'autre, soutenait son bras sur un troisième, criait à deux autres de la suivre. Elle était belle et parée avec art ; le son de sa voix était imposteur comme ses yeux. Ô ciel, que d'alarmes ne causa-t-elle point aux vraies amantes ! Elle se présenta à l'oracle aussi fière que les déesses ; mais soudain nous entendîmes une voix qui sortit du sanctuaire : « Perfide, comment oses-tu porter tes artifices jusque dans les lieux où je règne avec la candeur ? Je vais te punir d'une manière cruelle : je t'ôterai tes charmes, mais je te laisserai le cœur comme il est ; tu appelleras tous les hommes que tu verras, ils te fuiront comme une ombre plaintive et tu mourras accablée de refus et de mépris. »

Une courtisane de Naucratis vint ensuite, toute brillante des dépouilles de ses amants : « Va, dit la déesse, tu te trompes si tu crois faire la gloire de mon empire : ta beauté fait voir qu'il y a des plaisirs, mais elle ne les donne pas ; ton cœur est comme le fer, et quand tu verrais mon fils même, tu ne saurais l'aimer. Va prodiguer tes faveurs aux hommes lâches qui les demandent et qui s'en dégoûtent, va leur montrer des charmes que l'on voit soudain et que l'on perd pour toujours : tu n'es propre qu'à faire mépriser ma puissance. »

Quelque temps après vint un homme riche qui levait les tributs du roi de Lydie. « Tu me demandes, dit la déesse, une chose que je ne saurais faire, quoique je sois la déesse de l'amour. Tu achètes des beautés pour les aimer, mais tu ne les aimes pas, parce que tu les achètes, tes trésors ne seront point inutiles : ils serviront à te dégoûter de tout ce qu'il y a de plus charmant dans la nature. »

Un jeune homme de Doride, nommé Aristhée, se présenta ensuite : il avait vu à Gnide la charmante Camille ; il en était éperdument amoureux. Il sentait tout l'excès de son amour, et il venait demander à Vénus qu'il pût l'aimer davantage.

« Je connais ton cœur, lui dit la déesse ; tu sais aimer, j'ai trouvé Camille digne de toi. J'aurais pu la donner au plus grand roi du monde, mais les rois la méritent moins que les bergers. »

Je parus ensuite avec Thémire. La déesse me dit : « Il n'y a point dans mon empire de mortel qui me soit plus soumis que toi ; mais que veux-tu que je fasse ? Je ne saurais te rendre plus amoureux, ni Thémire plus charmante.

— Ah ! lui dis-je, grande déesse, j'ai mille grâces à vous demander : faites que Thémire ne pense qu'à moi, qu'elle ne voie que moi, qu'elle se réveille en songeant à moi, qu'elle craigne de me perdre quand je suis présent, qu'elle m'espère dans mon absence ; que toujours charmée de me voir, elle regrette encore tous les moments qu'elle a passés sans moi. »

TROISIÈME CHANT

Il y a à Gnide des jeux sacrés qui se renouvellent tous les ans : les femmes y viennent de toutes parts disputer le prix de la beauté. Là les bergères sont confondues avec les filles des rois, car la beauté seule y porte les marques de l'empire. Vénus y préside elle-même ; elle décide sans balancer, elle sait bien quelle est la mortelle heureuse, qu'elle a le plus favorisée.

Hélène remporta ce prix plusieurs fois : elle triompha lorsque Thésée l'eut ravie ; elle triompha lorsqu'elle eut été enlevée par le fils de Priam ; elle triompha enfin lorsque les dieux l'eurent rendue à Ménélas après dix ans d'espérance : ainsi ce prince, au jugement de Vénus même, se vit aussi heureux époux que Thésée et Pâris avaient été heureux amants [1].

Il vint trente filles de Corinthe, dont les cheveux tombaient à grosses boucles sur les épaules. Il en vint dix de Salamine, qui n'avaient encore vu que treize fois le cours du soleil [2]. Il en vint quinze de l'île de Lesbos, et elles se disaient l'une à l'autre : « Je me sens tout émue ; il n'y a rien de si charmant que vous : si Vénus vous voit des mêmes yeux que moi, elle vous couronnera au milieu de toutes les beautés de l'univers[1]. »

Il vint cinquante femmes de Milet. Rien n'approchait de la blancheur de leur teint et de la régularité de leurs traits ; tout faisait voir ou promettait un beau corps ; et les dieux qui les formèrent n'auraient rien fait de plus digne d'eux, s'ils n'avaient plus cherché à leur donner des perfections que des grâces.

Il vint cent femmes de l'île de Chypre. « Nous avons, disaient-elles, passé notre jeunesse dans le temple de Vénus, nous lui avons consacré notre virginité et notre pudeur même ; nous ne rougissons point de nos charmes : nos manières, quelquefois hardies et toujours libres, doivent nous donner de l'avantage sur une pudeur qui s'alarme sans cesse. »

Je vis les filles de la superbe Lacédémone : leur robe était ouverte par les côtés depuis la ceinture de la manière la plus immodeste ; et cependant elles faisaient les prudes et soutenaient qu'elles ne violaient la pudeur que par amour pour la patrie[2].

Mer fameuse par tant de naufrages, vous savez conserver des dépôts précieux ! Vous vous calmâtes lorsque le navire Argo porta la Toison d'or sur votre plaine liquide ; et lorsque cinquante beautés sont parties de Colchos[3] et se sont confiées à vous, vous vous êtes courbée sous elles.

Je vis aussi Oriane[4] semblable aux déesses ; toutes les beautés de Lydie entouraient leur reine. Elle avait envoyé devant elle cent jeunes filles, qui avaient présenté à Vénus une offrande de deux cents talents. Candaule[5] était venu lui-même, plus distingué par son amour que par la pourpre royale ; il passait les jours et les nuits à dévorer de ses regards les charmes d'Oriane : ses yeux erraient sur son beau corps, et ses yeux ne se lassaient jamais. « Hélas ! disait-il, je suis heureux, mais c'est une chose qui n'est sue que de Vénus et de moi ; mon bonheur serait plus grand s'il donnait de l'envie ! Belle reine, quittez ces vains ornements ; faites tomber cette toile importune, montrez-vous à l'univers ; laissez le prix de la beauté, et demandez des autels. »

Auprès de là étaient vingt Babyloniennes : elles avaient des robes de pourpre brodées d'or ; elles croyaient que leur luxe augmentait leur prix. Il y en avait qui portaient, pour preuve de leur beauté, les richesses qu'elle leur avait fait acquérir[1].

Plus loin je vis cent femmes d'Égypte qui avaient les yeux et les cheveux noirs ; leurs maris étaient auprès d'elles, et ils disaient : « Les lois nous soumettent à vous en l'honneur d'Isis[2] : mais votre beauté a sur nous un empire plus fort que celui des lois ; nous vous obéissons avec le même plaisir que l'on obéit aux dieux ; nous sommes les plus heureux esclaves de l'univers. Le devoir vous répond de notre fidélité, mais il n'y a que l'amour qui puisse nous promettre la vôtre.

» Soyez moins sensibles à la gloire que vous acquerrez à Gnide qu'aux hommages que vous pouvez trouver dans votre maison, auprès d'un mari tranquille, qui pendant que vous vous occupez des affaires du dehors, doit attendre dans le sein de votre famille le cœur que vous lui rapportez. »

Il vint des femmes de cette ville puissante qui envoie ses vaisseaux au bout de l'univers ; les ornements fatiguaient leur tête superbe : toutes les parties du monde semblaient avoir contribué à leur parure.

Dix beautés vinrent des lieux où commence le jour ; elles étaient filles de l'Aurore et pour la voir elles se levaient tous les jours avant elle. Elles se plaignaient du Soleil, qui faisait disparaître leur mère ; elles se plaignaient de leur mère, qui ne se montrait à elles que comme au reste des mortels.

Je vis sous une tente une reine d'un peuple des Indes : elle était entourée de ses filles, qui déjà faisaient espérer les charmes de leur mère ; des eunuques la servaient, et leurs yeux regardaient la terre[v8], car depuis qu'ils avaient respiré l'air de Gnide, ils avaient senti redoubler leur affreuse mélancolie[1].

Les femmes de Cadix, qui sont aux extrémités de la terre[2], disputèrent aussi le prix. Il n'y a point de pays dans l'univers où une belle ne reçoive des hommages, mais il n'y a que les plus grands hommages qui puissent apaiser l'ambition d'une belle.

Les filles de Gnide parurent ensuite : belles sans ornement, elles avaient des grâces au lieu de perles et de rubis. On ne voyait sur leur tête que les présents de Flore, mais ils y étaient plus dignes des embrassements de Zéphyr. Leur robe n'avait d'autre mérite que celui de marquer une taille[3] charmante et d'avoir été filée de leurs propres mains.

Parmi toutes ces beautés, on ne vit point la jeune Camille ; elle avait dit : « Je ne veux point disputer le prix de la beauté, il me suffit que mon cher Aristhée me trouve belle. »

Diane rendait ces jeux célèbres par sa présence. Elle n'y venait point disputer le prix, car les déesses ne se comparent point aux mortelles. Je la vis seule, elle était belle comme Vénus ; je la vis auprès de Vénus, elle n'était plus que Diane.

Il n'y eut jamais un si grand spectacle : les peuples étaient séparés des peuples, les yeux erraient de pays en pays, depuis le couchant jusqu'à l'aurore ; il semblait que Gnide fût tout l'univers.

Les dieux ont partagé la beauté entre les nations comme la nature l'a partagée entre les déesses. Là on voyait la beauté fière de Pallas, ici la grandeur et la majesté de Junon, plus loin la simplicité de Diane, la délicatesse de Thétis, le charme des Grâces, et quelquefois le sourire de Vénus.

Il semblait que chaque peuple eût une manière particulière d'exprimer sa pudeur et que toutes ces femmes voulussent se jouer des yeux : car les unes découvraient la gorge et cachaient leurs épaules, les autres montraient les épaules et couvraient la gorge ; celles qui vous dérobaient le pied vous payaient par d'autres charmes, et là on rougissait de ce qu'ici on appelait bienséance[1].

Les dieux sont si charmés de Thémire qu'ils ne la regardent jamais sans sourire de leur ouvrage. De toutes les déesses il n'y a que Vénus qui la voie avec plaisir et que les dieux ne raillent point d'un peu de jalousie[2].

Comme on remarque une rose au milieu des fleurs qui naissent dans l'herbe, on distingua Thémire de tant de belles : elles n'eurent pas le temps d'être ses rivales ; elles furent vaincues avant de la craindre. Dès qu'elle parut, Vénus ne regarda qu'elle. Elle appela les Grâces : « Allez la couronner, leur dit-elle ; de toutes les beautés que je vois, c'est la seule qui vous ressemble. »

QUATRIÈME CHANT

Pendant que Thémire était occupée avec ses compagnes au culte de la déesse, j'entrai dans un bois solitaire ; j'y trouvai le tendre Aristhée. Nous nous étions vus le jour que nous allâmes consulter l'oracle, c'en fut assez pour nous engager à nous entretenir : car Vénus met dans le cœur, en la présence d'un habitant de Gnide, le charme secret que trouvent deux amis lorsqu'après une longue absence ils sentent dans leurs bras le doux objet de leurs inquiétudes.

Ravis l'un de l'autre, nous sentîmes que notre cœur se donnait ; il semblait que la tendre amitié était descendue du ciel pour se replacer au milieu de nous. Nous nous racontâmes mille choses de notre vie ; voici à peu près ce que je lui dis :

« Je suis né à Sybaris, où mon père Antiloque était prêtre de Vénus. On ne met point dans cette ville de différence entre les voluptés et les besoins : on bannit tous les arts qui pourraient troubler un sommeil tranquille, on donne des prix aux dépens du public à ceux qui peuvent découvrir des voluptés nouvelles ; les citoyens ne se souviennent que des bouffons qui les ont divertis et ont perdu la mémoire des magistrats qui les ont gouvernés.

» On y abuse de la fertilité du terroir, qui y produit une abondance éternelle, et les faveurs des dieux sur Sybaris ne servent qu'à encourager le luxe et à flatter la mollesse.

» Les hommes sont si efféminés, leur parure est si semblable à celle des femmes, ils composent si bien leur teint, ils se frisent avec tant d'art, ils emploient tant de temps à se corriger à leur miroir qu'il semble qu'il n'y ait qu'un sexe dans toute la ville.

» Les femmes se livrent au lieu de se rendre[1] ; chaque jour voit finir les désirs et les espérances de chaque jour ; on ne sait ce que c'est que d'aimer et d'être aimé, on n'est occupé que de ce qu'on appelle si faussement jouir.

» Les faveurs n'y ont que leur réalité propre ; et toutes ces circonstances qui les accompagnent si bien, tous ces riens qui sont d'un si grand prix, ces engagements qui paraissent toujours plus grands, ces petites choses qui valent tant, tout ce qui prépare un heureux moment, tant de conquêtes au lieu d'une, tant de jouissances avant la dernière[1], tout cela est inconnu à Sybaris.

» Encore si elles avaient la moindre modestie, cette faible image de la vertu pourrait plaire ; mais non, les yeux sont accoutumés à tout voir et les oreilles à tout entendre.

» Bien loin que la multiplicité des plaisirs donne aux Sybarites plus de délicatesse, ils ne peuvent plus distinguer un sentiment d'avec un sentiment.

» Ils passent leur vie dans une joie purement extérieure : ils quittent un plaisir qui leur déplaît pour un plaisir qui leur déplaira encore ; tout ce qu'ils imaginent est un nouveau sujet de dégoût[2].

» Leur âme, incapable de sentir les plaisirs, semble n'avoir de délicatesse que pour les peines : un citoyen fut fatigué toute une nuit d'une rose qui s'était repliée dans son lit.

» La mollesse a tellement affaibli leurs corps qu'ils ne sauraient remuer les moindres fardeaux ; ils peuvent à peine se soutenir sur leurs pieds, les voitures les plus douces les font évanouir[3] ; lorsqu'ils sont dans les festins, l'estomac leur manque à tous les instants.

» Ils passent leur vie sur des sièges renversés[4] sur lesquels ils sont obligés de se reposer tout le jour, sans s'être fatigués ; ils sont brisés quand ils vont languir ailleurs.

» Incapables de porter le poids des armes, timides

devant leurs concitoyens, lâches devant les étrangers, ils sont des esclaves tout prêts pour le premier maître.

» Dès que je sus penser, j'eus du dégoût pour la malheureuse Sybaris. J'aime la vertu et j'ai toujours craint les dieux immortels. "Non, disais-je, je ne respirerai pas plus longtemps cet air empoisonné ; tous ces esclaves de la mollesse sont faits pour vivre dans leur patrie, et moi pour la quitter."

» J'allai pour la dernière fois au temple et, m'approchant des autels où mon père avait tant de fois sacrifié : "Grande déesse, dis-je à haute voix, j'abandonne ton temple, et non pas ton culte ; en quelque lieu de la terre que je sois, je ferai fumer pour toi de l'encens, mais il sera plus pur que celui qu'on t'offre à Sybaris."

» Je partis et j'arrivai en Crète. Cette île est toute pleine des monuments de la fureur de l'amour. On y voit le taureau d'airain, ouvrage de Dédale, pour tromper ou pour satisfaire les égarements de Pasiphaé, le labyrinthe dont l'amour seul sut éluder l'artifice[1], le tombeau de Phèdre, qui étonna le Soleil[2] comme avait fait sa mère ; et le temple d'Ariane qui, désolée dans les déserts, abandonnée par un ingrat[3], ne se repentait pas encore de l'avoir suivi.

» On y voit le palais d'Idoménée, dont le retour ne fut pas plus heureux que celui des autres capitaines grecs[4] : car ceux qui échappèrent aux dangers d'un élément colère, trouvèrent leur maison plus funeste encore. Vénus irritée leur fit embrasser des épouses perfides, et ils moururent de la main qu'ils croyaient la plus chère[5].

» Je quittai cette île si odieuse à une déesse qui devait faire quelque jour la félicité de ma vie.

» Je me rembarquai, et la tempête me jeta à Lesbos. C'est encore une île peu chérie de Vénus : elle a ôté la pudeur du visage des femmes, la faiblesse de leur corps, et la timidité de leur âme. Grande Vénus, laisse brûler les femmes de Lesbos d'un feu légitime ; épargne à la nature humaine tant d'horreur[1] ! Mitylène est la capitale de Lesbos, c'est la patrie de la tendre Sappho. Immortelle comme les Muses, cette fille infortunée brûle d'un feu qu'elle ne peut éteindre. Odieuse à elle-même, trouvant ses ennuis dans ses charmes, elle hait son sexe et le cherche toujours. "Comment, dit-elle, une flamme si vaine peut-elle être si cruelle ! Amour, tu es cent fois plus redoutable quand tu te joues, que quand tu t'irrites !"

» Enfin je quittai Lesbos et le sort me fit trouver une île plus profane encore : c'était celle de Lemnos. Vénus n'y a point de temple, jamais les Lemniens ne lui adressèrent de vœux : "Nous rejetons, disent-ils, un culte qui amollit les cœurs." La déesse les en a souvent punis, mais sans expier leur crime, ils en portent la peine, toujours plus impies à mesure qu'ils sont plus affligés[2].

» Je me remis en mer, cherchant toujours quelque terre chérie des dieux : les vents me portèrent à Délos. Je restai quelques mois dans cette île sacrée ; mais soit que les dieux nous préviennent[3] quelquefois sur ce qui nous arrive, soit que notre âme retienne de la divinité dont elle est émanée quelque faible connaissance de l'avenir, je sentis que mon destin, que mon bonheur même m'appelaient dans un autre pays[v9].

» Une nuit que j'étais dans cet état tranquille où l'âme plus à elle-même semble être délivrée de la chaîne qui la tient assujettie, il m'apparut — je ne sus pas d'abord si c'était une mortelle ou une déesse. Un charme secret était répandu sur toute sa personne : elle n'était point belle comme Vénus, mais elle était ravissante comme elle ; tous ses traits n'étaient point réguliers, mais ils enchantaient tous ensemble ; vous n'y trouviez point ce qu'on admire, mais ce qui pique. Ses cheveux tombaient négligemment sur ses épaules, mais cette négligence était heureuse ; sa taille était charmante, elle avait cet air que la nature donne seule et dont elle cache le secret aux peintres mêmes. Elle vit mon étonnement, elle en sourit. Dieux, quel souris ! "Je suis, me dit-elle d'une voix qui pénétrait le cœur, la seconde des Grâces[1] : Vénus qui m'envoie veut te rendre heureux[2] ; mais il faut que tu ailles l'adorer dans son temple de Gnide." Elle fuit, mes bras la suivirent, mon songe s'envola avec elle, et il ne me resta qu'un doux regret de ne la plus voir, mêlé du plaisir de l'avoir vue.

» Je quittai donc l'île de Délos ; j'arrivai à Gnide, et je puis dire que d'abord[3] je respirai l'amour ; je sentis... je ne puis pas bien exprimer ce que je sentis : je n'aimais pas encore, mais je cherchais à aimer ; mon cœur s'échauffait comme dans la présence de quelque beauté divine. J'avançai, et je vis de loin des jeunes filles qui jouaient dans la prairie ; je fus d'abord entraîné vers elles. "Insensé que je suis, disais-je, j'ai sans aimer tous les égarements de l'amour ; mon cœur vole déjà vers des objets inconnus, et ces objets lui donnent de l'inquiétude." J'approchai, je vis la charmante Thémire ; sans doute que nous étions faits l'un pour l'autre : je ne regardai qu'elle, et je crois que je serais mort de douleur si elle n'avait tourné sur moi quelques regards. "Grande Vénus, m'écriai-je, puisque vous devez me rendre heureux, faites que ce soit avec cette bergère : je renonce à toutes les autres beautés, elle seule peut remplir vos promesses et tous les vœux que je ferai jamais." »

CINQUIÈME CHANT

Je parlais au jeune Aristhée de mes tendres amours[v10] ; ils lui firent soupirer les siens ; je soulageai son cœur en le priant de me les raconter. Voici ce qu'il me dit ; je n'oublierai rien, car je suis inspiré par le même dieu qui le faisait parler.

« Dans tout ce récit, me dit-il, vous ne trouverez rien que de très simple : mes aventures ne sont que les sentiments d'un cœur tendre, que mes plaisirs, que mes peines, et comme mon amour pour Camille fait le bonheur, il fait aussi toute l'histoire de ma vie[1].

» Camille est fille d'un des principaux habitants de Gnide. Elle est belle, elle a une physionomie[v11] qui va se peindre dans tous les cœurs : les femmes qui font des souhaits demandent aux dieux les grâces de Camille ; les hommes qui la voient, veulent la voir toujours, ou craignent de la voir encore.

» Elle a une taille charmante, un air noble, mais modeste, des yeux vifs et tout prêts à être tendres, des traits faits exprès l'un pour l'autre, des charmes invisiblement assortis pour la tyrannie des cœurs.

» Camille ne cherche point à se parer, mais elle est mieux parée que les autres femmes.

» Elle a un esprit que la nature refuse presque toujours aux belles. Elle se prête également au sérieux et à l'enjouement : si vous voulez, elle pensera sensément ; si vous voulez, elle badinera comme les Grâces.

» Plus on a d'esprit, plus on en trouve à Camille. Elle a quelque chose de si naïf qu'il semble qu'elle ne parle que le langage du cœur. Tout ce qu'elle dit, tout ce qu'elle fait a les charmes de la simplicité ; vous trouvez toujours une bergère naïve ; des grâces si légères, si fines, si délicates, se font remarquer, mais se font encore mieux sentir.

» Avec tout cela Camille m'aime : elle est ravie quand elle me voit, elle est fâchée quand je la quitte, et comme si je pouvais vivre sans elle, elle me fait promettre de revenir. Je lui dis toujours que je l'aime, elle me croit ; je lui dis que je l'adore, elle le sait, mais elle est ravie comme si elle ne le savait pas. Quand je lui dis qu'elle fait la félicité de ma vie, elle me dit que je fais le bonheur de la sienne ; enfin elle m'aime tant qu'elle me ferait presque croire que je suis digne de son amour.

» Il y avait un mois que je voyais Camille sans oser lui dire que je l'aimais et sans oser presque me le dire à moi-même ; plus je la trouvais aimable, moins j'espérais d'être celui qui la rendrait sensible. Camille, tes charmes me touchaient, mais ils me disaient que je ne te méritais pas.

» Je cherchais partout à t'oublier, je voulais effacer de mon cœur ton adorable image ; que je suis heureux, je n'ai pu y réussir ! Cette image y est restée, et elle y vivra toujours !

» Je dis à Camille : "J'aimais le bruit du monde, et je cherche la solitude ; j'avais des vues d'ambition, et je ne désire plus que ta présence ; je voulais errer sous des climats reculés, et mon cœur n'est plus citoyen que des lieux où tu respires : tout ce qui n'est point toi s'est évanoui de devant mes yeux."

» Quand Camille m'a parlé de sa tendresse, elle a encore quelque chose à me dire : elle croit avoir oublié ce qu'elle m'a juré mille fois. Je suis si charmé de l'entendre que je feins quelquefois de ne la pas croire pour qu'elle touche encore mon cœur ; bientôt règne entre nous ce doux silence qui est le plus tendre langage des amants.

» Quand j'ai été absent de Camille, je veux lui rendre compte de ce que j'ai pu voir ou entendre : "De quoi m'entretiens-tu ? me dit-elle, parle-moi de nos amours ; ou si tu n'as rien pensé, si tu n'as rien à me dire, cruel, laisse-moi parler."

» Quelquefois elle me dit en m'embrassant : "Tu es triste. — Il est vrai, lui dis-je, mais la tristesse des amants est délicieuse ; je sens couler mes larmes et je ne sais pourquoi, car tu m'aimes ; je n'ai point de sujet de me plaindre, et je me plains ; ne me retire point de la langueur où je suis, laisse-moi soupirer en même temps mes peines et mes plaisirs.

» Dans les transports de l'amour mon âme est trop agitée, elle est entraînée vers son bonheur sans en jouir, au lieu qu'à présent je goûte ma tristesse même. N'essuie point mes larmes : qu'importe que je pleure, puisque je suis heureux."

» Quelquefois Camille me dit : "Aime-moi. — Oui, je t'aime. — Mais comment m'aimes-tu ? — Hélas, lui dis-je, je t'aime comme je t'aimais, car je ne puis comparer l'amour que j'ai pour toi qu'à celui que j'ai eu pour toi-même."

» J'entends louer Camille par tous ceux qui la connaissent ; je suis flatté de ces louanges comme si elles m'étaient personnelles ; et j'en suis plus flatté qu'elle-même[v12].

» Quand il y a quelqu'un avec nous, elle parle avec tant d'esprit que je suis enchanté de ses moindres paroles, mais j'aimerais encore mieux qu'elle ne dît rien.

» Quand elle fait des amitiés à quelqu'un, je voudrais être celui à qui elle fait des amitiés, quand tout à coup je fais réflexion que je ne serais point aimé d'elle.

» Prends garde, Camille, aux impostures des amants : ils te diront qu'ils t'aiment, et ils diront vrai ; ils te diront qu'ils t'aiment autant que moi, mais je jure par les dieux que je t'aime davantage.

» Quand je l'aperçois de loin, mon esprit s'égare ; elle approche et mon cœur s'agite ; j'arrive auprès d'elle et il semble que mon âme veut me quitter, que cette âme est à Camille et qu'elle va l'animer.

» Quelquefois je veux lui dérober une faveur ; elle me la refuse, et dans un instant elle m'en accorde une autre. Ce n'est point un artifice : combattue par sa pudeur et son amour, elle voudrait me tout refuser, elle voudrait pouvoir me tout accorder.

» Elle me dit : "Ne vous suffit-il pas que je vous aime ? Que pouvez-vous désirer après mon cœur ? — Je désire, lui dis-je, que tu fasses pour moi une faute que l'amour fait faire, et que le grand amour justifie."

» Camille, si je cesse un jour de t'aimer, puisse la Parque se tromper et prendre ce jour pour le dernier de mes jours ! Puisse-t-elle effacer le reste d'une vie que je trouverais déplorable quand je me souviendrais des plaisirs que j'ai eus en aimant ! »

Aristhée soupira et se tut, et je vis bien qu'il ne cessa de parler de Camille que pour penser à elle.

SIXIÈME CHANT

Pendant que nous parlions de nos amours, nous nous égarâmes ; et après avoir erré longtemps, nous entrâmes dans une grande prairie ; nous fûmes conduits par un chemin de fleurs au pied d'un rocher affreux ; nous vîmes un antre obscur, nous y entrâmes, croyant que c'était la demeure de quelque mortel. Oh dieux ! qui aurait pensé que ce lieu eût été si funeste ! À peine y eus-je mis le pied que tout mon corps frémit, mes cheveux se dressèrent sur la tête ; une main invisible m'entraînait dans ce fatal séjour ; à mesure que mon cœur s'agitait, il cherchait à s'agiter encore. « Ami, m'écriai-je, entrons plus avant, dussions-nous voir augmenter nos peines ! » J'avance dans ce lieu où jamais le soleil n'entra et que les vents n'agitèrent jamais : j'y vis la Jalousie ; son aspect était plus sombre que terrible ; la Pâleur, la Tristesse, le Silence l'entouraient, et les Ennuis volaient autour d'elle. Elle souffla sur nous, elle nous mit la main sur le cœur, elle nous frappa sur la tête, et nous ne vîmes, nous n'imaginâmes plus que des monstres. « Entrez plus avant, nous dit-elle, malheureux mortels ; allez trouver une déesse plus puissante que moi. » Nous vîmes une affreuse divinité à la lueur des langues enflammées des serpents qui sifflaient sur sa tête[1] : c'était la Fureur[2]. Elle détacha un de ses serpents et le jeta sur moi ; je voulus le prendre : déjà, sans que je l'eusse senti, il s'était glissé dans mon cœur. Je restai un moment comme stupide[3] ; mais dès que le poison se fut répandu dans mes veines, je crus être au milieu des enfers : mon âme fut embrasée et dans sa violence ; tout mon corps la contenait à peine, j'étais si agité qu'il me semblait que je tournais sous le fouet des furies. Nous nous abandonnâmes à nos transports[v13] ; nous fîmes cent fois le tour de cet antre épouvantable, nous allions de la jalousie à la fureur, et de la fureur à la jalousie, nous criions, « Thémire », nous criions, « Camille » : si Thémire ou Camille était venues, nous les aurions déchirées de nos propres mains.

Enfin nous trouvâmes la lumière du jour : elle nous parut importune et nous regrettâmes presque l'antre affreux que nous avions quitté ; nous tombâmes de lassitude et ce repos même nous parut insupportable ; nos yeux nous refusèrent des larmes et notre cœur ne put plus former de soupirs.

Je fus pourtant un moment tranquille ; le sommeil commençait à verser sur moi ses doux pavots[1]. Oh dieux, ce sommeil même devint cruel ! J'y voyais des images plus terribles pour moi que les pâles ombres, je me réveillais à chaque instant sur une infidélité de Thémire : je la voyais... non, je n'ose encore le dire ; et ce que j'imaginais seulement pendant la veille, je le trouvais réel dans les horreurs de cet affreux sommeil.

« Il faudra donc, dis-je en me levant, que je fuie également les ténèbres et la lumière. Thémire, la cruelle Thémire, m'agite comme les furies. Qui l'eût cru, que mon bonheur serait de l'oublier pour jamais ! »

Un accès de fureur me reprit : « Ami, m'écriai-je, lève-toi : allons exterminer les troupeaux qui paissent dans cette prairie, poursuivons ces bergers dont les amours sont si paisibles. Mais non, je vois de loin un temple, c'est peut-être celui de l'Amour : allons le détruire, allons briser sa statue et lui rendre nos fureurs redoutables. » Nous courûmes, et il semblait que l'ardeur de commettre un crime nous donnât des forces nouvelles ; nous traversâmes les bois, les prés, les guérets, nous ne fûmes pas arrêtés un instant ; une colline s'élevait en vain, nous y montâmes, nous entrâmes dans le temple : il était consacré à Bacchus. Que la puissance des dieux est grande, notre fureur fut aussitôt calmée ! Nous nous regardâmes et nous vîmes avec surprise le désordre où nous étions.

« Grand Dieu, m'écriai-je, je te rends moins grâces d'avoir apaisé ma fureur que de m'avoir épargné un grand crime. » Et m'approchant de la prêtresse : « Nous sommes aimés du dieu que vous servez ; il vient de calmer les transports dont nous étions agités ; à peine sommes-nous entrés dans ce lieu que nous avons senti sa faveur présente ; nous voulons lui faire un sacrifice : daignez l'offrir pour nous, divine prêtresse. » J'allai chercher une victime, et je l'apportai à ses pieds.

Pendant que la prêtresse se préparait à donner le coup mortel, Aristhée prononça ces paroles : « Divin Bacchus, tu aimes à voir la joie sur le visage des hommes, nos plaisirs sont un culte pour toi, et tu ne veux être adoré que par les mortels les plus heureux !

» Quelquefois tu égares doucement notre raison ; mais quand quelque divinité cruelle nous l'a ôtée, il n'y a que toi qui puisse nous la rendre.

» La noire Jalousie tient l'amour sous son esclavage, mais tu lui ôtes l'empire qu'elle prend sur nos cœurs et tu la fais rentrer dans sa demeure affreuse. »

Après que le sacrifice fut fait, tout le peuple s'assembla autour de nous et je racontai à la prêtresse comment nous avions été tourmentés dans la demeure de la Jalousie, et tout à coup nous entendîmes un grand bruit et un mélange confus de voix et d'instruments de musique. Nous sortîmes du temple et nous vîmes arriver une troupe de Bacchantes qui frappaient la terre de leurs thyrses, criant à haute voix : « Evohé ». Le vieux Silène suivait, monté sur son âne ; sa tête semblait chercher la terre et, sitôt qu'on abandonnait son corps, il se balançait comme par mesure[1] ; la troupe avait le visage barbouillé de lie. Pan paraissait ensuite avec sa flûte et les Satyres entouraient leur roi. La joie régnait avec le désordre, une folie aimable mêlait ensemble les jeux, les railleries, les danses, les chansons[v14]. Enfin je vis Bacchus : il était sur son char traîné par des tigres, tel que le Gange le vit au bout de l'univers, portant partout la joie et la victoire.

À ses côtés était la belle Ariane. Princesse, vous vous plaigniez encore de l'infidélité de Thésée ! Lorsque le dieu prit votre couronne et la plaça dans le ciel[2], il essuya vos larmes ; si vous n'aviez pas cessé de pleurer, vous auriez rendu un dieu plus malheureux que vous, qui n'étiez qu'une mortelle. Il vous dit : « Aimez-moi ; Thésée fuit, ne vous souvenez plus de son amour, oubliez jusqu'à sa perfidie : je vous rends immortelle pour vous aimer toujours. »

Je vis Bacchus descendre de son char ; je vis descendre Ariane, elle entra dans le temple. « Aimable dieu, s'écria-t-elle, restons dans ces lieux et soupirons-y nos amours ; faisons jouir ce doux climat d'une joie éternelle ; c'est auprès de ces lieux que la reine des cœurs a posé son empire ; que le dieu de la joie règne auprès d'elle et augmente le bonheur de ces peuples déjà si fortunés.

» Pour moi, grand dieu, je sens déjà que je t'aime

davantage ; quoi, tu pourrais[v15] quelque jour me paraître encore plus aimable ? Il n'y a que les immortels qui puissent aimer à l'excès et aimer toujours davantage ; il n'y a qu'eux qui obtiennent plus qu'ils n'espèrent et qui sont plus bornés quand ils désirent que quand ils jouissent.

» Tu seras ici mes éternelles amours. Dans le ciel on n'est occupé que de sa gloire ; ce n'est que sur la terre et dans les lieux champêtres que l'on sait aimer. Et pendant que cette troupe se livrera à une joie insensée, ma joie, mes soupirs et mes larmes mêmes te rediront sans cesse mes amours. »

Le dieu sourit à Ariane, il la mena dans le sanctuaire. La joie s'empara de nos cœurs, nous sentîmes une émotion divine ; saisis des égarements de Silène et des transports des Bacchantes, nous prîmes un thyrse et nous nous mêlâmes dans les danses et dans les concerts.

SEPTIÈME CHANT

Nous quittâmes les lieux consacrés à Bacchus ; mais bientôt nous crûmes sentir que nos maux n'avaient été que suspendus. Il est vrai que nous n'avions point cette fureur qui nous avait agités, mais la sombre tristesse avait saisi notre âme et nous étions dévorés de soupçons et d'inquiétudes.

Il nous semblait que les cruelles déesses ne nous avaient agités que pour nous faire pressentir des malheurs auxquels nous étions destinés.

Quelquefois nous regrettions le temple de Bacchus ; bientôt nous étions entraînés vers celui de Gnide :

nous voulions voir Thémire et Camille, ces objets puissants de notre amour et de notre jalousie.

Mais nous n'avions aucune de ces douceurs que l'on a coutume de sentir lorsque, sur le point de revoir ce qu'on aime, l'âme est déjà ravie et semble goûter d'avance tout le bonheur qu'elle se promet.

« Peut-être, dit Aristhée, que je trouverai le berger Lycas avec Camille ; que sais-je s'il ne lui parle pas dans ce moment : ô dieux, l'infidèle prend plaisir à l'entendre !

— On disait l'autre jour, repris-je, que Thyrsis, qui a tant aimé Thémire, devait arriver à Gnide ; il l'a aimée, sans doute qu'il l'aime encore : il faudra que je dispute un cœur que je croyais tout à moi.

— L'autre jour Lycas chantait ma Camille : que j'étais insensé ! J'étais ravi de l'entendre louer.

— Je me souviens que Thyrsis porta à ma Thémire des fleurs nouvelles : malheureux que je suis, elle les a mises sur son sein ! "C'est un présent de Thirsis", disait-elle. Ah ! j'aurais dû les arracher et les fouler à mes pieds !

— Il n'y a pas longtemps que j'allais avec Camille faire à Vénus un sacrifice de deux tourterelles : elles m'échappèrent et s'envolèrent dans les airs.

— J'avais écrit sur des arbres mon nom avec celui de Thémire ; j'avais écrit mes amours, je les lisais et relisais sans cesse : un matin je les trouvai effacées.

— Camille, ne désespère point un malheureux qui t'aime ; l'amour qu'on irrite peut avoir tous les effets de la haine.

— Le premier Gnidien qui regardera ma Thémire, je le poursuivrai jusque dans le temple et je le punirai, fût-il aux pieds de Vénus. »

Cependant nous arrivâmes près de l'antre sacré où

la déesse rend ses oracles. Le peuple était comme les flots de la mer agitée ; ceux-ci venaient d'entendre, les autres allaient chercher leur réponse.

Nous entrâmes dans la foule ; je perdis l'heureux Aristhée : déjà il avait embrassé sa Camille, et moi je cherchais encore ma Thémire.

Je la trouvai enfin ; je sentis ma jalousie redoubler à sa vue, je sentis renaître mes premières fureurs, mais elle me regarda, et je devins tranquille : c'est ainsi que les dieux renvoient les Furies lorsqu'elles sortent des enfers.

« Ô dieux, me dit-elle, que tu m'as coûté de larmes ! Trois fois le soleil a parcouru sa carrière, je craignais de t'avoir perdu pour jamais. Cette parole me fait trembler. J'ai été consulter l'oracle : je n'ai point demandé si tu m'aimais, hélas, je ne voulais que savoir si tu vivais encore ; Vénus vient de me répondre que tu m'aimes toujours.

— Excuse, lui dis-je, un infortuné qui t'aurait haïe si son âme en était capable. Les dieux dans les mains desquels je suis peuvent me faire perdre la raison, ces dieux, Thémire, ne peuvent pas m'ôter mon amour.

» La cruelle jalousie m'a agité, comme dans le Tartare on tourmente les ombres criminelles ; j'en tire cet avantage que je sens mieux le bonheur qu'il y a d'être aimé de toi, après l'affreuse situation où m'a mis la crainte de te perdre.

» Viens donc avec moi, viens dans ce bois solitaire ; il faut qu'à force d'aimer j'expie les crimes que j'ai faits : c'est un grand crime, Thémire, de te croire infidèle. »

Jamais les bois de l'Élysée, que les dieux ont faits exprès pour la tranquillité des ombres qu'ils chérissent, jamais les forêts de Dodone, qui parlent aux humains de leur félicité future, ni les jardins des Hespérides, dont les arbres se courbent sous le poids de l'or qui compose leurs fruits, ne furent plus charmants que ce bocage enchanté par la présence de Thémire.

Je me souviens qu'un satyre qui suivait une nymphe qui fuyait tout éplorée nous vit et s'arrêta. « Heureux amants, s'écria-t-il, vos yeux savent s'entendre et se répondre, vos soupirs sont payés par des soupirs ; mais moi, je passe ma vie sur les traces d'une bergère farouche, malheureux pendant que je la poursuis, plus malheureux encore lorsque je l'ai atteinte. »

Une jeune nymphe, seule dans ce bois, nous aperçut et soupira : « Non, dit-elle, ce n'est que pour augmenter mes tourments que le cruel Amour me fait voir un amant si tendre. »

Nous trouvâmes Apollon assis auprès d'une fontaine : il avait suivi Diane, qu'un daim timide avait menée dans ces bois. Je le reconnus à ses blonds cheveux et à la troupe immortelle qui était autour de lui. Il accordait sa lyre : elle attire les rochers, les arbres la suivent, les lions restent immobiles[1] ; mais nous entrâmes plus avant dans les forêts, appelés en vain par cette divine harmonie.

Où croyez-vous que je trouvai l'Amour ? Je le trouvai sur les lèvres de Thémire ; je le trouvai ensuite sur son sein ; il s'était sauvé à ses pieds, je l'y trouvai encore ; il se cacha sous ses genoux, je le suivis ; et je l'aurais toujours suivi si Thémire tout en pleurs, Thémire irritée ne m'eût arrêté : il était à sa dernière retraite ; elle est si charmante qu'il ne saurait la quitter. C'est ainsi qu'une tendre fauvette, que la crainte et l'amour retiennent sur ses petits, reste immobile sous la main avide qui s'approche et ne peut consentir à les abandonner.

Malheureux que je suis ! Thémire écouta mes plaintes et elle n'en fut point attendrie ; elle entendit mes prières, elle devint plus sévère ; enfin je fus téméraire : elle s'indigna, je tremblai ; elle me parut fâchée, je pleurai ; elle me rebuta, je tombai ; et je sentis que mes soupirs allaient être mes derniers soupirs, si Thémire n'avait mis la main sur mon cœur et n'y eût rappelé la vie.

« Non, dit-elle, je ne suis pas si cruelle que toi ; car je n'ai jamais voulu te faire mourir, et tu veux m'entraîner dans la nuit du tombeau.

» Ouvre ces yeux mourants, si tu ne veux que les miens se ferment pour jamais. »

Elle m'embrassa ; je reçus ma grâce, hélas sans espérance de devenir coupable.

CÉPHISE ET L'AMOUR

Comme la pièce suivante m'a paru être du même auteur, j'ai cru devoir la traduire et la mettre ici.

Un jour que j'errais dans les bois d'Idalie avec la jeune Céphise, je trouvai l'Amour qui dormait couché sur les fleurs et couvert par quelques branches de myrte[1], qui cédaient doucement aux haleines des Zéphyrs. Les Jeux et les Ris, qui le suivent toujours, étaient allés folâtrer loin de lui ; il était seul. J'avais l'Amour en mon pouvoir ; son arc et son carquois étaient à ses côtés et, si j'avais voulu, j'aurais volé les armes de l'Amour. Céphise prit l'arc du plus grand des dieux : elle y mit un trait, sans que je m'en aperçusse, et le lança contre moi. Je lui dis en souriant : « Prends-en un second ; fais-moi une autre blessure, celle-ci est trop douce. » Elle voulut ajuster un autre trait, il lui tomba sur le pied, et elle cria doucement : c'était le trait le plus pesant qui fût dans le carquois de l'Amour ! Elle le reprit, le fit voler : il me frappa, je me baissai : « Ah Céphise, tu veux donc me faire mourir. »

Elle s'approcha de l'Amour : « Il dort profondément, dit-elle, il s'est fatigué à lancer ses traits ; il faut cueillir des fleurs pour lui lier les pieds et les mains.

— Ah ! je n'y puis consentir ; car il nous a toujours favorisés.

— Je vais donc, dit-elle, prendre ses armes, et lui tirer une flèche de toute ma force.

— Mais il se réveillera », lui dis-je. « Eh bien, qu'il se réveille ; que pourra-t-il faire que nous blesser davantage ?

— Non, non, laissons-le dormir ; nous resterons auprès de lui, et nous en serons plus enflammés. »

Céphise prit alors des feuilles de myrtes et de roses[1]. « Je veux, dit-elle, en couvrir l'Amour ; les Jeux et les Ris le chercheront et ne pourront plus le trouver. » Elle les jeta sur lui et elle riait de voir le petit dieu presqu'enseveli. « Mais à quoi m'amusé-je, dit-elle ? Il faut lui couper les ailes afin qu'il n'y ait plus sur la terre d'hommes volages : car ce dieu[v16] va de cœur en cœur et porte partout l'inconstance. » Elle prit ses ciseaux, s'assit et tenant d'une main le bout des ailes dorées de l'Amour, je sentis mon cœur frappé de crainte.

« Arrête, Céphise. » Elle ne m'entendit pas : elle

coupa le sommet des ailes de l'Amour, laissa ses ciseaux et s'enfuit.

Lorsqu'il se fut réveillé, il voulut voler, et il sentit un poids qu'il ne connaissait pas : il vit sur les fleurs le bout de ses ailes ; il se mit à pleurer. Jupiter, qui l'aperçut du haut de l'Olympe, lui envoya un nuage qui le porta dans le palais de Gnide et le posa sur le sein de Vénus. « Ma mère, dit-il, je battais de mes ailes sur votre sein, et on me les a coupées : hé, que vais-je devenir !

— Mon fils, dit la belle Cypris[1], ne pleurez point : restez sur mon sein, ne bougez pas, la chaleur va les faire renaître ; ne voyez-vous pas qu'elles sont plus grandes ? Embrassez-moi : elles croissent ; vous les aurez bientôt comme vous les aviez ; j'en vois déjà le sommet qui se dore ; dans un moment... C'est assez, volez, volez, mon fils.

— Oui, dit-il, je vais me hasarder. » Il s'envola ; il se reposa auprès de Vénus et revint d'abord sur son sein. Il reprit l'essor ; il alla se reposer un peu plus loin et revint encore sur le sein de Vénus ; il l'embrassa, elle lui sourit ; il l'embrassa encore et badina avec elle ; et enfin il s'éleva dans les airs, d'où il règne sur toute la nature.

L'Amour, pour se venger de Céphise, l'a rendue la plus volage de toutes les belles ; il la fait brûler chaque jour d'une nouvelle flamme. Elle m'a aimé, elle a aimé Daphnis et elle aime aujourd'hui Cléon. Cruel amour ! C'est moi que vous punissez ; je veux bien porter la peine de son crime, mais n'auriez-vous point d'autres tourments à me faire souffrir ?

FIN

DOSSIER

CHRONOLOGIE

(1689-1755)

1689. Naissance à La Brède, près de Bordeaux, de Charles Louis de Secondat.

1700-1705. Études chez les oratoriens de Juilly, établissement réputé.

1705-1708. Études de droit à Bordeaux.

1709-1713. Séjour à Paris, où il fréquente les milieux érudits et cultivés.

1714. Commence ses fonctions comme conseiller au parlement de Bordeaux.

1715. Il épouse une protestante, Jeanne Lartigue. — Rédige à l'adresse du Régent un *Mémoire sur les dettes de l'État* (*OC*, t. VIII).

1716. Il hérite de son oncle le titre de baron de Montesquieu et la charge de président au parlement de Bordeaux. — Élu à l'académie de Bordeaux, il y lit sa première communication.

1721. Publie anonymement à Amsterdam les *Lettres persanes* (*OC*, t. I), qui connaissent immédiatement un immense succès européen. — Désormais il partage son temps

* N'ont été retenues ici que les œuvres principales. On trouvera une « liste bibliographique » plus complète due à Cecil P. Courtney dans la *Revue Montesquieu*, n° 2, 1998, p. 211-245. Nous signalons aussi le volume des *Œuvres complètes* (*OC*), en cours de publication, à la Voltaire Foundation puis à Lyon et Paris, ÉNS Éditions et Classiques Garnier, dans lequel ces œuvres ont été ou seront publiées ; une liste mise à jour des « œuvres et écrits divers » figure également aux tomes VIII et IX de ces *Œuvres complètes ;* elle est due aux soins de Pierre Rétat.

entre Paris et Bordeaux ; il fréquente des salons libertins ou mondains (Mlle de Clermont, Mme de Lambert).

Vers 1724. *Dialogue de Sylla et d'Eucrate*, qui ne sera publié qu'en 1745.

1725. *Le Temple de Gnide*, publié anonymement.

1726. Vend sa charge de président pour se consacrer à l'étude et pouvoir résider plus librement à Paris.

1728. Élu à l'Académie française, après quelques difficultés dues au caractère satirique des *Lettres persanes*.

1728-1729. Voyage en Autriche, Hongrie, Italie, Allemagne, Hollande. — Il rédige d'importantes notes qui ne seront publiées qu'à la fin du XIXe siècle.

1729-1731. Séjour en Angleterre.

1731-1733. Séjour à Bordeaux. — Travaille à diverses études issues de ses voyages.

1734. Publication anonyme à Amsterdam des *Considérations sur les causes de la grandeur des Romains et de leur décadence*, en vente à Paris début juin. — Il fait imprimer les *Réflexions sur la monarchie universelle en Europe* mais fait détruire immédiatement l'édition.

1734-1738. Première rédaction de ce qui deviendra le chapitre 6 du livre XI de *L'Esprit des Lois* (analyse de la constitution anglaise). — Travaille à un *Essai sur les causes qui peuvent affecter les esprits et les caractères*, à une *Histoire de France*, à une *Histoire de Louis XI* (disparue accidentellement), à un roman, *Histoire véritable* (*OC*, t. IX).

1739-1748. Longue élaboration d'un traité majeur, *De l'esprit des lois*.

1742. Première rédaction d'*Arsace et Isménie*, qui sera remis sur le métier à plusieurs reprises.

1748. Nouvelle édition revue des *Considérations sur les* [...] *Romains*, avec le *Dialogue de Sylla et d'Eucrate*. — Publication à Genève de *L'Esprit des lois*.

1749-1752. Querelle de *L'Esprit des lois*.

1750. *Défense de L'Esprit des lois* et *Éclaircissements sur L'Esprit des lois*.

1751. Envoi de *Lysimaque* à l'académie de Nancy (publié seulement en 1754).

1751-1754. Montesquieu continue à préparer des corrections

pour *L'Esprit des lois* et envisage la publication d'ouvrages restés en portefeuille.

Fin 1753. Propose de rédiger pour l'*Encyclopédie* l'article « Goût », qui sera publié en 1757 (*OC*, t. VIII) sous le titre d'*Essai sur le goût*.

1754. Travaille au *Mémoire sur le silence* (*à observer sur la Constitution* Unigenitus).

1755 (10 février). Mort à Paris.

BIBLIOGRAPHIE

HISTOIRE VÉRITABLE ET AUTRES FICTIONS

L'édition de référence pour la plupart des textes de Montesquieu est celui des *Œuvres complètes*, publiées à Oxford de 1998 à 2008 (Voltaire Foundation), et depuis 2010 à Lyon et Paris (ÉNS Éditions et Classiques Garnier). C'est celle que nous avons utilisée pour le *Dialogue de Sylla et d'Eucrate*, les *Lettres de Xénocrate à Phérès*, le *Dialogue de Xantippe et de Xénocrate* (t. VIII, *Œuvres et écrits divers* I, dir. Pierre Rétat, 2003).

Mais les nécessités de la présente édition, qui fournit plusieurs extraits non encore publiés dans ce cadre et qui fait parfois appel à des documents non utilisés par les éditions antérieures, nous ont incités à établir le texte à partir des éditions originales (*Lettres persanes, Le Temple de Gnide, Lysimaque*) ou des manuscrits (*Arsace et Isménie, Histoire véritable, Pensées*).

HISTOIRE VÉRITABLE

Édition

Histoire véritable, texte établi par Didier Masseau, présentée et annotée par Didier Masseau et Pierre Rétat, *Œuvres complètes* de Montesquieu, Oxford, Voltaire Foundation [désormais abrégé *OC*], t. IX (2006), p. 103-202.

CONTES TIRÉS DES *LETTRES PERSANES*

Édition

Lettres persanes, éd. C. Volpilhac-Auger, Philip Stewart *et alii*, *OC*, t. I, 2004.

ARSACE ET ISMÉNIE

Édition

Arsace et Isménie, éd. Sh. Mason, C. Volpilhac-Auger *et alii*, *OC*, t. IX, 2006, p. 305-367.

Bibliographie critique

GAILLARD, Aurélia, « Montesquieu et le conte oriental : l'expérimentation du renversement », *Féeries* 2 (2004), p. 109-124. Disponible sur Internet : http ://feeries.revues.org/document107.html.

GEVREY, Françoise, « Morale et politique mises en fiction : *Arsace et Isménie* de Montesquieu », *Morales et Politiques*, éd. J. Dagen, M. Escola, M. Rueff, Paris, Champion, 2005, p. 229-246.

LETTRES DE XÉNOCRATE À PHÉRÈS

Édition

Lettres de Xénocrate à Phérès, éd. Sheila Mason, *OC*, t. VIII, 2003, p. 291-305.

Bibliographie critique

EHRARD, Jean, « La Régence », *L'Esprit des mots. Montesquieu en lui-même et parmi les siens*, Genève, Droz, 1998, p. 110-120.

JOMAND-BAUDRY, Régine, « Le Kam d'Anserol et autres variations allégoriques », *Le Régent entre fable et histoire*, éd. D. Reynaud et Ch. Thomas, Paris, CNRS Éditions, 2003, p. 121-131.

RÉTAT, Pierre, « Lettres de Xénocrate à Phérès », *Dictionnaire électronique Montesquieu* [désormais abrégé *DEM*], ÉNS de Lyon, 2008 (voir l'adresse du site, p. 326).

MES PENSÉES (EXTRAITS)

Édition

Pensées. Le Spicilège, éd. Louis Desgraves, Paris, Robert Laffont, coll. « Bouquins », 1991.

L'édition annotée des *Pensées* est en préparation, sous la direction de Catherine Volpilhac-Auger, dans le cadre des *Œuvres complètes* de Montesquieu (tomes XIV et XV, Lyon et Paris, ÉNS Éditions et Classiques Garnier).

Bibliographie critique

« Les *Pensées*, laboratoire intellectuel de Montesquieu », numéro spécial de la *Revue Montesquieu* (nº 7, 2003-2004), sous la direction de Carole Dornier, intégralement en ligne sur le site de la Société Montesquieu et de l'UMR CNRS 5037 (ÉNS de Lyon).

VOLPILHAC-AUGER, Catherine, article *Pensées*, *DEM*.

LE TEMPLE DE GNIDE

Édition

Le Temple de Gnide, texte établi par Cecil P. Courtney, présenté et annoté par Carole Dornier, *OC*, t. VIII, *Œuvres et écrits divers I*, p. 323-428.

Bibliographie critique

DORNIER, Carole, article « *Temple de Gnide* », *DEM*.

DORNIER, Carole, « Montesquieu et l'esthétique galante », *Revue Montesquieu* 5 (2001), p. 5-21. Disponible en ligne : http :// montesquieu.ens-lsh.fr/IMG/pdf/5-21.pdf.

MOORE, Fabienne, *Prose Poems of the French Enlightenment : Delimiting Genre*, Hampshire, Ashgate, 2009, chap. 3.

STEWART, Philip, « Images de ce qui ne fut jamais », dans

Le Conte merveilleux au XVIIIe siècle, éd. Jean-François Perrin et Régine Jomand-Baudry, Paris, Kimé, 2002, p. 370-399.

DIALOGUE DE SYLLA ET D'EUCRATE

Édition

Dialogue de Sylla et d'Eucrate, éd. Pierre Rétat, *OC*, t. VIII, 2003, p. 307-322.

Bibliographie critique

VOLPILHAC-AUGER, Catherine, « De la fiction à l'histoire : les chimères de Montesquieu », *Fiction narrative et hybridation générique dans la littérature française*, éd. Hélène Baby, Paris, L'Harmattan, coll. « Critiques littéraires », 2006, p. 161-169.

PUJOL, Stéphane, « Montesquieu et la question du dialogue », dans *Du goût à l'esthétique : Montesquieu*, éd. Jean Ehrard et Catherine Volpilhac-Auger, Pessac, Presses universitaires de Bordeaux, 2007, p. 147-174.

DIALOGUE DE XANTIPPE ET DE XÉNOCRATE

Édition

Dialogue de Xantippe et de Xénocrate, éd. Sheila Mason, *OC*, t. VIII, p. 571-580.

Bibliographie critique

VOLPILHAC-AUGER, Catherine, « Les mutations du discours historique au XVIIIe siècle. Vie et mort du récit, résurgences de la fiction », *Acta Romanica* 23, Szeged, Hongrie, 2004, p. 31-38.

LYSIMAQUE

Édition

Lysimaque, éd. Catherine Volpilhac-Auger, *OC*, t. IX, p. 409-422.

Bibliographie critique

VOLPILHAC-AUGER, Catherine, « Les mutations du discours historique au XVIIIe siècle. Vie et mort du récit, résurgences de la fiction », *Acta Romanica* 23, *op. cit.*, p. 31-38.

ÉTUDES D'ENSEMBLE SUR MONTESQUIEU

EHRARD, Jean, *L'Esprit des mots. Montesquieu en lui-même et parmi les siens*, Genève, Droz, 1998.

LARRÈRE, Catherine, *Actualité de Montesquieu*, Paris, Presses de Sciences-Po, 1999.

SHACKLETON, Robert, *Montesquieu. Biographie critique*, Grenoble, Presses universitaires de Grenoble, 1977.

SPECTOR, Céline, *Le Vocabulaire de Montesquieu*, Paris, Ellipses, 2001.

— *Montesquieu, liberté, droit et histoire*, Paris, Michalon, 2010.

STAROBINSKI, Jean, *Montesquieu*, Paris, Seuil, 1994.

VOLPILHAC-AUGER, Catherine, avec la collab. de Gabriel Sabbagh et Françoise Weil, *Un auteur en quête d'éditeurs ? Histoire de l'œuvre éditoriale de Montesquieu (1748-1964)*, Lyon, ÉNS Éditions, 2011.

Le site http ://Montesquieu.ens-lyon.fr fournit l'actualité des activités consacrées à Montesquieu, une bibliographie régulièrement à jour, des « lectures critiques » approfondies sur les publications récentes et des documents pour l'étude et la recherche.

Le site http ://dictionnaire-montesquieu.ens-lyon.fr (*Dictionnaire électronique Montesquieu*) offre, sous forme alphabétique, un accès direct (en libre accès) aux principaux thèmes et sujets de l'œuvre et de la pensée de Montesquieu.

Le site http://lire-montesquieu.ens-lyon.fr présente, sous forme de documents multimédias, une initiation à l'édition critique, à l'édition et à l'interprétation des œuvres de Montesquieu (cours, entretiens, démonstrations, ressources diverses).

MONTESQUIEU ET LA FICTION

Livre

VERSINI, Laurent, *Baroque Montesquieu*, Genève, Droz, 2004.

Articles

MARTIN, Christophe, « Le devenir d'une œuvre "frivole". Remarques sur l'histoire éditoriale et la réception du *Temple de Gnide* de Montesquieu », *Œuvres majeures, œuvres mineures*, Lyon, ÉNS Éditions, 2004, p. 73-94.

MARTIN, Christophe, « "Nos mœurs et notre religion manquent à l'esprit poétique" : la poésie des "temps héroïques" selon Montesquieu », *Du goût à l'esthétique. Montesquieu*, dir. Jean Ehrard et C. Volpilhac-Auger, Pessac, Presses universitaires de Bordeaux, 2007, p. 79-103.

PUJOL, Stéphane, « Montesquieu et la question du dialogue », *Du goût à l'esthétique. Montesquieu*, *op. cit.*, p. 147-174.

VOLPILHAC-AUGER, Catherine, *Œuvres majeures, œuvres mineures*, *op. cit.*, introduction, p. 7-18.

VOLPILHAC-AUGER, Catherine, « De la fiction à l'histoire : les chimères de Montesquieu », *Fiction narrative et hybridation générique dans la littérature française*, dir. Hélène Baby, Paris, L'Harmattan, coll. « Critiques littéraires », 2006, p. 161-169.

NOTES

HISTOIRE VÉRITABLE

Page 31.

1. Comme l'indique Bel (voir p. 92), le titre pourrait être emprunté à Lucien de Samosate (histoire d'un voyageur dans la lune), ce qui ferait supposer au lecteur qu'il s'agit d'une histoire... fausse. — Une préface primitive, dont parle la critique de Bel (voir p. 93) a été supprimée par l'auteur ; on la trouvera en Annexes (p. 87).

2. Le mot désigne alors une sorte d'ermite indien accompagné de disciples, sans égard pour l'étymologie selon laquelle ces sages allaient nus (plus loin, il est question de l'habit du maître).

Page 32.

1. *Tout à l'heure* : tout de suite (sens classique).

Page 37.

1. Le texte dit *Ayesda*, négligence sans doute, Montesquieu ayant interverti les noms des interlocuteurs et modifié partout ailleurs dans ce manuscrit *Ayesda* en *Dioclès*.

2. *Gourmer* : mettre une gourmette (chaînette qui tient le mors) à un cheval (*Dictionnaire de l'Académie*, 1762) ; le sens figuré (battre à coups de poing) semble aussi prégnant.

Page 38.

1. *Privé* : apprivoisé.

2. *Coudée* : « mesure dont usaient les Anciens, et surtout les Hébreux, qui était prise sur la longueur ordinaire du bras de l'homme, depuis le coude jusqu'au bout de la main » (*Dictionnaire de Trévoux,* 1743).

Page 39.

1. Capitale de la Médie.

Page 40.

1. C'est-à-dire Damir, qui semble être le seul à parler à partir de ce moment.

Page 41.

1. Résidu de la version antérieure : le texte suggère une continuité avec l'épisode de l'éléphant, alors que le changement d'interlocuteur aurait dû induire une rupture.

Page 42.

1. Lesage avait représenté dans *Turcaret* (1709) une chaîne de parasites sans scrupules ; comme Frontin le proclame à la fin du premier acte : « Nous plumons une coquette ; la coquette mange un homme d'affaires ; l'homme d'affaires en pille d'autres : cela fait un ricochet de fourberies le plus plaisant du monde. »

2. *Maltôtier* : le sens semble être ici celui de « collecteur d'impôts », mais il peut être influencé par le sens que donnent les dictionnaires de l'époque : « Celui qui exige des droits qui ne sont point dus, ou qui ont été imposés sans autorité légitime » (*Dictionnaire de l'Académie*).

Page 43.

1. *Sur sa fortune* : sur son sort.

Page 44.

1. Décompte sans rigueur : il en a déjà raconté trois.

2. *La fortune* : la chance — autre manière de dire qu'il triche.

3. *Lorgner* : regarder à la dérobée.

Page 45.

1. *Mes billets* : reconnaissances de dette.

Page 47.

1. *Hommages, services* : façons obliques de désigner des relations sexuelles, comme plus haut « ce que je valais » et « les amants qui ont tort » font allusion à la puissance ou à l'impuissance des prétendants.

2. Anecdote traditionnellement attribuée à Platon, pour célébrer le charme du style de ses dialogues.

Page 48.

1. Allusion peut-être à la « nouvelle préciosité » (voir F. Deloffre, *Une préciosité nouvelle. Marivaux et le marivaudage*, Les Belles Lettres, 1955). Marivaux traitait dans *Le Spectateur français* (septième feuille, 21 août 1722) du reproche qui lui avait été adressé de « courir après l'esprit » (voir la variante).

Page 49.

1. *Amener* « se dit aussi dans les jeux de hasard, des dés, ou des cartes. Ces dés sont pipés, ils *amènent* toujours gros jeu. » (*Dictionnaire de Trévoux*).

2. *Ma machine* : mon corps (tradition cartésienne).

Page 52.

1. Cette « maladie » rappelle le « Voyage au monde vrai » raconté par Marivaux dans *Le Cabinet du philosophe* (1734) (voir *Journaux et œuvres diverses*, éd. F. Deloffre et M. Gilot, Classiques Garnier, 1969, p. 389-437).

2. *Toilette* : table portant tout ce qui sert à la parure d'une femme.

Page 53.

1. « On dit figurément, *Cela n'est pas de mon bail*, pour dire, Cela est arrivé dans un temps où rien ne m'obligeait à y prendre part » (*Dictionnaire de l'Académie*, 1762).

Page 55.

1. L'imbécillité désigne toute faiblesse d'esprit, quelle qu'en soit l'origine.

2. Voir l'évocation des désirs des eunuques, comme de leur cruauté envers les femmes du sérail, dans les *Lettres persanes*, lettres 9 et 19 (20) et Lettre supplémentaire 2 (22).

Page 56.

1. Voir ci-dessus p. 35 [« Vous trouverez dans tout ceci, mon cher Dioclès, la clef de toutes les sympathies »].

Page 59.

1. Tirésias, qui fut à la fois homme et femme.
2. Le mot, d'usage plus général, désigne ici explicitement les rideaux du lit.

Page 62.

1. La mode est alors aux « vapeurs » ; cinquante ans plus tard, dans *Le Mariage de Figaro* (III, 9), selon la servante Suzanne (qui n'en a jamais), les vapeurs sont « un mal de condition, qu'on ne prend que dans les boudoirs ».

Page 64.

1. Encore une allusion sexuelle.

Page 66.

1. Malgré des éléments de discontinuité (sensibles dans l'expression « en quelque autre homme »), nous empruntons à *A* toute cette partie, qui manque dans *B*.
2. Tous ces noms, de consonance antique, sont de fantaisie et ne désignent aucun personnage historique.

Page 67.

1. *Idées* : « impressions plus ou moins profondes que les objets sensibles font sur les fibres du cerveau par le moyen des organes extérieurs du corps » (*Dictionnaire de Trévoux*).

Page 68.

1. Texte repris dans les *Pensées*, n° 1638, avec ce commentaire : « Il vaut bien la peine pour si peu de chose de se distinguer des sauvages. Nous trouvons de la barbarie à des coutumes presque indifférentes et nous n'en trouvons pas à violer toutes les règles de l'humanité et à faire taire tous les sentiments de la pitié. » Ce passage avait également été publié en 1745 dans un journal de La Haye, *Le Fantasque*, parmi des « lettres persanes » inédites, mais Montesquieu ne l'a pas repris

quand il a corrigé cet ouvrage, publié (de manière posthume) en 1758 avec des additions importantes.

Page 69.

1. *Sot* : cocu (sens classique).

Page 72.

1. Selon les voyageurs, dans l'Empire ottoman, les « muets du sérail », qui usent entre eux d'un langage des signes, sont chargés d'assassiner discrètement ceux que leur désigne leur maître.

Page 73.

1. À comparer avec la situation d'Ayesda au début de son histoire (1re partie), quand il est condamné à imiter son maître et à être brûlé lui aussi.

Page 74.

1. Une autre interprétation, peut-être préférable, permettrait de ponctuer ainsi : vus, aussi il me.

Page 75.

1. Jean-Jacques Bel a vu ici une allusion aux ennuis qui ont accompagné ou suivi la sortie des *Lettres persanes* en 1721 ; voir p. 103. Dans *A*, cette partie s'achève avec un paragraphe qui dans *B* figure à la fin de la cinquième (ici p. 85-86).

2. Dans les *Lettres persanes*, 109 (113), Usbek s'intéresse aux « pestes universelles » qui font du monde un désert.

Page 76.

1. *Le courant* : le train de la vie quotidienne.

2. Jeu de mots ? L'incube est un « démon qu'on s'imagine venir coucher avec les femmes, et en abuser », mais aussi le nom d'« une maladie qui consiste dans une oppression de poitrine si grande qu'on ne peut respirer, ni parler. Elle se fait de nuit ordinairement » (*Dictionnaire* de Furetière, 1690) ; au XVIIIe siècle, la seconde définition n'est plus attestée.

Page 77.

1. *Façon* : « composition, invention » (*Dictionnaire de Trévoux*).
2. Supercherie lui permettant de faire entendre sa voix.

Page 78.

1. « On dit proverbialement et ironiquement qu'un homme a été bien *ajusté,* mal *ajusté* [...] pour dire qu'il a été fort maltraité, soit en sa personne, soit en ses biens » (*Dictionnaire de Trévoux*) ; en l'occurrence, qu'il est cocufié.

Page 79.

1. Voir *Spicilège,* n° 107 : celui qui trouve le chapeau d'un incube peut l'obliger à révéler le trésor qu'il garde.

Page 81.

1. Rhodopis, selon la fable (voir Bayle, *Dictionnaire historique et critique,* article « Rhodope »).

Page 83.

1. Erreur de *B ?* Mais dans *L'Esprit des lois* (XIX, 3), l'affection du peuple pour un comédien permet à un tyran de le manipuler.
2. Erreur de *B* ? (*A* porte : « parmi mes concitoyens »). Voir cependant p. 193, où le mot « citoyen » est employé pour « concitoyen ».

Page 85.

1. Ce passage se trouve aussi sous deux formes différentes, dans les *Pensées,* n°s 350 et 741.
2. « La révolution présente » : la transmigration actuelle ; le narrateur avait fait allusion plus haut, en s'adressant à Ayesda, à « toutes les révolutions de [s]on être » (p. 34).

Annexes

Page 87.

1. Allusion à la faillite de la Compagnie du Mississipi, au temps du « Système » de Law, sous la Régence.

Page 88.

1. *Ibrahim ou l'illustre Bassa*, Paris, 1641-1644, 4 vol.

2. Gueullette, *Les Aventures merveilleuses du mandarin Fum-Hoam, contes chinois*, Paris, 1723. Tout dans cette préface renvoyait donc à l'époque de la Régence.

Page 89.

1. *Jaser* : ce verbe n'a pas de sens péjoratif à l'époque.

2. *Rhétorique* : classe où l'on enseigne l'art oratoire, mais en fait dernière année de formation scolaire pour la plupart des jeunes gens.

3. Le droit et la médecine exigeant une formation spécialisée de plusieurs années, l'évocation de cette succession d'états est évidemment satirique.

Page 90.

1. *Phalange* : « gros bataillon carré que formaient les Anciens, qui était si pressé, que les soldats avaient les pieds les uns contre les autres avec leurs boucliers joints, et leurs piques croisées, en telle sorte qu'il était presque impossible de le rompre. Il était composé de 8000 hommes » (*Dictionnaire de Furetière*).

Page 92.

1. Montesquieu l'a exclu : voir ici p. 87.

Page 93.

1. Montesquieu l'a exclue, et il n'en reste pas de trace.

2. *Inafférent* : le terme, inconnu des dictionnaires, doit signifier « non pertinent ».

3. Montesquieu a suivi ce conseil (voir p. 355), mais pas les précédents (p. 31-34).

Page 94.

1. Bel a parfaitement perçu l'usage philosophique qui peut être fait de la fiction.

Page 96.

1. Montesquieu n'a pas suivi ce conseil, ni les suivants.

2. Entendre « greluchon », équivalent du « gigolo » moderne.

Page 97.

1. C'est en fait la même que la précédente (p. 42) ; Montesquieu n'y a pas touché, comme aux suivantes.
2. *Réciter* : raconter.

Page 98.

1. Voir p. 45, sur le « sublime de la friponnerie ».
2. Montesquieu s'est contenté de retoucher la « réflexion générale » finale (p. 46).
3. L'édition de 1892 (et de la Pléiade) transcrivait : « retrancher ».
4. Le conseil a été suivi (p. 39 ; ce passage a été déplacé).
5. *In tenui* : léger. — Montesquieu l'a intégralement gardé (p. 52-53).

Page 99.

1. Montesquieu l'a conservée telle quelle (p. 54-55).

Page 100.

1. Encore un épisode intégralement conservé (p. 56-57).
2. P. 57-58 ; là encore, aucune modification n'a été introduite, comme pour les épisodes suivants (p. 59 *sq.*).

Page 101.

1. Il s'agit sans doute d'*Arsace et Isménie*, qui devait constituer le livre IV mais a disparu des deux manuscrits, ce qui était en un sens suivre la suggestion de Bel.

Page 102.

1. Cette pagination est celle du premier manuscrit.
2. P. 70-71.

Page 103.

1. P. 73-75.
2. Construction non attestée, mais dont le sens est clair : l'ouvrage devient un roman « à clés », et l'auteur des *Lettres persanes*, qui s'était dissimulé, apparaît ainsi indirectement.
3. Bien loin d'écouter Bel, Montesquieu a fait de cet épisode la conclusion du roman.

4. Il correspond au livre V de notre version.

Page 104.

1. Proposition absolument contraire à la philosophie de l'histoire de Montesquieu : voir l'ensemble des *Considérations sur les causes de la grandeur des Romains et de leur décadence*.

MES PENSÉES (EXTRAITS)

Page 109.

1. *Très gras* : fertile.

Page 113.

1. Antonio Escobar (? -1669), célèbre casuiste espagnol ; sa *Summa theologiæ moralis* (1659) lui avait valu cinquante-deux mentions dans les *Lettres provinciales* de Pascal. Jacques de Sainte-Beuve (1613-1677), directeur de conscience réputé, d'abord sympathisant janséniste, mais modéré, et qui finalement prit ses distances avec ce mouvement, est également mentionné à la 17e des *Lettres provinciales*.
2. Le sévère évêque de Grenoble Le Camus avait écrit sa *Théologie morale* (1677) contre les relâchements de la morale jésuite, dont un des plus illustres représentants est Thomas Sanchez, casuiste espagnol, auteur d'un *De matrimonio* (1605 ; nombreuses rééditions au XVIIe et au XVIIIe siècle), lui aussi maltraité par Pascal.

Page 114.

1. Mars, son amant.

Page 115.

1. En quittant la nymphe Calypso.
2. Pourtant (archaïque).
3. *Procuste* : brigand de la mythologie grecque.
4. *Myrina* : reine des Amazones.
5. *De pied* : d'infanterie.

Page 116.

1. Comme les jésuites à la cour de l'empereur de Chine, qui y occupèrent des places distinguées d'astronomes.

2. *Fureur* : folie (sens classique).

3. Passage ajouté dans le manuscrit de *L'Esprit des lois*, t. V : « Si cela ne réussit pas, je vous prierai de m'envoyer des gens plus sages que ceux-ci pour faire mes peuples chrétiens, car je le suis et cinquante de mes femmes aussi, et vous n'en douterez pas quand je vous dirai que je ne fais plus d'aumônes ni de pénitence, et que je mange des animaux. Adieu. »

CONTES TIRÉS DES *LETTRES PERSANES*

Page 125.

1. Usbek écrira à Rhedi dans la Lettre 81 (83) : « Ainsi quand il n'y aurait pas de Dieu, nous devrions toujours aimer la justice ; c'est-à-dire faire nos efforts pour ressembler à cet Être dont nous avons une si belle idée et qui, s'il existait, serait nécessairement juste. »

2. Forme propre à Montesquieu du mot *mollah* (religieux musulman) ; *Alcoran* est la forme usuelle au XVIIIe siècle de *Coran*.

3. Expression caractéristique des musulmans, pour se qualifier eux-mêmes, notamment dans leurs prières.

4. Mirza demande explicitement une réponse laïque, et non une simple récitation des Écritures, et dans un contexte plus social qu'individuel.

Page 126.

1. Les Troglodytes étaient des habitants de cavernes, au bord de la mer Rouge.

2. Allusion à la corruption et l'anarchie du peuple juif qui sont résumées par le refrain : « En ce temps-là, il n'y avait point de roi dans Israël, mais chacun faisait tout ce qui lui semblait bon » (Juges, XVII, 6 et XXI, 24).

Page 127.

1. *Misérables* : malheureux.

Page 130.

1. Évocation virgilienne où se mêlent le souvenir des *Géorgiques* (II, 458-460), exaltant le travail de la terre, et celui des *Bucoliques* (IV, 18 *sq.*) évoquant l'Âge d'or où la terre donne ses fruits aux hommes sans nécessiter aucun travail.

Page 133.

1. C'est-à-dire sans descendance, ce qui chez les Romains et beaucoup de peuples anciens était la pire des malédictions.

Page 134.

1. *D'abord* : aussitôt.
2. L'établissement de la monarchie troglodyte et l'interprétation de cet événement rappellent l'institution de la monarchie juive dans les *Rois* (I Rois, I Samuel), X, 19 ; cf. VIII, 6-9.

Page 135.

1. *Tout de même* : de la même façon (sens classique).

Page 136.

1. Les guèbres, adorateurs du feu qui suivent les enseignements de Zoroastre (Zarathoustra), résistaient à l'islamisation de la Perse.
2. *Trafic* : commerce.

Page 137.

1. *Naïves* : naturelles, simples.
2. *Dernier période* : apogée.
3. Réaction identique chez Arsace, séparé d'Ardasire (p. 265).
4. Capitale de la Géorgie (aujourd'hui Tbilissi).
5. *Beiram* est le nom donné par les Turcs aux fêtes religieuses, que Montesquieu emploie ici peut-être en le confondant avec *haram* ou *harem* (terme qu'il n'emploie jamais, lui préférant le terme *sérail*).

Page 138.

1. C'est ce qui arrivera dans le sérail d'Usbek, à la fin des *Lettres persanes*.
2. *Me remettant...* : différant de me recevoir.

3. *Examiné* : surveillé.

4. Selon Chardin, la langue des anciens Perses est perdue, la langue parlée par les guèbres n'étant qu'un « jargon » (J. Chardin, *Voyages de M. le chevalier Chardin en Perse et autres lieux de l'Orient*, *op. cit.*, t. V, p. 41).

Page 141.

1. *Secte* : sens non péjoratif (ceux qui suivent les mêmes maximes).

2. Les Sassaniens ou Sassanides.

3. Conformément à la tradition zoroastrienne, Tavernier dit qu'ils l'« adorent » (J.-B. Tavernier, *Les Six Voyages de Jean-Baptiste Tavernier [...] en Turquie, en Perse et aux Indes*, *op. cit.*, t. I, livre IV, chap. VIII, p. 490).

Page 142.

1. Le Zend-Avesta, envoyé du ciel à Zoroastre ou écrit par lui, selon les sources.

Page 144.

1. Même expression pour dépeindre le bonheur d'Arsace et Ardasire dans la bien nommée « Margiane » (p. 218).

2. Peuples du nord de l'Asie, pour la plupart musulmans (*Encyclopédie*, art. « Tartares »).

3. *Tomans* : monnaie de compte (Tavernier, *op. cit.*, t. I, livre I, chap. XII, p. 136).

Page 145.

1. Selon *L'Esprit des lois* (XV, 2), la liberté humaine est inaliénable et tout esclavage supposé fondé sur le libre consentement est inique.

Page 147.

1. Nommé grand vizir du shah Soliman III en 1668 ; le récit est donc censé dater de l'époque du règne de Louis XIV.

2. *Dervis* : religieux musulmans.

3. Quoiqu'on ne connaisse pas de source juive pour cette proposition, il s'agit sans doute d'une déduction tirée de la Genèse (II, 18) : la femme étant créée comme « un aide » à l'homme, dont il n'aura plus besoin dans l'autre vie, elle n'a pas besoin d'être immortelle.

Page 149.

1. *Peintures* : au sens de « couleurs ».

LETTRES DE XÉNOCRATE À PHÉRÈS

Page 163.

1. *Sicyone*: Paris. Dans une version antérieure, recopiée dans les *Pensées* (n° 173), le Régent portait le nom de Pisistrate. Xénocrate et Phérès n'apparaissent pas ici en tant que personnages.

2. *Génie* : naturel, dispositions.

Page 164.

1. *Gêne* : « peine d'esprit, contrainte fâcheuse, état violent où l'on se trouve réduit » (*Dictionnaire de l'Académie*, 1762) ; allusion à la fin du règne de Louis XIV.

Page 167.

1. Allusion probable aux quatre ministres du Conseil des finances mis en place pour mettre fin au Système de Law.

2. L'abbé Dubois, qui devint cardinal et Premier ministre ; voir *Pensées*, n° 173.

Page 168.

1. Allusion à la maladie vénérienne qui, selon les chroniqueurs du temps, emporta Dubois.

2. Allusion au siège de Turin (1706), capitale du duché de Savoie, alors indépendant.

3. Le duc d'Anjou, petit-fils de Louis XIV, devenu roi d'Espagne sous le nom de Philippe V, ce qui donna lieu à la guerre de Succession d'Espagne.

4. La bataille d'Almansa (1707) fut remportée par le maréchal de Berwick, commandant en second.

5. Détournement de la phrase célèbre appliquée selon Tite-Live à Hannibal : « Tu sais vaincre, mais tu ne sais pas profiter de ta victoire. »

Page 169.

1. Le 2 décembre 1723.

DIALOGUE DE SYLLA ET D'EUCRATE

Page 175.

1. En 79 av. J.-C.

2. Thème de la propagande en faveur de Sylla, que l'on disait « protégé des dieux ».

3. *Eucrate* : le nom semble employé pour son étymologie (« bon pouvoir »).

Page 177.

1. Les tables de proscription, sur lesquelles étaient inscrits les noms des personnes condamnées à mort, sans jugement.

2. *Quelle merveille que*... : en quoi serait-il étonnant que.

3. En latin, *ciues* signifie à la fois « citoyens » et « concitoyens ».

Page 178.

1. *Marius* : général romain d'origine populaire, devenu célèbre, auquel s'opposa Sylla, soutenu par l'aristocratie à laquelle il appartenait, et qu'il finit par vaincre.

Page 179.

1. Ce fut le cas de plusieurs héros romains (Manlius Capitolinus ou Camillus).

Page 180.

1. *Son génie* : « l'esprit ou le démon, soit bon, soit mauvais, qui, selon l'opinion des Anciens, accompagnait les hommes depuis leur naissance jusqu'à leur mort » (*Dictionnaire de l'Académie*, 1694 et 1762).

Page 181.

1. Sylla met sur le même plan deux victoires contre les troupes du roi Mithridate, en Grèce, et la bataille de Signium, en Italie, où il écrasa les successeurs de son rival Marius.

Page 182.

1. Roi de Grèce (voir *Considérations sur les* [...] *Romains*, chap. VII).

2. *Superbes* : orgueilleuses, arrogantes (sens classique).

DIALOGUE DE XANTIPPE ET DE XÉNOCRATE

Page 189.

1. *Indécente* : qui ne conviendrait pas à son rang.

Page 191.

1. Rien de tel ne semble avoir frappé le Xanthippe historique, qu'évoquent Plutarque et Xénophon. Un autre Xanthippe, Athénien (le père de Périclès), avait subi l'ostracisme : le personnage fictif est composé de souvenirs de plusieurs figures historiques.

Page 192.

1. Une indication de la main de Montesquieu suggère de remplacer « Crotone » par « Lampsaque » : Crotone avait vaincu Sybaris, alors que Lampsaque, ville réputée pour son vin, était aussi connue pour le culte de Priape.

LYSIMAQUE

Page 199.

1. Sur cette figure topique, ici placée au second plan, voir J. Berchtold, *Les Prisons du roman, XVIIe-XVIIIe siècles*, Genève, Droz, 2000, chap. VI, « La prison de Callisthène, historiographe du roi Alexandre », p. 159-178.

2. Sans se prosterner à la manière des Perses.

Page 202.

1. *Carrière* : lieu fermé, pour des spectacles ou des jeux.

2. Olympias, mère d'Alexandre, fit assassiner Aridée, fils naturel de Philippe, et son épouse Eurydice. Roxane et Statira étaient des princesses perses qu'Alexandre avait épousées.

3. Voir la cour du roi de Margiane, dans *Arsace et Isménie* (p. 223-227).

4. En réalité, Lysimaque devint roi de Thrace. Lui attribuer l'Asie permet d'en faire un monarque oriental, avec toutes les

dérives possibles vers le despotisme et toute l'influence des passions que cela suppose (voir Annexe).

Annexes

Page 203.

1. Texte emprunté aux *Pensées* (n° 2161, « Choses qui n'ont pu entrer dans le dialogue de Lysimaque »), recopié entre 1751 et 1754, donc après l'envoi du texte à l'académie de Nancy et avant la publication du *Mercure de France* : Montesquieu a finalement renoncé à cette conclusion, mais en a gardé le texte.
2. Le fils de Lysimaque se serait révolté contre lui.
3. Qui sait les malheurs.

ARSACE ET ISMÉNIE

Page 209.

1. *Artamène* : À l'époque, ce nom évoque *Artamène ou le Grand Cyrus*, titre du célèbre roman du XVIIe siècle, de Madeleine et Georges de Scudéry. — *Bactriane* : Ancien empire dont la capitale était Bactres (aujourd'hui Balkh) ; mais cette géographie est plus imaginaire que réaliste.
2. La qualité d'eunuque (généralement décriée par Montesquieu) compte moins ici que la fonction : ce sage ministre pacifiste, dont le rôle dans la suite du roman se révélera important, peut rappeler le « principal ministre » du jeune Louis XV, le cardinal de Fleury, qui meurt en 1743, lors de la guerre de Succession d'Autriche.
3. *Farceurs* : bouffons.

Page 211.

1. « La stature du corps [...] se dit particulièrement et principalement de la conformation du corps depuis les épaules jusqu'à la ceinture » (*Dictionnaire de l'Académie*, 1762).

Page 212.

1. Accord normal à l'époque.
2. Voir *Le Temple de Gnide*, p. 302.

Page 214.

1. Voir *Lettres persanes,* 150 (161) (lettre dernière, de Roxane), et *L'Esprit des lois,* XVI (sur la place des femmes dans la société).

Page 215.

1. Voir *L'Esprit des lois,* XXVI, 10.

Page 218.

1. Le Turkestan actuel ; mais la localisation compte moins que la « marge » suggérée par ce nom.

2. Voir La Fontaine, « Le songe d'un habitant du Mogol » : « Solitude où je trouve une douceur secrète, / Lieux que j'aimai toujours, ne pourrai-je jamais, / Loin du monde et du bruit, goûter l'ombre et le frais ? » (*Fables,* XI, 9, v. 22-24). Mais tout cela évoque aussi la pastorale, très en vogue depuis la Renaissance, tout comme la peinture de la Bétique chez Fénelon (*Les Aventures de Télémaque*), également présente dans les *Lettres persanes* (épisode des Troglodytes, lettre 12).

Page 220.

1. *Dariques* : pièces d'or des anciens Perses.

Page 223.

1. Voir *Pensées,* n° 30 (sur le bonheur).

Page 225.

1. Manifestement inspirée des *Lettres de la religieuse portugaise* (1669), où l'héroïne évoquait un amour dont elle analysait tous les détours, sans cependant recevoir de réponse de son amant.

Page 227.

1. Le travestissement et l'enlèvement sont les ressorts habituels du roman baroque, depuis *L'Astrée* (1607-1627) d'Honoré d'Urfé jusqu'aux *Mémoires pour servir à l'histoire de Malte* (1741) de l'abbé Prévost ; on pense aussi à Achille caché par sa mère parmi les filles de Lycomède.

Page 228.

1. Cette fois, c'est le roman libertin qui fournit le cadre et le thème (voir notamment *Les Égarements du cœur et de l'esprit* de Crébillon, et Jacob et Mme de Ferval dans *Le Paysan parvenu* de Marivaux).

Page 231.

1. Dans les romans libertins, de telles tournures pronominales permettent de suggérer que la volonté féminine n'est pas pour rien dans ces dévoilements opportuns.

Page 232.

1. Accord normal à l'époque classique.
2. Les excuses que se donne Arsace pour justifier son infidélité laissent transparaître l'ironie du récit : chez Crébillon (*Tanzaï et Néadarné,* livre IV, chap. 12), l'héroïne se justifie de tromper son amant en s'imaginant, ou feignant de croire, que son séducteur lui ressemble. Il en est de même des femmes d'Ibrahim dans l'*Histoire d'Anaïs* (voir p. 147-156).

Page 233.

1. *Je n'étais resté...* : « ce verbe, qui se conjugue d'ordinaire avec l'auxiliaire *être,* prend l'auxiliaire *avoir* quand on veut exprimer que le sujet n'est plus au lieu dont on parle, qu'il n'y était plus, ou qu'il n'y sera plus à l'époque dont il s'agit » (Littré).

Page 234.

1. L'anneau trouvé dans le ventre d'un poisson est un motif de conte ou de réflexion philosophique (d'après l'histoire de Polycrate, tyran de Samos, qui retrouva ainsi la bague qu'il avait jetée à la mer : Hérodote, *Histoires,* III, 41-42).
2. *Médiocrité* : état moyen (sens classique).

Page 235.

1. Voir *Histoire véritable,* ci-dessus p. 84.

Page 236.

1. « Une disgrâce, un accident qui change une bonne fortune en une mauvaise » (*Dictionnaire de l'Académie,* 1762).
2. « On appelle ainsi un homme qui porte l'épée et qui est

aux gages et à la suite d'un autre, comme le ministre et l'exécuteur de ses violences» (*Dictionnaire de l'Académie*, 1762).

Page 238.

1. Souvenir de Prévost, *Manon Lescaut*? Montesquieu dit avoir lu l'ouvrage et en analyse le succès en avril 1734 (*Spicilège*, n° 578).

2. *Stupide* : «se dit aussi de celui que la surprise de quelque chose rend tout interdit» (*Dictionnaire de l'Académie*, 1694).

Page 242.

1. «On dit, Ceindre l'épée à un Chevalier, pour dire, Lui mettre l'épée au côté» (*Dictionnaire de l'Académie*, 1762).

Page 247.

1. «On remarque que tous les animaux qui craignent les tigres et les lions se réfugient près des lieux où sont les éléphants» (note de Montesquieu, biffée sur le manuscrit).

2. Voir *Histoire véritable*, p. 356 (variante 10). L'usage des paraboles est alors considéré comme typique du «style oriental».

3. *Type* : «modèle, figure originale» (*Dictionnaire de l'Académie*, 1762).

Page 248.

1. Initiales des noms, constituant une marque d'identité (l'apposition du chiffre est en usage parmi la noblesse). Mais le *Dictionnaire universel* de Furetière (1690) remarque : «Les amoureux dans les romans avaient coutume de graver leurs chiffres sur les pierres, sur les arbres.»

2. De peindre Arsace sinon avec Isménie.

3. La douceur de son gouvernement. Voir *Pensées*, n° 1986 : «Souvent, lorsque vous pardonnez, vous croyez faire un acte de clémence, et vous en faites un de justice. Souvent, lorsque vous punissez, vous croyez faire un acte de justice, et vous en faites un de cruauté.»

Page 249.

1. Ici commence une addition tardive (vers 1754), qui se termine à «inutile pour eux» (p. 252).

Page 250.

1. *Suffisance* : capacité.

2. Le prince secret et dissimulateur, « politique », comme le voulait un idéal de gouvernement dérivé du machiavélisme ou du tacitisme dont l'idéal était l'empereur romain Tibère ou le roi d'Espagne Philippe II, est souvent pour Montesquieu un tyran, dont l'habileté n'est que faux-semblant. Voir aussi *L'Esprit des lois*, V, 14.

3. Une idée-force de Montesquieu est qu'il faut être extrêmement prudent dans la réforme des abus : en voulant corriger les plus évidents, on risque d'introduire des conséquences néfastes qu'on ne maîtrise pas et d'aboutir à une situation pire encore. Voir *Lettres persanes* : « Il est quelquefois nécessaire de changer certaines lois. Mais le cas est rare et, lorsqu'il arrive, il n'y faut toucher que d'une main tremblante » (76 [129]) ; *L'Esprit des lois*, Préface « [...] il n'appartient de proposer des changements qu'à ceux qui sont assez heureusement nés pour pénétrer d'un coup de génie toute la constitution d'un État » ; voir aussi le manuscrit de *L'Esprit des lois* (*OC*, t. IV), p. 804, et *Dictionnaire électronique Montesquieu*, article « Législateur ».

Page 251.

1. Tout le passage sur « les formes » a été omis par le premier éditeur de ce texte, Jean-Baptiste de Secondat, le fils de Montesquieu, en 1783. Le mot, qui a un sens juridique, signifie de manière générale : « Manière, façon d'agir, de parler, de se conduire, suivant certains usages, certaines règles établies » (*Dictionnaire de l'Académie*, 1762). En 1784, Beaumarchais fait rire le public en attribuant à Brid'oison un respect religieux de la « forme » (*Le Mariage de Figaro*, acte III, sc. 13 et 14).

Page 252.

1. Principes d'éducation donnés par les mères.

2. Fin de l'addition.

Page 253.

1. *Farceurs* : bouffons (voir ci-dessus p. 209).

Page 254.

1. Autre idée-force de Montesquieu : les conquêtes et l'ex-

tension territoriale affaiblissent les États ; c'est la raison de l'effondrement de l'Empire romain (*Considérations sur les causes de la grandeur des Romains et de leur décadence*, 1734 et 1748 ; Montesquieu y réfute l'idée reçue selon laquelle le déclin est né du luxe et des divisions internes).

2. *Souffrez* : supportez.

3. Le thème de l'amour des peuples pour le monarque est récurrent chez Montesquieu, mais particulièrement insistant ici : il contribue à distinguer le prince modéré et juste du despote, qui règne par la crainte.

Page 255.

1. C'est là que s'arrête le texte dans l'édition de 1783. Ces dernières pages ne sont connues que depuis 1955, grâce à l'édition Masson (t. III, p. 477-528).

Page 256.

1. *Ecbatane* : capitale de la Médie.

Page 260.

1. *Naïfs* : sans artifice.

Page 262.

1. *En défense* : en état de se défendre (*Dictionnaire de l'Académie*, 1762).

2. Voir la réaction d'Arsace apprenant la mort d'Ardasire (p. 239).

Page 266.

1. *Survécût* (forme archaïque).

2. *Remettre* : « rétablir les personnes, les choses dans l'état où elles étaient auparavant » (*Dictionnaire de l'Académie*, 1762).

Page 268.

1. *Envier* : refuser (registre élevé, notamment tragique).

LE TEMPLE DE GNIDE

Page 279.

1. « Que vos soupirs soient comme ceux de la colombe, que

vos bras s'entrelacent comme le lierre, que vos baisers aient la suavité de la conque» (*Fragment d'un épithalame de l'empereur Gallien*). Montesquieu évite de citer le premier vers de cet épithalame dû à l'empereur Gallien, encore plus explicite: «*Ite, ait, o pueri, pariter sudate medullis / Omnibus inter vos*» (Allez, enfants, livrez-vous avec une égale ardeur aux plus doux plaisirs; *Histoire auguste,* Trebellius Pollion, *Vie des deux Galliens,* trad. F. Legay (modifiée), Paris, Panckoucke, 1844; http:// remacle.org/bloodwolf/historiens/histaug/). Parmi les extraits que Montesquieu avait établis à partir de diverses lectures, on trouve un manuscrit (Bordeaux, Ms 2506/5) qui offre en quinze vers une traduction très édulcorée de ce passage: *OC,* t. XVII, (à paraître). Montesquieu avait pensé à une autre épigraphe encore qu'on trouve dans les *Pensées,* n° 1519: *Neque enim dea nescia nostri / Quæ dulcem curis miscet amaritiem* («Je ne fus pas inconnu à la déesse qui mêle à nos peines une douce amertume») (Catulle, XLVIII, 17-18). Cette épigraphe apparaît seulement dans l'édition de 1742.

Page 280.

1. «On ajoute un ou deux morceaux de pourpre pour faire effet de loin» (Horace, *Art poétique,* v. 15-16).

2. L'Histoire des Troglodytes (*Lettres persanes,* 11-14) répondait à la question «si les hommes étaient heureux par la satisfaction des sens ou par la pratique de la vertu».

Page 281.

1. En effet, dans l'édition originale, les divisions en chants ne sont indiquées que pour les deux derniers; mais comme l'intention est claire nous les restituons dans le texte.

2. L'édition de 1725 continue avec ce passage: «ouvrage; il y a même lieu de croire qu'il vivait avant Térence, et que ce dernier a imité un passage qui est à la fin du second chant. Car il ne paraît pas que notre auteur soit plagiaire; au lieu que Térence a volé les Grecs, jusqu'à insérer dans une seule de ses comédies deux pièces de Ménandre. ¶J'avais d'abord eu dessein de mettre l'original à côté de ma traduction; mais on m'a conseillé d'en faire une édition à part, et d'attendre les savantes notes qu'un homme d'érudition y prépare et qui seront bientôt en état de voir le jour. ¶Quant à ma». À l'égard de Ménandre, c'est le cas pour trois de ses pièces, *Andrienne,*

Eunuque, Adelphes, ce qui avait suscité en son temps l'accusation de plagiat.

3. La traduction de Jean-Baptiste de Mirabaud de la *Jérusalem délivrée* (1724) du Tasse lui vaudra dès 1726 une place à l'Académie Française.

4. Le reste de cette préface est absente de l'édition de 1725.

Page 282.

1. On trouve dans les *Pensées* (n° 939) une rédaction antérieure : « [...] qui contiendra tout ce que nous savons sur la métaphysique et la théologie et ce que nos modernes ont oublié dans les immenses volumes [...] ». Montesquieu dit l'utiliser d'abord dans l'*Histoire universelle*, ouvrage perdu dont on ne sait rien, puis signale qu'il l'a inséré ici.

Page 283.

1. Comme Vénus le trompait avec Mars, Vulcain les prit dans un filet invisible et les exposa à la risée de tous les dieux de l'Olympe.

2. Il n'existe aucun fleuve de ce nom, que Montesquieu a pu créer par analogie avec le Céphise, fleuve de Grèce fréquenté par les Grâces, dont le nom est utilisé aussi dans *Céphise et l'Amour*. « Le dieu de ce fleuve aima une infinité de nymphes dont il fut méprisé » (Noël, *Dictionnaire de la fable*).

Page 284.

1. La violence du viol de Liriope par Céphise chez Ovide (*Métamorphoses*, III, 340-343) est ici considérablement atténuée.

2. *Myrte* : arbre traditionnellement consacré à Vénus.

3. *Qui les amuse* : qui les occupe.

4. Souvenir de la forêt de Marseille évoquée par Lucain (*Pharsale*, III, 400-425), ou des descriptions de forêts effrayantes, mentionnées dans le *Discours sur la cause de l'écho* (1718 ; *OC*, t. VIII, p. 154) ?

5. Pâris, appelé par Mercure à décider à qui de Junon, Pallas (Minerve) ou Vénus il décernerait la pomme d'or destinée « à la plus belle ».

Page 286.

1. Elle détourne de lui un regard qui se fait vague.

2. Cette série de huit tableaux des amours de Vénus représente un bel exemple d'« ekphrasis » classique, la description poétique d'une œuvre d'art. L'illustrateur Eisen relèvera le défi en choisissant le septième tableau, le lit nuptial, pour sa première planche (gravée par Le Mire) dans l'édition de 1772.

Page 287.

1. La prostitution sacrée des prêtresses de Vénus à Corinthe ou des prêtres eunuques de Cybèle (et non Vénus) en Asie fascine et horrifie le XVIIIe siècle ; Montesquieu s'y intéresse dans le cadre de son *Histoire de la jalousie* (*Pensées*, n° 491-509), avant que Voltaire n'en fasse un de ses thèmes de prédilection.

Page 288.

1. *Fleuve d'oubli* : le Léthé.
2. *Dégoût* : « l'aversion qu'on a pour les personnes quand elles déplaisent » (Dictionnaire de Trévoux).

Page 289.

1. *Naïfs* : sincères.
2. Bien que ce poème célèbre la fidélité et la constance (voir la variante de la p. 287), il ne s'en inscrit pas moins dans le courant de ce qu'on commence à appeler « l'amour-goût », opposé à « l'amour-passion » classique.

Page 290.

1. On retrouvera ce bocage au dernier chant.

Page 292.

1. Thésée fut le premier à enlever la jeune Hélène, qui épousa ensuite Ménélas. Elle fut séduite par Pâris, ainsi récompensé par Vénus, ce qui déclencha la guerre de Troie.
2. Qui n'avaient que treize ans.

Page 293.

1. Suggestion non équivoque d'homosexualité, thème qui reviendra au chant IV.
2. Afin que leur patrie ait des chances de gagner le concours grâce à leur geste impudique.

3. De la Colchide. Jason et les Argonautes étaient partis chercher la Toison d'Or.

4. *Oriane* : nom inventé par Montesquieu pour la femme de Candaule.

5. *Candaule* : roi de Lydie.

Page 294.

1. Voir *Pensées*, n° 498 (*Histoire de la jalousie*).

2. L'idée avait déjà frappé Rica dans les *Lettres persanes* (36 [38]) : « chez les peuples les plus polis, les femmes ont toujours eu de l'autorité sur leurs maris : elle fut établie par une loi chez les Égyptiens, en l'honneur d'Isis, et chez les Babyloniens, en l'honneur de Sémiramis. »

Page 295.

1. Le chagrin de leur impuissance : un des thèmes importants des *Lettres persanes* comme de l'*Histoire véritable* (voir p. 55).

2. Les « Colonnes d'Hercule » marquent les confins du monde connu de la Grèce Antique.

3. *Taille* : buste.

Page 296.

1. L'évocation érotique permet aussi de suivre les variations de la « jalousie » et des bienséances : la morale est donc très variable selon les peuples...

2. Implicitement, elle est la seule (avec Oriane) qui puisse rivaliser de beauté avec les déesses.

Page 297.

1. La convention galante voulait que la femme oppose une résistance décente avant de « se rendre », par faiblesse amoureuse et non en cédant à ses propres désirs.

Page 298.

1. Selon la théorie des « gradations », étapes qui ailleurs sont censées faire le prix de la « victoire ».

2. *Dégoût* : aversion, déplaisir.

3. À cause des cahots, malgré des ressorts très souples.

4. *Sièges renversés* : fauteuils inclinés.

Page 299.

1. Ariane, fille de Pasiphaé, donna par amour à Thésée le fil qui le sauva du labyrinthe.

2. Souvenir peut-être d'un vers de Phèdre : « Je me cachais au jour, je fuyais la lumière » (*Phèdre*, acte IV, sc. 6).

3. Par Thésée, sur l'île de Naxos (voir chant VI).

4. Idoménée, roi de Crète, avait promis à Poséidon que s'il revenait du siège de Troie, il immolerait pour lui le premier être vivant qu'il verrait sur le rivage : ce fut son fils.

5. Agamemnon, en revenant à Mycènes, fut assassiné par Clytemnestre, sa femme, et Egisthe, l'amant de celle-ci.

Page 300.

1. L'homosexualité est tenue au XVIIIe siècle pour « un crime contre nature », qui suscite donc l'horreur, y compris chez celui ou celle qui le pratique.

2. Aphrodite, n'étant pas honorée à Lemnos, avait affligé les femmes d'une affreuse odeur ; les hommes les ayant fuies, elles les avaient massacrés.

3. *Préviennent* : précèdent.

Page 301.

1. Euphrosyne, qui représente l'allégresse.

2. Dans *Les Aventures de Télémaque* de Fénelon, c'est Vénus elle-même qui descend et lui dit : « la plus puissante de toutes les déesses [...] veut te rendre heureux » (livre IV, éd. Garnier-Flammarion, 1968, p. 124).

3. *D'abord* : aussitôt.

Page 302.

1. Voir *Arsace et Isménie*, p. 212.

Page 306.

1. Souvenir de Racine : « Pour qui sont ces serpents qui sifflent sur nos têtes ? » (*Andromaque*, acte V, sc. 5).

2. *Fureur* : au sens du latin *furor*, folie.

3. Voir *Arsace et Isménie*, p. 238, 243.

Page 307.

1. Formule homérique.

Page 309.

1. Silène personnifie l'ivresse.

2. La couronne dont Aphrodite coiffa Ariane pour ses noces fut transformée par les dieux en constellation.

Page 313.

1. Montesquieu attribue à Apollon les pouvoirs d'Orphée.

Page 314.

1. Voir ci-dessus, p. 284, n. 2.

Page 315.

1. Lire plutôt : « et des roses » ?

Page 316.

1. *Cypris* : surnom de Vénus.

VARIANTES

HISTOIRE VÉRITABLE

v1. B (version initiale) : On célébrait tous les ans dans la ville de Thèbes la fête de Bacchus pendant trois jours. Les citoyens donnaient des festins et se faisaient gloire d'y appeler des étrangers. Une ancienne coutume obligeait ceux-ci de raconter à leurs hôtes ce qu'ils savaient de plus extraordinaire. Il y avait pour

v2. A : Ayant entrepris de grands jeûnes, je n'eus pas le courage de les finir. Je me fis fouetter […] un sou. J'avais plus la […] pénitent. Je fuyais malgré moi sous les verges, je n'excitais pas la compassion mais la risée publique. ¶Cependant

v3. A et version initiale de B : rien. ¶Je vis une troupe de ces fakirs qui pour être plus parfaits, se rendent insensibles et attachent à la partie la plus indépendante [*A* : rebelle] un poids qui puisse la vaincre ; je voulus rester parmi eux ; ils m'accablèrent d'un anneau de fer de huit livres que je ne pouvais traîner. [*A* : que je traînai misérablement pendant deux jours.] ¶M'apercevant

v4. A : lui, il trouvait en moi un écorcheur parfait et un cuisinier impitoyable.

v5. A et version initiale de B : remarquable. Étant sauterelle […] lieues ; dans une autre transmigration étant descendu

v6. A et version initiale de B : [*en marge, autographe* : Oter cet article] premiers. ¶Je naquis [*B* : Je fus un Indien et je naquis] perroquet ; je vivais dans les bois et j'y passais agréablement ma vie ; on m'en tira pour me mettre parmi les hommes. J'appris d'abord à parler comme eux, mais [*A* : et] ils n'avaient pas l'esprit de chanter comme moi ; aussi les méprisais-je beaucoup. On m'enferma dans une cage de fer et les premiers jours j'en fus très affligé ; mais j'aimais le vin, il ne me manquait pas et j'y noyai tous mes chagrins. ¶Vous trouverez

v7. [*En marge de ce paragraphe, autographe*] Bon

v8. A et version initiale de B : souffert. ¶Mon génie me trouva digne d'être un bon animal ; je fus tué sanglier et je naquis agneau. ¶Je vous dirai en passant que [*B* : pourtant que] je n'ai jamais bien compris pourquoi les dieux qui savent la mesure de la félicité de tous les êtres [*B s'interrompt ici ; A continue ainsi*] les ont soumis à tant de transmigrations pour les récompenser ou les punir ; je ne me suis guère trouvé plus heureux dans une transmigration que dans une autre, il est vrai que plus j'étais un animal bon et facile

v9. B (version initiale) : bon animal et je fus un des ânes des plus beaux qu'il y eut en Arabie et des plus avisés et j'y trouvais [...] ¶Il faut que je vous dise le secret de tout ceci. Plus

v10. Note de Montesquieu : Mettre ici le cheval qui est a la fin de la 2de partie : page 33 etc.

[*Nous plaçons donc ici le passage correspondant, qui se trouvait après l'épisode du « bon estomac » [fin p. 51 : et de la proscription des cabarets.], malgré les problèmes d'insertion qu'il pose et que Montesquieu aurait certainement corrigés. Nous faisons figurer entre crochets la phrase de transition, grammaticalement indispensable mais incorrecte sur le plan du récit, qui figure dans A.]*

A : autels. ¶Indigné des bassesses des hommes, je m'enfuis et me retirai dans les bois : tous les animaux qui craignent les bêtes féroces venaient paître autour de moi et regardaient comme un asile les lieux où j'étais. Cela me faisait plaisir, et je disais en moi-même : On donne au lion le titre de roi des animaux ; il n'en est que le tyran, et j'en suis le roi. [*fin de la première partie dans A*]

v11. A : bête. Il ne me donna d'abord qu'un intestin et je fus un animal vorace ; il voulut ensuite que je broutasse

v12. A : maîtresse et moi mourûmes à peu près tous trois

ensemble, et un vieux cocher aussi. L'heure [...] par un autre événement : le [...] une pierre et s'était démantibulé. ¶Je vous ai fait toutes ces histoires, Ayesda, avec d'autant plus de confiance que je vous reconnais trop de sens pour douter du dogme sur lequel elles sont fondées. L'Être suprême n'a pas moins produit d'abord tous les esprits que toute la matière. Un grand agent comme lui a créé d'abord tout ce qu'il doit créer. Le lendemain, le temps, un autre temps sont pour ses créatures et non pas pour lui. ¶ Il a produit la matière pour l'unir quand il veut à ses esprits, mais il ne crée point chaque esprit pour l'unir à une nouvelle modification de la matière, autrement il faudrait dire qu'il serait dépendant d'une action capricieuse et souvent opposée à ses volontés mêmes. [*fin de la deuxième partie dans* A]

v13. A : force du mécanisme [*le* u *en surcharge sur un* e ; *leçon peut-être préférable*]

v14. A : avec de certains amants, et que si les hommes les quittent par caprice, elles ne quittent guère les hommes que par raison. ¶Je cherchai [...] rides. Là où les autres finissaient leurs hommages, il me vit commencer les miens et je n'ai [...] fit tellement dépendre la récompense des services

v15. A : doit être simple ; si je continuais sur ce ton vous auriez raison de dire que je cours après l'esprit. Dans

v16. A : à changer d'espèce. Je

v17. A : cabarets. Mon génie (voir ci-dessus, p. 39)

v18. B (version initiale) : Ce que vous venez de dire tous les deux est si extraordinaire que je ne le crois que parce que vous le dites et que vous êtes des honnêtes gens ; mais si par hasard vous étiez tous deux fous, cela ne serait pas vrai. ¶Ainsi je n'entretiendrai point Dioclès de choses que vous seuls savez et qui ne sont point dans l'ordre de la nature que nous connaissons ; mais je lui parlerai d'un événement qui a eu pour témoin toute la ville d'Athènes. ¶Vous savez que les femmes de la ville d'Abdère tombèrent

v19. B (version initiale) : soi-même. ¶Je pourrais vous raconter ici des choses admirables. On peut dire que ceux qui ne furent point atteints de la maladie eurent un spectacle très propre à les instruire et à les amuser. ¶Le bruit *v20. B (version initiale)*: fit cette cruelle opération qui ne laisse plus d'espérance [A: d'espérances] et je fus

V21. A: seigneur. ¶C'est là que soumis à des lois inflexibles, destiné à haïr mon devoir et à le suivre toujours sous les châtiments et sous les menaces, j'appris à cacher mon cœur; c'est là que vivant au milieu des beautés les plus rares, je n'osais presque me dire à moi-même que ces adorables objets me touchaient encore; il fut de mon devoir d'affecter de l'insensibilité, d'ignorer que quelques sens me fussent restés et de faire un mystère de mon désespoir et de mes regrets. ¶Je montai

v22. A: eunuque: toutes ces femmes étaient toujours devant moi, leurs trésors furent prodigués à ma vue; rien ne me fut caché, je fus le témoin des moments les plus secrets, je les voyais dans toutes sortes d'états; je n'en étais que plus désespéré: je me sentais dédaigné par la pudeur même, incapable de l'alarmer, confondu et non pas heureux¶ Il y avait longtemps que parmi toutes ces femmes mon cœur avait choisi une d'elles, mais

v23. B (version initiale): Je me sentais dédaigné par la pudeur même, incapable de l'alarmer, confondu et non pas heureux.

v24. A: plaisirs. ¶Mon amour s'indigna et ma jalousie s'aigrit. Je ne trouvai plus de plaisir qu'à lui ôter ce cœur qui la rendait si vaine: je l'éloignai peu à peu des yeux de mon maître. Je produisais sans cesse de nouvelles rivales: chaque jour vit diminuer sa faveur et enfin elle entra dans l'oubli. Ses plaintes, ses prières, ses larmes furent ignorées par mes soins. Je n'en étais pas moins malheureux, et quand je me demandais pourquoi j'avais tant travaillé et si je n'étais pas toujours ce même homme rejeté par l'amour, malheureux par état et destiné au mépris de tout ce qui peut aimer, je ne savais que me répondre, mes tristes succès et mes fausses joies s'évanouissant devant moi. ¶Combien de fois dans le cours de mes intrigues, mon cœur s'était-il attendri quand je la voyais méconnaître la main qui la faisait descendre, me peindre ses ennuis, me confier ses larmes, espérer tout de leur secours? Mon esprit irrésolu avançait sans dessein ou reculait son ouvrage; je balançais entre la jalousie et la pitié. ¶Un reste de raison m'éclaira; je cherchai à éteindre un feu qui n'avait point de consistance et je commençai à jouir de mon état et de l'avantage de commander : unique plaisir des gens qui ne sont point aimés. ¶Je regardai toutes ces femmes et m'accoutumai peu à peu à n'en distinguer aucune ; à vivre avec leur sexe et point avec leur personne ; à me jouer de leurs caprices, de leurs ruses, de leur fausse soumission et de leurs larmes ; à regarder leurs vains efforts ; à les voir quand elles portaient leurs chaînes et quand elles paraissaient s'en lasser. ¶Je multipliai les règles, j'augmentai les devoirs : tout le monde fut coupable ou craignit de l'être ; je menaçai peu, je ne pardonnai jamais, j'employai toutes sortes de châtiments, même ceux qui mettent dans l'humiliation extrême et qui ramènent pour ainsi dire à l'enfance. ¶Je saisis plus fortement l'esprit de mon maître ; son oreille fut ouverte à moi seul, et en excitant sa sévérité naturelle je me mis entre lui et ses autres esclaves ; je mis ses autres esclaves entre ses femmes et moi. ¶Ô triste effet d'un impuissant amour ! Celle que j'avais adorée me voyait plus cruel encore, et comme elle me faisait plus vivement sentir ma situation, que ses mépris m'étaient plus insupportables, je trouvais à la désespérer une satisfaction plus exquise. Un sentiment nouveau qui tenait du désespoir de l'amour et de la haine me faisait chercher à venger mon état sur celle qui l'avait rendu plus malheureux. ¶J'aimais à la voir pâlir à ma présence, dépendre de mes regards, craindre ou se rassurer sur les mouvements de mon visage, flotter au gré de mes caprices et n'être plus occupée que de ce qui pouvait me déplaire ou de ce qui pouvait me calmer. ¶J'aimais à la voir dans les moments où, entre les prières et les excuses, les promesses et les larmes, le silence et les soupirs, elle tentait ma clémence incertaine et confuse entre la grâce et les châtiments. ¶J'aimais à la voir dans cette humiliation éternelle ne pouvoir plus former de pensée qui ne lui fît connaître sa dépendance, réduite à envier le sort de toutes ses rivales et peut-être le mien. ¶Mais les plaisirs qui viennent du désespoir y ramènent toujours, mes ennuis renaissaient et ce qui me les faisait encore plus sentir : j'avais toujours devant les yeux un homme heureux. ¶Je disais

v25. A : plaisirs. ¶J'aurais bien voulu rendre à l'âme de mon maître une partie des chagrins qu'il m'avait fait souffrir ; mais un reste de tendresse pour mon ancien corps me retenait. ¶Dans une *v26. B* : ceux que m'avait appelait [*corrigé d'après* A, *manifestement mal lu*] ; *1892, Caillois* : ceux qui m'avaient appelée

v27. A : merveilles [*même expression au début de la 2e partie*]. ¶Vous saurez qu'il y a environ deux mille ans que mon génie jugea à propos je ne sais par quelle raison de m'habiller simplement d'un corps aérien, de manière que je passai cinquante [...] sont enfermées.

v28. A : contre moi en plein théâtre.

v29. A, 1892, Caillois : J'ai du penchant pour un auteur et

v30. A : faiblesse. Mon âme (*la fin diffère : voir p. 88-92, en Annexe).*

ARSACE ET ISMÉNIE

v1 : « Seigneur, lui dit l'étranger, ne cherchez point à me consoler ; il y a longtemps que ma vie m'est à charge, faudra-t-il qu'elle vous le soit encore ? Si vous avez pour moi quelque sentiment de pitié, laissez-moi mourir. » [Cette version abandonnée ressemblait peut-être trop au moment culminant du roman.]

v2 : « Les événements de ma vie sont liés à une chaîne qui les tient tous ; pour vous en dire un il faudrait vous raconter tous les autres. — C'est ce que je vous demande, reprit Aspar ; dites-moi tous vos malheurs ; je les partage tous. »

v3 : "Je m'accoutumai peu à peu à ces idées. Il est attaché à la nature qu'à mesure que nous sommes heureux, nous voulons l'être davantage. Dans la félicité même il y a des impatiences. C'est que, comme notre esprit est une suite d'idées, notre cœur est une suite de désirs. Quand nous sentons que notre bonheur ne peut plus s'augmenter, nous voulons lui donner une modification nouvelle."

v4 : Des vieillards portaient la parole. Le premier parla ainsi : « Je crois voir ces grands arbres qui sont l'ornement de notre contrée. Tu en es la tige, et nous en sommes les feuilles ; elles couvriront les racines des ardeurs du soleil. » [Les deux autres discours correspondent aux premier et second de la présente version.]

LE TEMPLE DE GNIDE

v1 : peu de poètes grecs

v2 : et j'ai pris l'expression qui n'était pas la meilleure, lorsqu'elle m'a paru mieux rendre sa pensée.

v3 : Les cœurs [...] temple ; ils vont embrasser les autels de la Fidélité et de la Constance.

v4 : modestie et les fait estimer au prix que l'imagination toujours prodigue y sait mettre

v5 : À mesure que le dieu donne de l'amour, Vénus donne des grâces.

v6 : avec elle ; mais que deviendrais-je si Vénus allait la prendre pour la mettre au nombre des Grâces ?

v7 : égarée. L'Amour qui

v8 : tombaient par terre

v9 : sous un autre climat [au sens classique de « région, contrée »]

v10 : Je contai au jeune Aristhée mes tendres amours

v11 : Elle est belle, mais elle a des grâces plus belles que la beauté même : elle a une physionomie

v12 : personnelles ; et je sens en ce moment que j'ai de l'amour-propre

v13 : Enfin je m'abandonnai ; nous fîmes

v14 : chansons. Le vin menait à la gaieté, la gaieté ramenait au vin. Enfin

v15 : davantage ; qui l'eût dit, que tu pourrais

v16 : car le petit dieu

[illegible] DE GNIDE

[illegible]

[illegible] Vénus [illegible]

[illegible] Vénus [illegible] la [illegible] Grâces ? [illegible]

[illegible]

[illegible] terre [illegible]

[illegible]

[illegible]

[illegible] Elle est belle, mais elle a des grâces [illegible] belles [illegible]

[illegible]

[illegible]

[illegible]

[illegible]

[illegible] dieu [illegible]

HISTOIRE VÉRITABLE
ET AUTRES FICTIONS

DOSSIER

DU MÊME AUTEUR

Dans la même collection

CONSIDÉRATIONS SUR LES CAUSES DE LA GRANDEUR DES ROMAINS ET DE LEUR DÉCADENCE, SUIVI DE RÉFLEXIONS SUR LA MONARCHIE UNIVERSELLE EN EUROPE. *Édition de Catherine Volpilhac-Auger, avec la collaboration de Catherine Larrère.*

LETTRES PERSANES. *Édition présentée et établie par Jean Starobinski.*

Dans la collection Folio essais

DE L'ESPRIT DES LOIS, I et II. *Édition présentée et établie par Laurent Versini.*

Composition Interligne
Impression Maury-Imprimeur
45330 Malesherbes
le 24 novembre 2011.
Dépôt légal : novembre 2011.
Numéro d'imprimeur : 169364.

ISBN 978-2-07-039582-8. / Imprimé en France.

164957